文學研究叢書・古典文學叢刊

夢域想像與文化衍異

明清自撰年譜及儒業類善書之個案考察

林宜蓉　著

目次

導論

研究緣起

> 問叟曰：「予與君遇，無乃夢乎？」
>
> 叟笑曰：「何遇非夢？何夢非真？」
>
> 人之精神與天地同流，此占夢之所以設也。
>
> 世變無恆，幾則先筆。魂能知來，魄能藏往。
>
> ——《夢占逸旨》[1]

　　夢之於人，大矣。遠自商周以來，說夢者，不知凡幾。到了明代，則進入夢知識理論化的總整時期。例如，明人陳士元（1516-1597）《夢占逸旨》，綰合前說，分門別類，匯集人之精神、魂魄往來、聖人夢占、氣之感應、噩夢祟病，乃至於佛家以夢言空等等，纂輯為夢學專書。這種匯總前說之集大成寫法，意味著夢學知識的成熟。翻閱明人作品，亦見其信手隨筆即寫夢說夢，十分生活化；入清以後，又因易代世變，摻入流離失所及身分認同等多種變因，而更趨駁雜，[2]其千奇百怪、琳瑯滿目，蔚為大觀。

　　本書即以明清時期夢經驗的書寫為探討主軸，透過自撰年譜、舉業類以及儒醫類善書的個案文本，分析人如何由文學、宗教及藝術的多元方式再現夢經驗。由於作夢、說夢與論夢，皆涉及主體對於夢域

1　〔明〕陳士元：〈自序〉、〈真宰篇〉，《夢占逸旨》，卷1，收入《續修四庫全書》（上海：上海古籍出版社，1995年），子部術數類第1064冊，頁421。

2　詳參廖肇亨：《中邊・詩禪・夢戲：明末清初佛教文化論述的呈現與開展》（臺北：允晨文化實業公司，2008年）。

的想像、訊息之詮釋,以及採取之回應,故而題為「夢域想像」;至
於再現的夢域書寫,幾經場域傳播之文化加工,衍生出許多殊異形
態,故又以「文化衍異」名之。就文化傳播歷程的基礎模式而言:作
夢者原本極端私密的個我經驗,倘形諸筆端,成為詩文書畫等多元再
現,自己即成為初始夢經驗的製作者;而此種說夢的多元文本,隨即
進入文藝場域,展開閱讀消費為主的傳播之旅。明中葉坊刻盛行,說
夢文本或被纂輯進入狀元系列圖書,添之以插圖,附之以筆記傳說;
清中葉以降,更見醫者病夢經驗成為善書之本事,增枝添葉地加入冥
遊地府、主司審判的懺罪情節,前後接榫宗教聖訓與救命良方,足見
其文化加工之多元。此即本題所據,皆為夢書寫之文化衍異的一端爾。

　　說夢者如明清之際人尤侗(1618-1704),因身歷其境而感悟深
刻,故醒而書之以明狀抒懷,繼而昭告周知、倩人繪圖、邀友唱和還
集結成冊;[3]世之閱他人夢者如朱國禎(1558-1632),即於撰寫《湧幢
小品》筆記時納為材料,聊供閱者笑談之資;[4]亦有嚴加整輯為理論
專書如陳士元、張鳳翼(1550-1636)者,致力建構一套夢學知識。[5]
反之者亦不乏,歷來斥責說夢為滿紙荒唐、無聊至極者,從未間斷。
如此看來,誠可謂眾聲喧嘩、熱鬧非凡。吾輩後學,雖起而效尤,
然既為嚴肅之學術耕耘,必當於相關研究有所涉獵。姑聊舉其犖犖
者,簡述於下。

　　有關中國夢文化的研究甚夥,如劉文英、楊啟樵、姚偉鈞等著

3　〔明〕尤侗:〈夢遊三山圖〉,收入《北京圖書館珍本年譜叢刊》(北京:北京圖書
　　館出版社,1999年4月),第73冊,頁649-656。

4　〔明〕朱國禎:〈紀夢〉,《湧幢小品》,卷23,收入《筆記小說大觀》(臺北:新興
　　書局,1978年),第22編第7冊,頁4799。

5　〔明〕陳士元增刪;何棟如重輯:《夢林玄解》,收入《續修四庫全書》,子部術數
　　類第1063冊;〔明〕陳士元:《夢占逸旨》;〔明〕張鳳翼:《夢占類考》,收入《四庫
　　全書存目叢書》,子部術數類第70冊。

作，皆值參佐。[6]又，近來國際漢學研究亦對中國夢文化深感興趣，尤
以司徒琳教授專書為佼佼者，[7]另後起之秀范莉潔的作品，亦不遑多
讓。[8]至於日本學界關注者，則有上野洋子、西林真紀子等人，成果
亦足為觀。[9]本書嘗試探究前揭成果未及之文獻——自撰年譜、舉業
類及儒醫類善書，並佐以當代文化理論對於記憶、觀看及圖像學等方
法，希冀能於夢域想像及其再現文本，另闢曲徑，開展一新興視域。

　　全書主要有二大主題切入，其下逐章論述。分別獲98、99、
101、102年度科技部專題計畫補助，[10]共計參與三場國際學術研討

6　茲略舉專書數本為例：劉文英：《中國古代的夢書》（北京：中華書局，1990年）；
　　妙摩、慧度：《中國夢文化》（北京：中國文聯出版社出版：新華書店經銷，1996
　　年）；盧澤民：《夢書：中國古代夢學探源》（北京：工商聯合出版社，1994年）；姚
　　偉鈞：《神秘的占夢：夢文化散論》（南寧：廣西人民出版社，2004年）；楊啟樵：
　　《明清皇室與方術》（上海：上海書店出版社，2004年）；姚偉鈞：《神秘的占夢：
　　夢文化散論》（南寧：廣西人民出版社，2004年）等等。

7　Lynn A.Struve (1944-), *The dreaming mind and the end of the Ming world*, Honolulu:
　　University of Hawai'i Press ,2019。

8　Brigid E. Vance, "Exorcising Dreams and Nightmares in Late Ming China,"in *Psychiatry
　　and Chinese History*, ed. Howard Chiang (London: Pickering and Chatto Publishers,
　　2014), pp. 17-36; "Deciphering Dreams: How Glyphomancy Worked in Late Ming Dream
　　Encyclopedic Divination," in *The Chinese Historical Review* 24, no.1 (2017), pp. 5-20.

9　茲略舉研究成果如下：西林真紀子：〈類書に收錄された夢〉，《大東アジア學論
　　集》第2期（2002年），頁111-137；〈古代中國人の夢：儒家と道家を中心に〉，《大
　　東アジア學論集》第3期（2003年），頁30-38；〈眞人は夢を見ない〉，《大東アジア
　　學論集》第4期（2004年），頁53-66；〈古代中國の夢占いについて〉，《大東アジア
　　學論集》第5期（2005），頁73-85；〈古代中國人の惡夢觀〉，《大東アジア學論集》
　　第6期（2006年），頁65-80。上野洋子：〈『夢占逸旨』にみる陳士元の夢の思想——
　　「眞人不夢」をめぐって〉，《東方宗教》第105期（2005年），頁41-59。

10　本書為多個科技部計畫研究成果之總集。分別為九十八年度計畫案：「夢域想像與
　　知識建構——以明人夢占書寫為主的考察」（NSC 98-2410-H-260-053）、九十九年度
　　計畫案：「科名、療癒與判案——明清自撰年譜中的夢兆書寫」（NSC 99-2410-H-
　　260-063）、一〇一年計畫案：「狀元夢之圖文再現與文化建構——晚明以降《狀元圖
　　考》、《鼎甲徵信錄》等舉業相關類書之探討」（NSC 101-2410-H-260-041），並獲一

會，宣讀階段性成果，[11]其後又延展子題，擴充論述，投稿刊登於《明代研究》及《明史研究》。[12]此間蒙受多位匿名審查委員提點並挹注重要文獻與觀點，特此一併誌謝。回顧緣起，至今恰好滿十年，人稱「十年鑄一劍」，以狀工夫之精進非一日可蹴，雖拙作猶未及寶劍之列，然慢火鍛鍊之歷程，仍促成個人心性之極大精進，亦是可喜之事。

茲分述本書摘要及論述章節於下，以為閱讀之鑰：

主題 I 療疾、判案與悟道
——明清自撰年譜中的夢兆經驗與異人遭遇

此編共分四章，實則環繞同一議題而進行，故而總整言之。這是筆者多年前大量披覽明清文獻所得，經研究發現：該時期諸多自我表述的文獻，除了著眼文人為何書寫自我之外，更留意其存在處境倘遭

○二年度專書計畫案：【記憶編織與知識建構——明清時期夢域書寫之多重再現】（NSC 102-2410-H-260-064），方得以總整多年研究，特此銘謝。

11 階段性研究成果分別宣讀於：在二〇〇九年十一月二十七至二十八日，宣讀〈明人自撰年譜中的夢兆經驗與異人遭遇〉一文，於南華大學中文系主辦之「2009明代文學與思想國際學術研討會」；二〇一〇年六月十八至二十一日，赴日本大阪參加『Asian Conference on the Arts and Humanities 2010』（『ACAH 2010亞洲人文與藝術國際學術研討會』），宣讀會議論文："Treating and Curing Diseases, and Trying Local Cases— the Written Records of the Dream Promises Chronicled by Scholars Themselves in Ming and Qing Dynasty"（中文名稱：〈疾病療癒與官司判案——明清士人自撰年譜夢兆書寫之初探〉）；又於二〇一一年七月十四至十九日，以〈夢兆示真意——由明中葉《狀元圖考》探討「功名前定說」之文化建構〉為題，宣讀於『第十四屆「明史國際學術研討會」暨第二屆「劉基文化國際學術研討會』（〔中國〕溫州）。

12 林宜蓉：〈療疾、判案與悟道——明清自撰年譜中的夢兆經驗與異人遭遇〉，《明代研究》第33期（2019年），頁98-160，文長五萬字。另有〈生死密碼與舉業夢兆：明清自撰年譜中的子題研究〉一文，預計刊登於中國明史學會主編：《第二十屆明史國際學術研討會暨朱元璋與明中都國際學術研討會論文集》（北京：中國社會科學院，2021年）。

逢認同危機時，如何透過文藝再現之多元形式，重構其存在意義、銘刻自我認同的領土疆界、勾勒期待的生命型態，從而確立其主體性與存在座標。本題獨鍾「另類」的自傳書寫——自撰年譜，作為探討的核心文獻，並由此留意到明清文人在回顧過往時，刻意寫入一生中特殊的夢兆經驗與異人遭遇。這意味著：說話者(speaker)對於攸關未來的徵兆與預言，其應驗與否，具有高度的興趣，並且深信此中必然隱含生命奧義的玄機。這類「夢兆—夢驗」以及「異人預言—未來應驗」的敘述模式，係透過前因後果的敘述模式加以縮聯密合，再佐以嘖嘖稱奇烘襯，繼以闡論隱含之生命意蘊。無論虛實真假，研究者可由此察知文人面對「夢兆經驗」與「異人遭遇」的積極態度——亟欲透過自撰年譜之書寫，詮釋「徵兆」與「意義」兩端所飽含之諸多可能。本研究或可管窺豹斑地揭示，明清時期文人關切內在深度體悟的文化氛圍與時代基調。

主題Ⅱ　宣教善書中的夢兆書寫
——舉業及儒醫二類的個案探討

此編則就個案討論，故分二大子題，敘述如下：

第五章　狀元夢之圖文再現與文化建構：
晚明以降舉業類善書之探討

眾所皆知的明代中葉，係舉業文化發展極至的時期，許多士子身居「生員」，沉淪下僚多達三四十年，場域中流傳的《明狀元圖考》、《皇明歷科狀元錄》、《明鼎甲徵信錄》等系列書籍，反映了這個現象，並且企圖解釋歷代考中「狀元」者，係冥冥有其定數，而這個定數非常人所易知，多半由「夢兆」揭示出來，具眼之閱讀者當由此體

悟，幡然由塵世熱中功名美夢中覺醒。

這類「舉業夢兆」的載記，最初之說話者（speaker）係解釋自身生命經驗（故存於個人文集如《一峰集》），而後因有功鄉里而名列方志（舉業部，如《崑山志》），間或進入文人讀書劄記（如《水東日記》、《菽園雜記》等）之中，在明中葉被刻意匯集出版，形成舉業類流行刊物。筆者深感興趣的是——明中葉文化場域中何以出現了這類匯集明歷來狀元事蹟的書籍？這類書籍之中，私我之夢兆經驗如何被建構成場域上的文化論調？編纂者說別人的故事時，如何「置入」「功名前定」與「福報徵驗」的觀點？這類書籍係以「圖文輝映」方式刊刻問世，又隱含了何種「觀看」與「再現」的角度？

本題企圖透過明中葉場域流傳的數種舉業書籍——《明狀元圖考》系列以及《明鼎甲徵信錄》等，探討原本私我的夢兆經驗，如何透過這種傳鈔、輾轉載錄，成為大眾場域的文化論調。最大的企圖在揭示編纂者的用意——所謂「舉業夢兆」，是如何以「虛幻」情境來逼近人生存在意義之「真」，而這個論調同時也與明中葉「夢覺如一」的觀點遙相呼應。

第六章　文化傳衍下的「病亟夢癒」書寫：
清中葉儒醫善書《汪氏病夢回生記》之探究

《汪氏病夢回生記》係一部流傳於晚清時期關乎儒醫道德的勸善書。「病亟夢癒」加上「離體入冥」的複合情節，構成全書梗概；繼而嫁接首尾呼應的善書套式，前有〈文昌帝君蕉窗聖訓〉，後有夢驗與急救藥方，行文中植入因果報應說，宣揚名利皆空、唯存功過，希冀破除執念，鼓勵為善去惡，推行日課之自求法。其中勸善部分，係在夢中由冥司主爺之審判道出。值得留意的是，文中強調個人心念之重要，只要動心向善，即便聊聊數則，亦可抵銷作惡萬千，懺悔者立

得救贖，頗有「放下屠刀，立地成佛」，勸人幡然悔改、即刻力行之深意。

　　本文所得，適可管窺清中葉至晚清時期儒醫怪現狀之一隅，掌握以文昌帝君為主的宗教勸善語彙與敘述模式，而其中「夢兆夢驗」模式，又足為詮解其他善書之參佐。

主題 I
療疾、判案與悟道
——明清自撰年譜中的夢兆經驗與異人遭遇*

* 本題初稿曾以〈明人自撰年譜中的夢兆經驗與異人遭遇〉之名，宣讀於南華大學中文系主辦之「2009明代文學與思想國際學術研討會」（文長21205字），後擴大研究範圍至清代，並經大幅修改後投稿《明代研究》第33期（2019年12月），頁98-160，文長約五萬字。又，據此為張本，擴充為本書子題 I 八萬字。期間得許建崑、廖肇亨、大木康、廖棟梁教授及匿名審查委員惠賜寶貴意見，在此一併致謝。本文係九十九年度國科會計畫案「科名、療癒與判案——明清自撰年譜中的夢兆書寫」（NSC 99-2410-H-260-063）之部分研究成果。

第一章
緒論

一　明清自撰年譜的重要性與特殊性

　　在「知人論世」[1]的研究大纛之下，「年譜」向來被視為在正史以外，足以補苴罅漏的重要文獻；歷經學界的長久耕耘，已然日積月累、與時俱增地形成一套專門學問。然而所謂的「年譜學」，[2]關注焦點多半在傳主的具體事功，綜觀繁賾如山的年譜文獻，主流而傳統的撰述態度，係執持「宏偉敘述」（Grand Narrative）[3]角度，置譜主於

1　「知人論世」係出於《孟子・萬章》：「頌其詩，讀其書，不知其人，可乎？是以論其世也。是尚友也」，學界肯認年譜的重要性多基於此，甚或標舉於文題，如王振寧：〈知人論世——評《劉熙載年譜》〉，《社會科學輯刊》第3期（2011年5月），頁227-228。

2　環繞年譜文獻而發展出來的一套學問，謂之「年譜學」。晚近學者開始上溯此學之祖，如周生傑即標舉梁啟超為「年譜學」之奠基人物。見周生傑：〈論梁啟超年譜學理論與實踐〉，《古典文獻研究》（2005年），頁431-442。再者，或於文題直稱「年譜學」者，如吳曉蔓：〈任淵《山谷詩集注》與宋代年譜學〉，《社會科學論壇》第7期（2010年4月），頁149-155。由上述諸例得知，「年譜學」作為專有名詞，學界已有共識。

3　本文所引用「宏偉敘事」一詞，係源於後現代主義思想家利奧塔（Jean-François Lyotard）所論，他將後現代主義的態度定義為不相信「宏偉敘述」。蓋「宏偉敘述」強調總體性、宏觀理論、共識、普遍性與實證（證明合法性），而與著重細節、解構、差異性之多元個別小敘述（separate histories），如個人敘事、日常生活敘事、草根敘事等等，有著相對取向。本文主要關懷的是多元個別小敘述，兼採人類學家面對歷史的態度，即認同非馴化（non-domesticated）多元歷史，相關論述可參見〔法〕讓-弗朗索瓦・利奧塔爾（Jean-Francois Lyotard）著；車槿山譯：《後現代狀態：關於知識的報告（*La condition postmoderne: rapport sur le savoir*）（英譯：

天下國家之標竿，倘符合「立德、立功、立言，三者有其一」，[4]則其人翹然可傳、足以為譜，堪為後世楷模。這類年譜的譜主，多半為史上不世出之人物，不是功績彪炳、舉足輕重的帝王將相，就是才高八斗、生徒甚眾的文史學家或思想家，故其年譜之撰寫多成於後人之手，正如清人曹錫齡（1741-1820）所言：「唐之昌黎、少陵、香山，宋之坡、谷，金之遺山，元之道園，後人讀書論世，景仰遺行，以附於史家年表之例」，[5]後人因景仰前賢而有年譜之修纂，採用了史家編年體例，歷代修譜者累加資料於其上，遂形成與時俱增、踵事增華的個人故事資料庫。據此可知，大抵元以前赫赫者之年譜，多出自他人之手，而「自為敍述」者甚為鮮少。

但到了明代（1368-1644），卻出現了為數不少的自撰年譜。根據一九九二年謝巍編纂《中國歷代人物年譜考錄》[6]的統計：中國年譜與譜主的數量，由隋唐三八九部（譜主122人）、宋六五六部（譜主293人）、遼金元一三一部（譜主96人），到明代則驟增七九三部（譜主516人）；其中長達二七六年的明代，年譜總量與譜主人數之多，僅次於清代，實為不可忽視的現象。二○○四年歷史學家南炳文則由「篇幅大」、「數量多」、「真實性強」三個面向，肯定明人年譜的史料

The Postmodern Condition: A Report on Knowledge)》（北京：生活・讀書・新知三聯書店，1997年12月）；〔丹麥〕克斯汀・海斯翠（Hastrup Kirsten）編；賈士蘅譯：《他者的歷史：社會人類學與歷史製作》（臺北：麥田出版公司，1998年10月）。

4　〔清〕曹錫寶編：《曹劍亭先生自撰年譜》，收入北京圖書館編：《北京圖書館藏珍本年譜叢刊》（北京：北京圖書館出版社，1999年4月），第104冊，頁245。以下年譜叢刊之版本皆同此。

5　此處所舉才人，依序為韓愈、杜甫、白居易、蘇軾、黃庭堅、元好問、虞集。〔清〕曹錫齡編：《翠微山房自訂年譜》，收入《北京圖書館藏珍本年譜叢刊》，第110冊，頁199。

6　謝巍編：《中國歷代人物年譜考錄》（北京：北京中華書局，1992年11月）。

價值；[7]而譽之「真實性強」，係因明人年譜多出自譜主口述或親手操觚，換言之，「自為敘述」實為明人年譜具有時代特色之重要因素。其後，大陸學者王薇[8]則於二〇〇九年、二〇一一年撰文指出：明代自撰年譜大量存載於個人文集之中，相較於前代，譜主已不拘貴族、碩儒和名宦，其社會身分向下擴及文人、儒生等較為邊緣的知識階層。除了總體宏觀之探討外，近年學界對於自撰年譜之個案深究，更由明而下延至清，可謂方興未艾。[9]整體而言，相關研究成果，已然揭示了明清自撰年譜為一深具時代特殊性的文獻，論者著實不可小覷；然察其所述，宏觀者多屬概論，而未及深究文本議題，顯然有待後學力耕；至於個案研究，雖具學術深度，卻無法兼顧時代共同現象進行歸納彙整，殊為遺憾。基因於此，本題嘗試在既有研究成果之基礎上，剋就明清自撰年譜進行多量文獻之歸納分析，嘗試提出前人未及深究的時代特質；更進一步的，期以議題面向切入文獻，細部爬梳文本載述之多重意涵，所論或可略盡填補學術空白之力，更甚者可望積極找到與「夢覺如一」論述相應之實踐例證。

　　綜觀諸多傳世之明清自撰年譜，實不乏執持三不朽傳統標準而為者，然彌足珍貴的是，此時期出現了許多深具自我表述意義的文獻。[10]

7　南炳文：〈論明人年譜的價值和利用〉，《求是學刊》第31卷第6期（2004年11月），頁128-133。

8　王薇：〈從明人文集看明代年譜的發展〉，《遼寧大學學報（哲學社會科學版）》第37卷第6期（2009年11月），頁36-42；以及王薇：〈從自撰年譜看中國年譜在明代的大發展〉，《遼寧大學學報（哲學社會科學版）》第39卷第3期（2011年5月），頁68-72。

9　學界對於明清自撰年譜之個案研究甚夥，茲略舉數例如下：如高朝英、張金棟考證楊繼盛手鈔年譜文獻，共計三篇，分別為〈楊繼盛《自書年譜》卷考略（上）〉，《文物春秋》第2期（2011年），頁61-72；〈楊繼盛《自書年譜》卷考略（中）〉，《文物春秋》第3期（2011年），頁65-74；〈楊繼盛《自書年譜》卷考略（下）〉，《文物春秋》第4期（2011年），頁47-58。

10　此議題向來標舉為「自傳文學」（Autobiography）之首要特質，可惜的是，學者遲

這些譜主多非在位之袞袞諸公，未必有功於當朝，故以具體事功為主的年譜書寫傳統，必然會有實質上的變化。本題順此脈絡，嘗試提出兩大問題：其一，年譜自撰者面對三不朽標準時，將如何詮解撰寫動機，從而確立說話的合理性與不可取代之地位？其二，在具體事功之外，採錄無法驗證而顯屬私人神秘體驗的事件入譜，其個我意義何在？倘置之於時代場域與他例並觀時，又有何文化意蘊？前者係關聯明清自撰年譜所形成迥異傳統的撰寫態度，後者則觸及了明清自撰年譜的特殊議題，以下將依序在本文中細加探究。

二　明清自撰年譜之撰寫態度與多重文化意涵

首先，就撰寫態度與動機來談。異於大歷史之「宏偉敘述」，明清自撰年譜，企圖擺脫傳統事功之價值觀，更甚者，意欲力破重圍、爭取個人發聲、肯認自我存在。譜主之撰述動機往往見諸譜首序言，表述姿態頗有與大歷史傳統相峙對話之勢。

面對三不朽之傳統期許，士人們常自我扣問，正如清人曹錫寶（1719-1792）所言：「於德、功、言三者，無一有焉，是鄉人之不若，而猶欲臚述其生平、出處、閱歷，冀以傳示來茲，豈非惑之滋甚者歟？」[11]在自陳焦慮之餘，卻又見撰者理直氣壯，以諤諤之士滔滔論辯，務期以文字書寫，力破重圍，開展出一方勢卑力微者得以在青史中不被消音的說話場域。執是以觀年譜之自撰者，往往都具有極強

遲未將「自撰年譜」納入研究版圖，如杜聯喆輯：《明人自傳文鈔》（臺北：藝文印書館，1977年1月）即為一例。筆者認為：自傳文學應包括年譜類，然其體例上仍有別，後者以編年體繫事言之，或文或詩，甚或圖文並現，亦有之。

11 〔清〕曹錫寶編：《曹劍亭先生自撰年譜》，收入《北京圖書館藏珍本年譜叢刊》，第104冊，頁245。

烈的自我意識，亟欲以人殊人異的姿態，因著目睹時代、參與歷史，甚或僅僅為個人生命體悟與成長作見證，說一段自己的生命故事，爭取無可替代的發言權。

清嘉慶李鑾宣（1758-1817）為曹錫齡（乾隆乙未進士）《翠微山房自撰年譜》所寫序中，申言年譜須自出手眼之必要性，除了消極反省後人撰寫遠不如自家載記之賅備詳盡，更進一步指出：即便是自家子孫所修纂的記載，卻也極可能犯下「有所罣漏，甚且摭拾訛處厚誣其先人而不之覺」的闕失，唯有譜主親自操觚，「以事繫月，以月繫年，手訂年譜一書，其間君臣之遇合，庭訓之諄嚴，師友之切磋，以及研窮理道，陶鑄性靈，瀏覽山水，靡不綱舉目張，瞭若指掌」，[12]這種來自本尊的一手說法，才有可能避免上述二種弊病——過度簡略、或者過度阿諛，[13]從而在文字敘述中，建構出一套「生命大事記」式的個人歷史。

（一）年譜肖像的觀看、再現與互文性

除了消極除弊的功用外，自撰年譜又具有何種表述自我的積極意義？常見的是，在年譜一開始就安插一幅「肖像圖」，作為一種自我形象的具體展演（presentation of self），[14]尤其是明代中期以後盛行圖書「插畫」，更使人物肖像畫之風氣日熾。[15]不管就作者言，抑是讀者

12　〔清〕曹錫齡編：《翠微山房自訂年譜》，收入《北京圖書館藏珍本年譜叢刊》，第110冊，頁199-204。

13　清人孫玉庭自言作譜動機：「凡縉紳先生蓋棺後，其子若孫必述其生平作為行述，流傳於世，然其間不無溢美之處，甚至假手於人，尤非紀實之道矣。」見〔清〕孫玉庭編：《寄圃老人自記年譜》，收入《北京圖書館藏珍本年譜叢刊》，第119冊，頁545。

14　詳參〔美〕厄文・高夫曼（Goffman Erving）著；徐江敏、李姚軍譯，余伯泉校：《日常生活中的自我表演（The presentation of self in everyday life）》（臺北：桂冠圖書公司，1992年）。

15　有關明代書籍插圖的繁榮對於人物肖像畫的出現具有直接的影響。始於盈利目地的

云，要更多元地「再現」人物，則期能圖文並茂，譜像一體。[16]例如，明末清初詩人尤侗（1618-1704），在《年譜圖詩》自序前安置了整頁全版的七十八歲〈貝翁小像〉（圖一）；又如清人康基田（1728-1813）則在《茂園自撰年譜》前放上八十四歲〈松鶴園小影〉（圖二）；再如姜垓（1607-1673）《姜貞毅先生自撰年譜》序後首頁有〈姜貞毅先生荷戈遺像〉（圖三）。這類由譜主所提供的第一手圖像，可以讓普羅閱眾在「觀看」紙上圖繪時，糅雜相關的文字敘述（諸如《年譜》或者譜主其他作品），進而衍發栩栩如生、猶在眼前的感受與「想像」（image），正所謂「其人斯在，呼之或出」。[17]此種「音容宛在」的預示，兼具了「自悼」與「自戀」的雙重意義。首先，對於譜主而言，此乃預先為即將凋零萎頓的肉身，留下一可供憑弔的物件，誠如深諳明代物質文化的藝術史學家柯律格（Craig Clunas，1954-）論及沈周自題像時所言：「畫像常常與葬儀和追思有關，這意

書坊，刻書往往附有插圖，圖文並茂，深受讀書歡迎，後遂逐漸引起官刻、私刻的模仿。又萬曆年間流傳的《明代彩繪全真宗祖圖》（今藏於中國社會科學院歷史研究所圖書），也對當時人物肖像畫的摹寫產生影響。詳參周玫：〈明代書籍插圖與人物肖像畫關係研究〉，《東南文化》第1期（2009年），頁118-123；周月亮：《中國古代文化傳播史》（北京：北京廣播學院出版社，2000年），頁277；王育成：《明代彩繪全真宗祖圖研究》（北京：中國社會科學出版社，2003年12月），頁4。

16 此處觀點獲益於廖棟梁先生，特此銘謝。相關文化論述可參〔美〕歐文・潘諾夫斯基（Erwin Panofsky）著；戚印平、范景中譯：《圖像學研究：文藝復興時期藝術的人文主題（*Studies in Iconology：Humanistic Themes in the Art of the Renaissance*）》（上海：上海三聯書店，2011年5月）、〔英〕彼得・伯克（Peter Burke）著；楊豫譯：《圖像證史（*Eyewitnessing；the uses of images as historical evidence*）》（北京：北京大學出版社，2008年2月），以及楊新主編：《明清肖像畫》（香港：商務印書館，2008年4月）、單國強：《中國美術圖典・肖像畫》（廣州：嶺南美術出版社，2000年1月）、衣若芬：《觀看・敘述・審美》（臺北：中央研究院中國文哲研究所，2004年6月）、毛文芳：《圖成行樂：明清文人畫像題詠析論》（臺北：臺灣學生書局，2008年1月）等。

17 〔明〕尤侗：《年譜圖詩》，收入《北京圖書館藏珍本年譜叢刊》，第73冊，頁630。

味著這種形式背後有一個讓人敬畏的光環，它是一個臨界點，矗立於生與死、在世與逝世之間」，[18]也因此本文稱此類圖像與題跋具有「自悼」性質；主角人物同時也在凝視（gaze）此一「再現」之「自我圖像」，揣想著來日家族後代，甚或異時異地之未知讀者，將臨覽斯圖，而由此「想像」譜主當年風采，從而溢生追思之情。[19]再者，依常理推斷，此所選擇置入圖像的個人特徵，或應當是譜主此生自我追尋的理想形象，故帶有顧影「自憐／自戀」之意；倘非如此，亦必然為一重要時空的自我形象。此種圖版插畫式的譜像，在明中葉以降日趨流行，到了晚明達到高峰，此一時期即鄭振鐸（1898-1958）所讚許為中國木刻版畫萬丈光芒、登峰造極的時代，[20]論者自不可小覷其於文藝場域傳播的意義。[21]然而，多數的「譜像」，乍看之下似乎大同

---

18 此圖繪者佚名，立軸，絹本，設色，作於一五〇六年，北京故宮博物院藏。沈周時年八十歲，柯律格據此闡論。詳參〔英〕柯律格（Craig Clunas）著；黃小峰譯：《大明：明代中國的視覺文化與物質文化（*Empire of Great Brightness：Visual and Material Cultures of MingChina, 1368-1644*）》（北京：生活・讀書・新知三聯書店，2019年6月），頁232-233。

19 此處觀點獲益於王德威先生，他援引法國解構主義大師德希達（Jacques Derrida）的觀點來討論牡丹亭杜麗娘的自畫像，詳參王德威：〈遊園驚夢，古典愛情——現代中國小說的兩度「還魂」〉，《後遺民寫作（*Post-loyalist Writing*）》（臺北：麥田出版公司，2007年11月），頁120。

20 鄭振鐸：《中國古代木刻畫史略》（上海：上海書店出版社，2010年7月），頁51。人物像傳在明清時期因坊刻刊行量產而盛行，諸如〔明〕無名氏畫，〔明〕天然贊《歷代古人像贊》一卷，〔明〕呂維祺編《聖賢像贊》三卷，〔清〕上官周畫《晚笑堂畫傳》二卷附《明太祖功臣圖》，〔清〕張士保畫《雲臺三十二將圖》，〔清〕顧沅編《古聖賢像傳略》十六卷，〔清〕顧沅主編《吳郡名賢圖傳贊》，〔清〕任熊畫、王齡贊、蔡照初雕版《高士傳》三卷，〔清〕葉衍蘭畫、張景祁題詠《秦淮八艷圖詠》一卷。今收入郭磐、廖東輯：《中國歷代人物像傳》（濟南：齊魯書社，2003年1月）四冊之中。

21 根據繆詠禾的研究指出：明代私刻圖書（坊刻及家刻）非常盛行，此種非營利的印刷行為，可能與明代士人慣以一書一帕贈人的風氣有關。常見的是，隨身攜帶個人或祖先的詩文集，逢人便送，以示風雅。詳參繆詠禾：《明代出版史稿》（南京：江蘇人民出版社，2000年10月），頁63、321。

小異，殆因肖像多出自職業畫匠，難免循由「套數模式」；[22]又歷經書坊刻工的雕版「再製」，以及刷印時塗墨良窳等多重變數，[23]故與設色描繪的「肖像圖」相較而言，更趨扁平，呈現「版畫」特有線條與趣味。但今之識者倘細加考察，仍可發現：在高矮胖瘦、髮鬚禿茂之外，仍存有極大的詮釋空間──包括譜主可能選擇「自我凝結」的時間與空間，其所穿戴的服飾及帽子，流露的眼神與姿態，手持的附屬物品如書扇筆戈，以及書寫於側的題跋等等，諸如此類瑣碎而有限的細節中，在在暗藏玄機，頗堪玩味，吾人視此為肖像隱喻之解碼祕鑰。

倘從文化場域的宏觀角度來看，此種透過專人寫真繪圖而後銘版印刷的「肖像畫」，除了主要提供族人懷想先祖而具有「私領域」的紀念價值之外，更因為刊刻行世而具有「公領域」之文化傳播意義。在圖像中，我們當特別留意繪圖者「捕捉」（capture）了何種訊息，意欲「建構」（construct）譜主何種「身分」（identity）與自我象徵（symbol）。近來學界對於明清肖像畫的研究正是方興未艾，[24]而根據美國藝術史學家文以誠（Richard Vinograd,1948-）的研究指出：晚明以降「肖像畫」展現出高度的自我意識，所欲投射於圖像的生命境界

---

22 邁蒂・西格斯特德（常譯為史美德博士，Mette Siggstedt）論及元明時期的肖像畫「基本上成為一種畫匠的活計，在中國繪畫的主流之外有著它自己的發展脈絡」，詳參〔英〕柯律格著；黃曉鵑譯：《明代的圖像與視覺性》，頁99。

23 繆詠禾：《明代出版史稿》，頁302-308。

24 相關圖版及研究甚繁，茲舉其犖犖者，如陳浩星策劃：《像應神全：明清人物肖像畫學術研討會論文集》，以及陳浩星主編：《像應神全：明清人物肖像畫特集（Spirits alive: figures and portraits from the Ming and Qing dynasties）》（澳門：澳門藝術博物館，2008年9月）。另有單國強：〈試論古代肖像畫性質〉，《故宮博物院院刊》第4期（1988年12月），頁50-60、97-98；柳慶齡：〈從《方氏像譜》看中國古代祖宗崇拜〉，《甘肅社會科學》第5期（2013年9月），頁108-111。此外，日本學者小川陽一、近藤秀實亦有「肖像圖」相關研究。

與理想型態，形成數種模式，或為隱者逸士，或為文人雅士等等，不一而足；[25]至於柯律格，更指稱年譜肖像畫為一專有名詞「譜像」，其所繪製的是往往是譜主的「社會性軀體」，[26]筆者據此衍論，認為柯氏說法意味著「譜像」已由務求真實的「寫照」原則逸出，[27]而更強調「傳神」寫意的特質，乃至於文化身分的形構。[28]

執此以觀上揭數例——首先，就尤侗七十八歲〈貝翁小像〉來看，此圖係由僧人開石（生卒年不詳）所繪製，人物置中，正視前方，雙手呈現左上右下之合掌環抱。「僧人」與「合掌」似乎提供了與禪佛有關的聯想，然論者倘若想要更明確地掌握此圖寓意，則需尋求更直接的證據。考尤侗《年譜圖詩》十六幅之最末兩幅圖繪即為〈蒲團禮佛圖〉與〈玉局游仙圖〉（圖四）（圖五），其題目之下各以「參禪」、「學道」二字為全文總綱，由此得知尤氏晚年醉心禮佛，至若有以「游仙」作為最終關懷；又，尤氏又嘗自述「多方外之交」，[29]

---

25 〔美〕文以誠（Richard Vinograd）著；郭偉其譯：《自我的界限：1600-1900年的中國肖像畫（*Boundaries of the self: Chinese portraits, 1600-1900*）》（北京：北京大學出版社，2017年6月），頁16-23。

26 〔英〕柯律格著；黃曉鵑譯：《明代的圖像與視覺性》，頁104。

27 「肖像畫」強調寫實，比況真人的要求，歷來都一直普遍存在這樣對「形似」的要求。柯律格引丘濬論點，言及宋代有論，以為祖宗肖像畫牽涉祭祀，若與死者相貌差之毫釐，那麼獻祭之物就無法送達。見〔英〕柯律格著；黃曉鵑譯：《明代的圖像與視覺性》，頁100；而另一個著稱的例子是張民表（林宗），還曾入夢顯像以昭示繪者，見凌利中：〈名合藏諸五嶽魂，乃逐乎波臣舉世——《張林宗肖像圖》及其作者考析〉，收入陳浩星策劃：《像應神全：明清人物肖像畫學術研討會論文集》，頁142-155。

28 柯律格引《醒世姻緣傳》第十八回晁源為先父安排畫像時要求畫師「只圖好看，哪要他像！」最後畫師檢選了文昌帝君像為藍圖繪製了三幅，由此以觀肖像之社會作用，已不在於寫實。詳參〔英〕柯律格著；黃曉鵑譯：《明代的圖像與視覺性》，頁103-104。

29 〔明〕尤侗：〈行中上人詩序〉，《西堂餘集・艮齋倦稿文集》，卷2，收入〔明〕尤侗著；楊旭輝點校：《尤侗集》（上海：上海古籍出版社，2015年5月），頁1144。考

故推估〈貝翁小像〉之旨趣，在呈顯尤氏之「參禪」形象，並期以此傳諸後世。[30]在此之外，我們也可參照另外兩幅流傳的尤侗肖像圖（圖六）（圖七）。該二圖之人物，皆是左手拈花，意態淡然，目光望向遠方。有意思的是，凡略涉東方宗教文化者即可默會其旨，並輕易判斷這幅畫的創作，並不是尤侗真的拈花而立，繪圖者並非如實寫真，而其所參照的人物類型，明顯化用了禪家第一公案之「拈花微笑」典故。透過這個拈花形象，呈現主角人物參透禪理之崇高境界，而這就是由尤侗視域推敲其所期待世人認知的「社會性軀體」。如此可得〈貝翁小像〉蘊含意義之十九矣。

其次，姜垓遺像亦值得深論。這幅圖係出自其子姜實節（1647-1709）所親繪，除了旁側「泣血」二字，充分表露人子風木之思外，此圖所形構之「姜貞毅形象」，運用了好幾個元素──穿戴並非當朝（清）之帽服，頭著前尖滾邊布帽，目光矍鑠地凝視右斜前方，精神抖擻地「荷戈」待命。「戈」作為一種肖像圖中的「附屬物」（attributes），相較於筆、書、畫、拂塵、扇、花等文人象徵而言，卻格外的意味深長。[31]令觀者好奇的是，所荷之戈，指陳了何場征

其交遊中亦多有居家習佛研道者及出家僧人，如宋世瀠、宗渭、超遠、弘璧、吳瞻等人，詳參徐坤：《尤侗研究》（上海：上海文化出版社，2008年5月），頁117-125。

30 考尤侗早年即對禪佛有所參研，中年返鄉歸野後，又與習佛之士過從甚密。如其四十六歲所作《桃花源》雜劇，即流露忠誠用世心之投入與失落，劇末由禪師開示，「駕慈航好渡打漁郎」，一番點撥，終以淵明參透禪機作結。見〔明〕尤侗：〈桃花源〉，《西堂樂府》，收入《續修四庫全書》，集部別集類第1407冊，頁208。相關研究可參王瑷玲：〈亂離與歸屬──清初文人劇作家之意識變遷與跨界想像〉，《文與哲》第14期（2009年6月），頁159-226。

31 〈荷戈圖〉或可視為一類型，如〔清〕洪亮吉（1746-1809）〈萬里荷戈圖〉，即指出像主人生中的重大事件，乃因文禍遭戍伊犁而後賜還。見〔清〕葉衍蘭、葉恭綽編：《清代學者象傳合集》（上海：上海古籍出版社，1989年7月），圖三十一、圖三十二。另相關研究詳參何奕愷：《清代學者象傳研究》（上海：上海古籍出版社，2011年1月），頁125。

役？而所待之命、所效忠的王朝，究竟為何？一六七三年已是入清二十九年了，而步入晚年的姜如農，猶且以「役叟」、「宣城老兵」等名號行世，這已為「清人眼中日益強大的盛世」，卻也正是「明遺民壯志未酬的末世」。是年，發生了以吳三桂為首的「三藩之亂」，紛紛擾擾達八年之久，然終究為清政府所平定。試想：在此種政局氛圍下，一幅荷戈待役的老兵肖像圖，究竟會牽動何種時代情愫？[32]考諸《年譜》，有二事足徵。其一，姜垓五十二歲（1659）那年九月曾「訪孝廉徐枋於墅區，枋題〈敬亭荷戈圖〉見贈」，[33]竊以為此圖係姜實節所繪〈荷戈圖〉之本，惜該圖今已不傳，無從核對。至於徐枋（1622-1694）之書畫多寓遺民氣節，誠乃眾所周知，故筆者據此衍論，認為徐氏所題繪姜垓肖像圖，極可能針對遺民心緒發微。[34]另，「荷戈」圖又見詠於姜垓《敬亭集》〈自題荷戈小像集唐〉，[35]綜觀全詩，係集唐人詩句而成四首，中有劉長卿「長沙謫去古今憐」、[36]耿津「謫宦軍城老更悲」等詩句，知此詩多寓貶謫軍旅、流離他鄉之故國愁思，亦足為此〈荷戈圖〉闡釋幽旨。其次，有關赴役之事，其始於受辱，後卻

---

32 姜垓與其弟姜垓，係當時高尚抗節士。姜垓當年受崇禎帝謫戍宣城，而竟以此作為遺民身分之堅持。據載，姜如農晚年於宣州，與遺民沈壽民、吳肅公等人時相聚會，並自號「宣州老兵」、「役叟」。詳參〔清〕姜安節編，姜實節訂：《府君真毅先生年譜續編》，收入《北京圖書館珍本年譜叢刊》，第63冊，頁736-737。

33 〔明〕姜垓：《姜貞毅先生自著年譜》，收入《北京圖書館藏珍本年譜叢刊》，第63冊，頁730。

34 詳參拙作：〈不入城之旅——明清之際遺民徐枋的身分認同與生命安頓〉，《明代研究》第20期（2013年6月），頁59-98。收入林宜蓉：《舟舫、療疾與救國想像——明清易代文人文化新探》（臺北：萬卷樓圖書公司，2014年10月），頁9-58。

35 〔明〕姜垓編：《敬亭集》（上海：華東師範大學出版社，2011年5月），頁175-176。

36 〔唐〕劉長卿：〈自夏口至鸚鵡洲夕望嶽陽寄源中丞〉，為遭貶觸景感懷之作。原詩為：「汀洲無浪復無煙，楚客相思益渺然。漢口夕陽斜渡鳥，洞庭秋水遠連天。孤城背嶺寒吹角，獨戍臨江夜泊船。賈誼上書憂漢室，長沙謫去古今憐。」收入〔唐〕李世民等著：《清聖祖御製全唐詩》（臺北：宏業書局，1977年6月），卷151，頁1569。

「引以為榮」，其間心態之轉折，更需細說從頭。姜埰雖曾在明末因諫言下獄，受錦衣衛[37]刑求幾死，可說是閹黨禍國的受害者；後雖改戍宣州，然未及赴命，就遇上了翻天覆地的國變。發配邊境戍守原是受苦與屈辱的經驗，然而，卻在入清後，成為效忠前朝的行為符碼。直至晚年，姜埰仍舊堅守勝國皇詔，於病危彌留之際，仍念茲在茲地告諸床側諸人，自己乃「奉命謫戍，遭逢時變，流離異鄉」，並遺命「今當畢命戍所以全吾志」，而以「敬亭」二字即「戍所」之名。觀其子所繪肖像圖，旨在呈現其父「忠義動天地」的遺民形象；[38]而畫作所凝結的時空，實為糅雜今昔的混合體──姜實節將父親在一六七三年行將就木的龍鍾老態，轉化為滿布皺紋、髭鬚猶茂而歷經滄桑的老兵，雖大腹便便然卻挺直腰桿，神情堅定，緊握軍戈，望向遠方。與其說是如鑑照影之晚年寫實，不如說是「意臨」了崇禎十七年（1644），正奉帝命戍守宣州而未及赴、年方三十七的壯年姜埰形象。如此說來，〈姜貞毅先生荷戈遺像〉不僅僅是飽含家族追思之情，對於家族以外的易代遺民而言，更因饒富身分認同之文化意義而重要非凡。其後流傳的《吳郡名賢圖傳贊》（圖八）、《滄浪亭五百名賢像贊》（圖九）中亦有姜埰圖，多本乎此而略去「荷戈」部分，但保留了「役叟」形象。由此可知，自撰年譜所提供之「肖像圖」，所產生的文化傳播效應，可如漣漪一般，愈遠而波幅益廣，影響不可不謂之深遠。

---

37 明代錦衣衛係明代皇室禁衛軍，其職「錦衣衛，掌侍衛、緝捕、刑獄之事，恒以勳戚都督領之，恩廕寄祿無常員。凡朝會、巡幸，則具鹵簿儀仗，率大漢將軍共一千五百七員等侍從扈行。宿衛則分番入直。」見〔清〕張廷玉；鄭天挺點校：〈志‧職官‧錦衣衛〉，《明史》（北京：中華書局，2008年11月），卷76，頁1862。

38 詳見〔明〕姜埰編：《姜貞毅先生自著年譜》，收入《北京圖書館藏珍本年譜叢刊》，第63冊，頁718。〔明〕姜安節、姜實節編：《府君貞毅先生年譜續編》，收入《北京圖書館藏珍本年譜叢刊》，第63冊，頁739-741。又參見《明史‧姜埰傳》，卷258，頁6668。

（二）自撰年譜的敘述優勢與關鍵時刻

年譜之自撰，究竟有何敘述優勢？最主要的，在於譜主可以透過序文來宣誓說話者的主權。例如，耿定向（1524-1597）在《觀生紀》序言中聲稱「人之觀我，莫如我自觀」，[39]強調書寫之觀看視角，自家手眼遠優於他人手眼。前揭李鑾宣序言中，則指陳他撰年譜「未必如自言之親切有味也」，[40]此乃就「說話者」（speaker）與「閱讀者」（reader）之間所引發的共鳴深度而言，這也是自撰年譜在文學表述上的優勢。自稱「念道人」的方震孺（1585-1645），則宣稱「先生年譜非先生自筆不可，必先生自筆而後可悲與可敬者，委曲肖像如寫生然，要亦不過自存其本色耳！」[41]觀其所謂「自存本色」，指的並不是功名成就，恰恰相反的，則是著眼於人生中無可避免的「悲」劇，以及由此情境催發而使人由衷「敬」仰之人格。此一形象之所以如此鮮明生動，實源於作者之自曝其「短」，揭露當世人所深不解而卻根於本性、昧於權變的「愚」：

> 視羊脂橫玉弗若長版套頭，尚書銜、丞相署弗若匣牀[42]一席，長安六尺輿弗若桁楊[43]三木，珠襦玉匣弗若熱血市場者，此所謂愚於性而不移其愚也。可悲其愚於性也，可敬是則為孩未方先生。[44]

39　〔明〕耿定向：〈觀生記序〉，《觀生記》，收入《北京圖書館藏珍本年譜叢刊》，第50冊，頁11。

40　〔清〕李鑾宣：〈序〉，《翠微山房自訂年譜》，收入《北京圖書館藏珍本年譜叢刊》，第110冊，頁199-204。

41　〔明〕方震孺：〈序〉，《方孩未年譜》，收入《北京圖書館藏珍本年譜叢刊》，第59冊，頁1-2。

42　舊時牢獄中的一種刑械。

43　古代夾頸項、腳脛的刑具。

44　〔明〕方震孺編：《方孩未年譜》，頁1-2。

世人所看重的奇珍異寶、口腹享樂以及權高望眾的官位，對於方氏而言，卻遠不如牢獄中折磨囚犯的殘酷刑具，此種蔑視俗之所貴誠為世人所不解的之「愚」，適足以凸顯其不屈奸邪之可「敬」處，亦正是方孩未之所以能成就自我的關鍵。所撰年譜表述了自我之特立獨行與堅定抉擇，其用語強烈，絕無商榷餘地，刻畫出一幅「剛腸不屈膽如鐵」的人格形象。[45]所謂年譜之親手操觚，實為視死如歸的方氏，與惡勢（世）頑抗的最後一幗。

　　細究明清自撰年譜中何以飽含如此強烈之自我表述意識，係牽涉撰譜之際，說話者正遭逢何種人生抉擇，此即為重要的關鍵時刻。

　　丙寅（天啟六年，1626）那一年，震孺年四十二歲，卻面臨了「秋審及期」[46]死生交迫的大局，深感「余暨時人耳」，故於兵馬倥傯、風雨飄搖之際，「縱筆錄其行略，以留示子孫。若傾巢而卵不盡碎，讀此，知余之苦辛坎壈矣」；[47]又，清人王澐續撰年譜時，[48]言及陳子龍（1608-1647）當年如何將年譜初稿託付予他：「昔先生自作年譜成，愴然執手曰：『自茲以後，我不復措筆矣！患難之餘，獨子朝夕。我死，子其為我續書之。』」[49]清順治四年（1647）子龍四十歲，五月官方御史及巡撫下令「乘此盡除三吳知名之士，而以先生為首」，無怪乎譜成之際如此淒愴，執手交付王澐時，已如同託付身後事；再如天山翁鄭鄤（1594-1639），於崇禎十一年戊寅年八月十五日

---

45 此借用楊繼盛語，見高朝英、張金棟：〈楊繼盛《自書年譜》卷考略（中）〉，頁68。

46 案：此指東林會審。

47 〔明〕方震孺編：《方孩未年譜》，收入《北京圖書館藏珍本年譜叢刊》，第59冊，頁37。

48 王澐，字勝時，江南華亭人，為陳子龍門人。陳子龍抗清敗死，其眷屬貧困無以為繼，陳氏門下均不顧，王澐卻常周恤之，著有《瓠園集》、《輞川集》、《遠遊紀略》四卷等書。王澐事見諸於此譜所引《江南方志》，亦可參《（乾隆）江南通志》。

49 〔明〕陳子龍編：《陳忠裕公自著年譜》，收入《北京圖書館藏珍本年譜叢刊》，第63冊，頁664。

口授年譜時機，乃是初入獄時，「曾欲自敘年譜，以病置，乃從提牢借紙筆，口授玨兒，略記生平，以俟後之論世君子」，[50]而當其時「錦衣衛提牢百戶⋯⋯予寄食提牢廳仁齋」。[51]大抵自揣無法活著走出牢獄，難逃死劫矣！朱賡（1535-1609）則在《茶史》序言中表示，此譜乃「病中自敘行述，略鳴苦心」；[52]明人姜埰（1607-1673）於五十三歲撰寫年譜，亦是兵荒馬亂、流離遷徙、貧病交迫之際。[53]最善好的撰譜狀態，莫過於安養天年者，如王思任（1575-1646）於六十五歲（1639），「析產與諸兒輪膳，始作年譜」，[54]然亦已是日薄西山的風燭殘年！[55]

　　綜觀諸人自撰年譜的時機，大都不離生命垂危之際，不論是年事已高、疾病纏身，或是流離遷徙、牢獄臨難，皆自揣時日不多，趁時

50　〔明〕鄭鄤編：《天山自敘年譜》，收入《北京圖書館藏珍本年譜叢刊》，第61冊，頁257。

51　〔明〕鄭鄤編：《天山自敘年譜》，收入《北京圖書館藏珍本年譜叢刊》，第61冊，頁264-265。

52　〔明〕朱賡編：《茶史》，收入《北京圖書館藏珍本年譜叢刊》，第52冊，頁239。

53　五十三歲為該譜最後一條，論者可由此了解撰譜時期之狀態。據該條所載：是年六月兵阻，姜氏避居靈巖山，「時烽火彌天」，家人離散，後輾轉「寓居山塘委巷，貧病交困」，見〔明〕姜埰編：《姜貞毅先生自著年譜》，收入《北京圖書館藏珍本年譜叢刊》，第63冊，頁731。

54　〔明〕王思任編；〔清〕王鼎起、王霞起訂：《王季重先生自敘年譜》，收入《北京圖書館藏珍本年譜叢刊》，第57冊，頁434-435。譜成後數年明祚亡，王季重遂隱孤竹庵。一六四六年清兵再陷紹興時，作〈致命篇〉，絕食十日殉，此種家國情思並未見於前譜之中。詳參陳飛龍：《王思任文論及其年譜》（臺北：文史哲出版社，1990年11月），頁160。

55　最常見的撰譜成因，是出於時日不多的感慨，如清人楊峴自言：「余今年六十有九矣，無子無孫，深恐風燭易爐，無能舉余行事者，因自輯年譜，以示將來。」見〔清〕楊峴編，劉繼增續編：《藐叟年譜》，收入《晚清名儒年譜》（北京：北京圖書館出版社，2006年12月），第3冊，頁193。又如《觀生記》言「余病中乃力疾亟為之」，見〔明〕耿定向編：《觀生記》，收入《北京圖書館藏珍本年譜叢刊》，第50冊，頁54。

提筆，自書生平大要。蓋「人之將死，其言也善」，生命已到盡頭，
文人回顧一生，此時此刻浮現腦海，究竟何者值得書寫？何者回味最
深？撰寫年譜的私我意義，又如何巧妙轉化為家族記憶，乃至於傳世
流芳，輾轉回應了「超越有限，企及不朽」的終極關懷？而此所披露
諸士人面對死亡、囚禁與疾病時的心態，係由個案微觀之小，而察其
於明清易代之大歷史潮流中，如何於載浮載沉之際，尚且以文字銘刻
心志、期待後之閱眾得有相知相惜者，這不也是另一種極具時代意義
的對話、回應與堅持？[56]

「自撰年譜」係文人以筆墨書寫一生，其意義甚為多重，或為深
情追憶逝水年華，或藉此回顧一生、惕勵來者，更甚者乃以回顧過往
作為修道體悟之崇高境界。在披閱的明清諸家自撰年譜中，自陳撰述
動機而尤值一提的有三例，分別是文人葉紹袁（1589-1648）、刑名專
家汪輝祖（1730-1807），及佛者方顓愷（1638-1717）。

先看明代文人葉紹袁。葉氏撰寫《年譜》的動機，是因為接連數
年之間，遭逢了劇烈的家庭變故——喪母、喪妻、喪女、喪子。悽惻
輾轉之餘，透過文字書寫（包括年譜）的撰寫，感嘆旦夕禍福、生命
無常，追憶昔日歡情點滴：

> 其間晦明風雨，悲忻得喪，所可為色舞者幾何？流涕太息者又
> 幾何？歷歷在我目前，而追之已杳不可得，盡歸於夕陽流水也
> 久矣！……西河共北堂交痛，掌珠與眉案偕傷，撫今憑昔，低
> 徊問影，有一善狀可容自慰者耶？……李群玉詩：「往事隔年

---

56 有關歷史記憶、敘述與情感的處理，或可參佐劉瓊云：〈清初《千忠錄》裡的身
　體、聲情與忠臣記憶〉，《戲劇研究》第17期（2016年1月），頁1-39；劉瓊云：〈帝王
　還魂——明代建文帝流亡敘事的衍異〉，《新史學》第23卷第4期（2012年12月），頁
　61-117。

如過夢，舊遊回首漫追思。」日久情湮，凝眸而恍憶者，亦什之二三而已矣！[57]

葉氏於四十九歲作《自撰年譜》，先前於四十四歲一年內痛喪長女葉紈紈、三女葉小鸞，三年後母親與愛妻沈宜修又相繼亡故，葉氏家族中才女輩出為時人所稱頌，無奈紅顏女輩卻如此薄命。[58]譜成之後，「因詮次三年情事，繫為《續譜》」。[59]葉氏以文人特有的一往情深，透過文字反覆書寫，不斷藉由各種生活面向，凝視過往種種之記憶片段。字裡行間流露哀慟之情，痛失愛女葉小鸞之打擊尤深，《年譜別記》中載記了他一再期盼能於夢中與瓊章相遇，甚至透過民間流傳之扶乩招魂、繪圖寫真等行徑，頻頻回首、流連眷顧，幾近耽溺而無法自己。

　　再看《病榻夢痕錄》，其撰述動機亦有可觀之處。譜主為清人汪輝祖，是一位頗負盛名的刑名判官。深染重疾、自分必死的汪氏，藉病情稍緩之暇，口授二子，撰成年譜。譜錄中大量載記一生所判定之冤殺案件，與參與地方政策的事蹟。對於個人而言，他認為撰寫年譜最大的作用，乃是時至晚年仍可藉此鏡照過往得失，[60]達到規範警醒的自惕作用：

---

57 〔明〕葉紹袁編：《葉天寥自撰年譜》，收入《北京圖書館藏珍本年譜叢刊》，第60冊，頁381-383。

58 詳參朱萸：〈葉紹袁年表〉，《明清文學群落：吳江葉氏午夢堂》（上海：上海人民出版社，2008年1月），頁256-257。又可參蔡靜平：《明清之際汾湖葉氏文學世家研究》（長沙：嶽麓書社，2008年10月）。

59 〔明〕葉紹袁：〈序〉，《葉天寥自撰年譜》《續譜》，收入《北京圖書館藏珍本年譜叢刊》，第60冊，頁463-465。

60 以考鏡得失為撰譜動機者，又見〔清〕陸元鋐編，陸瀚續編：《乡石自記年譜》所述：「春懷疇昔，彌用疚心，燈炧更闌，記述一二，聊以志生平蹤跡，存之以自考鏡得失。」收入《北京圖書館藏珍本年譜叢刊》，第118冊，頁1。

前序

古人晚節末路，不忘箴儆，往往自述生平，藉以考鏡得
失，亦行百里者半九十意也。……去冬嬰末疾，轉更沉劇，
自分必死，恐無以見先人地下，循省舊事，不已於懷，嚮之所
忘，今迺歷歷在心目矣！會感夢中案冥事，益信一言一行，如
有臨鑑。入春以來，病體稍閒，口授培、壕二兒，依年撮記，
至今夏而止。六月，坊兒試禮部還，命其重加排比，析為二
卷，題曰《病榻夢痕錄》，東坡詩云：「事如春夢了無痕。」[61]
余不敢視事如夢，故不免於痕。雖然，夢虛也，痕實也。實則
誠，誠則毋自欺，硜硜之守，實即在此，書其端以告子孫，俾
知涉世之難、保身之不易也。歸廬主人輝祖識耑。嘉慶元年七
月一日。[62]

「誠則毋自欺」，是自言撰寫時戒慎求實的態度；詳載諸多刑殺案
件，則暗指人之窮途末路皆事出有因，年譜之傳，實具有昭示後代子
孫「涉世之難、保身之不易」的深遠用意。

再舉一則發人深省的例子——明清之際的方顓愷。[63]方氏早年即

---

61 典故出自東坡〈正月二十日與潘郭二生出郊尋春忽記去年是日同至女王城作詩乃和
  前韻〉詩：「東風未肯入東門，走馬還尋去歲村。人似秋鴻來有信，事如春夢了無
  痕。江城白酒三杯釅，野老蒼顏一笑溫。已約年年為此會，故人不用賦招魂。」見
  〔宋〕蘇軾，〔清〕馮應榴輯注；黃任軻、朱懷春校點：《蘇軾詩集合注》（上海：
  上海古籍出版社，2009年8月），卷12，頁1074。

62 〔清〕汪輝祖口授：《病榻夢痕錄》，收入《北京圖書館藏珍本年譜叢刊》，第107
  冊，頁1-2。

63 明清之際嶺南遺民逃禪者多，如方跡刪、屈大均等即寓居澳門。詳見廖肇亨：《忠
  義菩提：晚明清初空門遺民及其節義論述探析》（臺北：中央研究院中國文哲研究
  所，2013年12月）；林志宏：《民國乃敵國也：政治文化轉型下的清遺民》（臺北：
  聯經出版事業公司，2009年3月）；蔡鴻生：《清初嶺南佛門事略》（廣州：廣東高等
  教育出版社，1997年8月）。

皈依佛門，八十年來，未嘗刻意記憶俗世種種；然而，在晚歲某年深秋之霜降時節，因備受足疾磨難而養疴於湖山堂中的他，日日抱膝呻吟，[64]「忽於痛苦中，迴光返照，童時、壯時、老時、衰時，種種人、種種物、種種事、種種因緣、種種苦樂，洞見現前，如鏡鑒形，鬚眉畢露；如水照物，動靜全收」，此種「人生走馬燈」多半出現於「瀕死經驗」（Near Death Experience），[65]而方氏遭逢此事時，雖老病交至，然由其表述得知，方氏係將此種「迴光返照」，視為高度體悟的生命境界——「所謂荊公禪定耶？抑別通一路，與本來人相遇於百苦交煎時也！」於是「迅筆疾書，追述前事，題曰《紀夢編年》」，他將個人之過去、現在、未來三世之間的種種因果關聯，與頓悟契機、成長歷程，繫諸此譜，同時也昭告後世讀者，姑妄言之、姑妄聽之：

> 緣以事有詳略，語多遺忘，時有後先，序或倒置，悉以夢緣該之，觀者不妨諦當作夢會也，也不得不作夢會也。不得，昔東坡居士強人說鬼，曰：「姑妄言，予以妄聽之。」則得之矣。

---

64 此段敘述係根據原文：「予年八十，生平行履，未曾記憶，丙申九秋霜降後，足疾復作，養疴於湖山『得我堂』，坐臥山閣，抱膝呻吟」，見〔清〕方頤愷編：《紀夢編年》《續編》，收入《北京圖書館藏珍本年譜叢刊》，第84冊，頁164-165。

65 「瀕死經驗」是生命中令人震慴的經驗，一如研究所指，它也具有一種力量，能夠徹底轉化並改善那些自死亡關口復生者的人生。相關論述可見〔美〕肯尼斯‧林格（Kenneth Ring）著；李雅寧、李傳龍譯：《穿透生死迷思：瀕死經驗真實個案教你如何去愛、去看待生命》（臺北：遠流出版事業公司，2001年12月）。Kenneth Ring 向來專研瀕死經驗，另其他相關著作如《死後餘生》（*Life at Death: A Scientific Investigation of the Near-Death Experience*）、《奔向終點》（*Heading toward Omega: In Search of the Meaning of the Near-Death Experience*）和《終極企劃》（*The Omega Project: Near-Death Experiences, Ufo Encounters, and Mind at Large*），以及《盲人瀕死和靈魂出體經驗》（*Mindsight: Dear-Death and Out-of-Body Experiences in the Blind*）。〔瑞士〕榮格（Carl Gustav Jung）在自傳中亦述及此，反觀中國古典文獻，學者對於此一議題的關懷，甚少直接關聯，間接相關的是傳統魂魄觀。

> 丙申冬,《紀夢編年》脫槀,手錄一冊,以貽後人,跋此。八
> 十歲老僧成鷲書於鼎湖「得我堂」中。[66]

蓋人生體悟並不全然來自閱讀他人的故事,後之觀者不得依此規畫人
生藍圖,或企圖藉此複製他人成功或悟道之捷徑,故方氏強調觀者
「不得不作夢會」。譜錄中載記的種種事跡,無非僅僅為私我體悟之
資,文字敘述更只是糟粕,那麼觀者面對文字所記錄的《年譜》,究
竟該採取何種閱讀姿態?又將如何藉此體悟從而回應自我人生?方氏
於譜末留下伏筆——人人莫不是回到自己當下的生活,細細體會箇中
意義,找回本來真我,是以方氏命堂為「得我」,其撰譜初衷,或即
在此![67]

　　總整而言,年譜的書寫動機,由三不朽價值觀,走向個人表述與
體悟境界之呈顯,此種私我體驗,卻因說話者真誠面對自我,而受到
異時異代閱讀者之共賞共鳴,如此不求不朽,卻反而企及了傳世共鳴
之效,輾轉回應了主體對於「超越有限,企及無限」的終極關懷,這
在年譜發展史上之意義,尤為深重。明清自撰年譜之重要性與特殊
性,首當基因於此。

---

66 〔清〕方顯愷編:《紀夢編年》《續編》,收入《北京圖書館藏珍本年譜叢刊》,第84
冊,頁165。

67 「得我堂」,或可由佛學「我者乃自在之義」理解。蓋《大般涅槃經》言「有大我
故,名大涅槃。」又《維摩詰所說經》曰「佛以一音演說法,眾生隨類各得解」,
故人人自得其真我,即得大我,證道涅槃。分別見〔北涼〕天竺三藏曇無讖譯:
〈光明遍照高貴德王菩薩品第十之三〉,《大正新脩大藏經》(臺北:新文豐出版公
司,1983年),第12冊,第374,卷23,頁502;〔姚秦〕三藏鳩摩羅什譯:〈佛國品
第一〉,《大正新脩大藏經》,第14冊,第475,卷1,頁538。

三　議題的選擇：頗負爭議的夢兆經驗與異人遭遇

　　既然自撰年譜之動筆時機，多半處於時日不多之死生關頭，說話者不得不自我表述（再不說就沒機會了），其撰寫態度理應慎重嚴肅，非關緊要實無須列入。年譜涵攝範疇可以李鑾宣敍言為代表，舉凡「君臣之遇合，庭訓之諄嚴，師友之切磋，以及研窮理道，陶鑄性靈、瀏覽山水」，[68]皆可以綱舉目張的方式，羅列昭示，便於後世覽文興懷。有關上述項目，論者當無疑義；然而，令人尤感興味的，則是在此之外的議題──自撰年譜為何要寫入缺乏具體事功之強烈佐證、理應刪去以避免爭議的「夢兆經驗與異人遭遇」？而說話者又是如何編織敍寫，使之合理存在？

　　明清自撰年譜中所寫入的夢兆經驗與異人遭遇，似乎因為是當事人自陳親眼所見、親身經歷的事件，會被擇選入譜，必然有非說不可的原因，但卻又怕說了別人不信，因此下筆成文時，遂多加著墨、鋪陳細節，似乎想將前因後果、相印相證之處交代清楚，編織成合理說法，為的就是求信他人、昭示後代。於是，身為一個年譜研究者，在披閱這些夢兆經驗與異人遭遇時，重點似乎已不再是孜孜矻矻地善加考證（因為也無從考證），其閱讀經驗倒比較像是看了篇志怪小說，[69]或是宗教感應錄、上帝神蹟錄之類的部分情節，只不過是文中主角──譜主，是第一人稱，其內容則上天下地，或幻遊天府仙境，與神人面示；或遊歷冥間，與亡故親友相晤。因夢兆之靈感，而後還有詩文、圖繪作品等等，不一而足。

68　〔清〕曹錫齡編：《翠微山房自訂年譜》，收入《北京圖書館藏珍本年譜叢刊》，第110冊，頁201。

69　明清小說中多有言鬼神、離魂、異夢等情節，相關研究可參楊宗紅：《民間信仰與明末清初話本小說之神異敍事》（北京：人民出版社，2017年11月）。

　　論者或可由大環境來推敲原因。如謂明代儒釋道三教混融，又正逢西方信仰的進入（故有人聲稱夢見上帝），再加上地方流行之民間信仰（如關聖帝君、白衣大士、城隍廟祈夢、扶乩招魂之類）等等，[70]實不可不謂此間大有關聯，然需追索譜主與上述宗教氛圍浸潤接觸之事實，方可避免膚泛之論。倒是在年譜中，譜主大多自陳更直接的因素，蓋「說話者」認為夢兆與異人值得書寫，是因為真實處境中，恰恰有相應之人事地物，其前因後果之昭示意義深刻異常，[71]當事人震撼莫名，多年後挪筆成譜之際，猶且嘖嘖稱奇（如葉紹袁《年譜後記》所載女兒瓊章逝世當晚入舅夢與之較勁詩句事），故有列入年譜之必要。

　　撰者將這樣的經驗載入年譜，加以編織因果關聯，即便是後代子孫抑或是贊刻者，在修纂之際，仍舊免不了忐忑揣測：後世閱眾會有何質疑？是否適得其反地引來負面觀感？焦慮不外有二，其一是「侈談夢語以自榜異」，[72]其二則是「迷信」。如清人潘士超在光緒年間重刻《堵文忠公集》中的《堵文忠公年譜》一卷，即保存了有關夢兆的相關敘述。此版本據原堵胤錫（1601-1649）所自述之誕生夢兆而重述，[73]在正文之後，堵子說明了不刪去此夢兆書寫的理由：

---

70 如李孝悌由宗教信仰（關聖帝君）角度分析冒襄〈夢記〉等文，詳參李孝悌：〈儒生冒襄的宗教生活〉，收入丘慧芬編：《自由主義與人文傳統：林毓生先生七秩壽慶論文集》（臺北：允晨文化實業公司，2005年6月），頁257-282。

71 為了編織前因與後果之繫聯，年譜中屢見時序錯置者，如所述「有後年之事凌入前年者，如此則文直而事完。用方孩未先生自敘年譜例也」，見〔清〕蔣彤編：《武進李先生年譜》，收入《北京圖書館藏珍本年譜叢刊》，第131冊：〈譜例〉，頁4。

72 〔清〕潘士超編：《堵文忠公年譜》，收入《北京圖書館藏珍本年譜叢刊》，第63冊，頁3。

73 〔明〕堵胤錫自記：《堵忠肅公年譜》，收入《北京圖書館藏珍本年譜叢刊》，第62冊，頁361-362。

> 萬曆二十九年辛丑十二月八日辛未酉刻，不孝生於夾山之麓，
> （村名十房街），時大人年幾四十再娶而覲於嗣，禱於句曲之
> 峰，夢神語曰：「考汝績醇篤，恨汝薄祿無子，惟壽則上算
> 耳。」大人泣曰：「願以壽易。」出遇一道士，手招一牧童，
> 至乖，雙辮，著犢鼻，指謂大人曰：「是而兒也。」遂寤，至
> 是不孝生。先慈懷孕，夢牧童笑入懷中，既一牛突入，毛角猙
> 獰，觸慈於地，慈驚寤，腹遂楚痛坏副，幾絕，因名不孝曰：
> 「授」，志神授也。慈因是成疾，不起，大人年止五十而卒，
> 初月川公悉讓其田宅與諸父，乃居武進之夾山外家王氏別業
> 也。（符錄因果諸書，予素不喜附會，至侈談夢語以自榜異，
> 尤為君子所厭，聞第此出大人手遺，不忍刪抹，且以見大人一
> 生勤積，有感必應）。[74]

此夢記載了堵氏父親當年辛苦求子的過程，在虔誠禱祝之後，夢見一
神許以折壽易子。到了母親臨盆之際，又夢見牧童與牛，故因而命名
為「授」，蓋「神授之子」的特別紀念也。這種夢兆經驗多半出現在
道釋符錄因果一類的書籍中，若在年譜，又極易落入「侈談夢語以自
榜異」之襲用套語，堵氏之子基於此乃出自父親手遺，不忍刪抹，但
嘗試對於此種載記，提出一種「天人感應」式的詮釋，認為這是父親
一生勤勞積善，故真有所感，上天遂應許之。

　　自許「詩禮士夫之家」[75]的楊繼盛（1516-1555），因其自撰年譜
頗類家訓，[76]足以傳諸後世，故謂之《傳家寶》。後於民國九年

---

74 〔清〕潘士超編：《堵文忠公年譜》，收入《北京圖書館藏珍本年譜叢刊》，第63
　　冊，頁2。

75 〔明〕楊繼盛編：《椒山先生自著年譜》，收入《北京圖書館藏珍本年譜叢刊》，第
　　49冊，頁502-503。

76 近來國內對於楊氏年譜的研究，則以曹依婷：《楊繼盛與「忠臣楊繼盛」之間：一
　　個明代忠臣的再詮釋》（臺北：政治大學歷史學碩士論文，2018年1月）為要。

（1920）上海宏大善書重刊石印本，發行者特於卷首，就書中可能涉及迷信之數事，提出說明：

> 則《椒山年譜》中，事三人疾不染疫，謂有神佑；[77]受打至五六十後不覺痛，謂有神助；其他夢見大舜，夢見三金衣人灌藥癒瘡，何一非涉迷信者？椒山雖迷信，無害於其為椒山，世之迷信者而皆如椒山，迷信亦何害於世道？[78]

茲考訂文中所言夢事，分別發生於三十四歲及三十八歲。其一為創作樂器時得夢中神示，另則為命危之際夢遇神人餵藥事。年譜中載記楊氏三十四歲時，專研五音五律之古樂，其師韓邦奇（1479-1556）鼓勵其復現古制樂器，雖苦心思索，然多日無得。一夜，忽夢古聖大舜，坐堂授予黃鐘，三擊而醒，恍然若有所悟，遂感而成管：

> 予退而欲製，漫無可據，苦心思索，廢寢食者三日。忽夜夢大舜坐於堂上，予拜之，案下設金鐘一，舜命予曰：此黃鐘也，子可擊之。取之連擊三，醒而恍若有悟，呼妻燃燈，取竹與鋸鑽，至明而成管六。至巳而十二管成。[79]

閱文至此，讀者或感其誠心，視此為聖靈顯跡而嘖嘖稱奇？抑或是斥

---

77 明戊戌年二十三歲，和兩位姪子到佛寺僧房，正逢夏季瘟疫橫行，人人自危，而楊繼盛痀瘰在抱，不忍捨病僧而去，連事三人而不染疾，時人皆盛傳為神明庇祐。〔明〕楊繼盛編：《椒山先生自著年譜》，收入《北京圖書館藏珍本年譜叢刊》，第49冊，頁461-462。

78 〔明〕楊繼盛：〈重印楊忠愍公傳家寶書序〉，《椒山先生自著年譜》，收入《北京圖書館藏珍本年譜叢刊》，第49冊，頁443。

79 〔明〕楊繼盛編：《椒山先生自著年譜》，收入《北京圖書館藏珍本年譜叢刊》，第49冊，頁466-467。

之為迷信，遂略而不論？面對這個見仁見智的閱眾反應，刊行者索性採取模糊論述，以存而不論面對負面質疑，提出「雖迷信，無害於其為椒山」[80]的說辭，企圖以楊書具教化世人之正面意義，為「迷信」之咎，另開生路。這與前述「不忍刪抹」，都站在「最好不寫」以免引發爭議的立場，提出了一種讓「夢兆書寫」繼續存在於年譜的消極意義。

　　無視此種爭議困境，反而還堂而皇之為夢兆等無稽事，正面提出論點者，莫過於刑名專家汪輝祖。汪氏於敘中明言，乃藉年譜自我儆惕，「感夢中案冥事，益信一言一行，如有臨鑑」。[81]一生判案無數的汪氏，自六十七歲起經常於夢中被召喚至冥間執行判官任務，處理陳年懸案。某日如尋常於夢中至冥府判案，一婦持帛前來告狀，告的居然就是庭上安座的汪輝祖！汪氏仔細一看，堂下站的就是他三十二歲那年受理的自盡案主，多年來該婦「自認」含冤莫白，故哀怨滿懷地前來冥府控訴伸冤。覽者披閱至此，莫不為汪氏捏把冷汗，幸而汪氏無愧於心，曉諭一番，多年誤會得以紓解，後該名女鬼隨即稽顙離去。此案正是汪氏年譜所載諸多刑殺案件中最特別者，故於序言中具名指稱「夢中案冥事」。此夢入譜之重要原因，在於讓汪氏驗證了平生信仰，並且深深相信──人之所作所為，誠無所遁逃於天地之間，就如同攬鏡自觀一般。深信「敬鬼神」的他，[82]特別要藉年譜之傳，使後世子孫明瞭「涉世甚難、保身不易」，世間種種作為，皆應戰戰兢兢、

80　〔明〕楊繼盛：〈重印楊忠愍公傳家寶書序〉，《椒山先生自著年譜》，頁443。

81　〔清〕汪輝祖口授：《病榻夢痕錄》卷上，收入《北京圖書館藏珍本年譜叢刊》，第107冊，頁1-2。

82　〔清〕汪輝祖口授：《病榻夢痕錄》《餘錄》，收入《北京圖書館藏珍本年譜叢刊》，第107冊，頁486。原文為「十年乙丑七十六歲。自憶平生，秉性憨直，不能謹言，雖幸親知曲諒，未干大戾，而事後之悔，紛不可追，惟『敬鬼神』三字服膺，勿失鄉幕。」

戒慎恐懼。汪氏讓「夢中案冥事」在年譜諸例中，標舉為最重要的敘述，不但不可刪除，還要讀者準此戒慎行事，撰譜者如此深具用意地標舉「夢兆」書寫，其撰述觀點深具時代特殊性，論者不可不察。

綜觀上述諸例，不論是由「勤勞積善而天人感應」、「就算迷信又有何害世道」等消極論述，抑或是「期以敬鬼神昭示後代」的積極標舉，「夢兆經驗」著實成為部分明清自撰年譜中的重要議題。至於異人遭遇，與明代重視個人體悟的時代氛圍有著密切關聯，譜主倘重視內在自我求道，則譜中常有跨越夢覺界限，而與異人（神人、聖人或高人）論道的玄秘經驗，其性質與夢兆書寫實相近而不遠。[83] 整體而論，明清時期的自撰年譜，無論「夢兆經驗」或「異人遭遇」等幾近神秘體驗的敘寫，在世人的注視中，已然穿越時空甬道而存留至今，與呶呶不休、捍衛道統秩序的聲音，混雜成多元的敘述現象，這顯非昔日三不朽方可入譜之敘述標準所可涵蓋。

四 核心研究文獻、研究方法與論述進程

本論文以自撰年譜中的「夢兆經驗」與「異人遭遇」為主題，研究斷限係以明代至明清之際為主力，兼或下及清代。迫於時間才力之限，僅僅追索至足以成論，無法賅盡而必有遺珠之憾，遂假叢書之便，據為主要核心研究文獻。這套《北京圖書館藏珍本年譜叢刊》，係於一九九九年由北京圖書館所編定，收入了歷代年譜一千兩百餘種，約十五萬頁，譜主千餘人，上起三代，下至一九四九年九月。所收錄之年譜版本，有三分之一是首次披露面世。卷首之〈編輯體例〉中言及，這套叢書所認定的年譜為「以年繫譜主事跡之書」，所以符合此原則者，雖不以年譜名之，亦收入，如年表、年略、觀生紀、夢

---

83 將在本書第四章中詳論，故此略敘。

痕錄、知非錄、言舊錄、鴻爪錄等。旁及年譜變體如詩譜、讀書譜等，亦收入。

　　然叢刊雖已蒐羅十九，仍有遺珠者，寓目所及得符合自撰年譜標準者，如徐顯卿《宦迹圖》，或其他年譜叢刊符合者，亦列入本文討論之列。

　　為便於閱者一目暸然，茲將本題搜羅之文獻出處，以簡要表格羅列於下：

表一　徵引《北京圖書館珍本年譜叢刊》一覽

編號	自撰年譜名稱	譜主／生卒年	影印所據版本	收藏冊數及頁數	夢兆經驗	異人遭遇
1	《秦襄毅公自訂年譜》一卷	〔明〕秦　紘（1426-1505）	明嘉靖十七年單縣秦學書刻隆慶三年天啟元年遞修本	第40冊，頁29。	∨	
2	《幻跡自警》一卷	〔明〕殷　邁（1512-1581）	民國間海寧陳乃干慎初堂烏絲欄抄本	第49冊，頁263。		∨
3	《椒山先生自著年譜》一卷	〔明〕楊繼盛（1516-1555）	民國九年上海宏大善書總發行所石印《楊椒山公傳家寶書》本	第49冊，頁443。	∨	
4	《憨山老人年譜自敘實錄》二卷附錄一卷	〔明〕釋德清（1546-1623）	清順治間刻本	第52、53冊，頁2-3。	∨	
5	《海澄周忠惠公自敘年譜》一卷	〔明〕周起元（1572-1626）	清同治十一年刻本	第56冊，頁253。	∨誕生夢兆	

編號	自撰年譜名稱	譜主／生卒年	影印所據版本	收藏冊數及頁數	夢兆經驗	異人遭遇
6	《魏廓園先生自譜》一卷	〔明〕魏大中（1575-1625）	明崇禎元年刻《藏密齋集》本	第56冊，頁405。	✓	
7	《王季重先生自敘年譜》不分卷	〔明〕王思任（1575-1646）	清初山陰王袞錫等刻本	第57冊，頁314-317。	✓	
8	《方孩未年譜》一卷	〔明〕方震孺（1585-1645）	清同治七年樹德堂刻《方孩未先生集》本	第59冊，頁1。	✓ 誕生夢兆	
9	《天寥自撰年譜》一卷《年譜續編》一卷《年譜別記》一卷	〔明〕葉紹袁（1589-1648）	民國間吳興劉氏嘉業堂刻《嘉業堂叢書》本	第60冊，頁389、頁403-404。	✓	✓
10	《天山自敘年譜》一卷	〔明〕鄭鄤（1594-1639）	清宣統二年武進盛氏刻本	第61冊，頁223-244。	✓	✓
11	《堵忠肅公年譜》一卷	〔明〕堵胤錫（1601-1649）	〔明〕堵胤錫自記，清嘉慶十年海寧吳騫抄本	第62冊，頁361-362。	✓	
	《堵文襄公年譜》一卷		〔明〕堵胤錫，清光緒十一年童斐抄本	第62冊，頁487。	✓	
	《堵文忠公年譜》一卷		〔清〕張夏，清道光二十三年錫山潘氏刻本	第62冊，頁607。	✓	
	《堵文忠公年譜》一卷		〔清〕潘士超編，清光緒間刻《堵文忠公集》本	第63冊，頁1-2。	✓	

編號	自撰年譜名稱	譜主／生卒年	影印所據版本	收藏冊數及頁數	夢兆經驗	異人遭遇
12	《陳忠裕公自著年譜》三卷	〔明〕陳子龍（1608-1647）	清嘉慶八年青浦何氏幹山草堂刻《陳忠裕公全集》本	第63冊，頁664。	∨	
13	《姜貞毅先生自著年譜》一卷《續編》一卷	〔明〕姜 埰（1608-1673）	清光緒十五年山東書局刻《敬亭集》本	第63冊，頁699。	∨	
14	悔菴《年譜圖詩》《小影圖讚》	〔明〕尤 侗（1618-1704）	清康熙間刻《西堂全集》本	第73冊，頁623。	∨	
15	《寒松老人年譜》	〔明〕魏象樞（1617-1687）	清乾隆六年刻本	第73冊，頁441。	∨	
16	《紀夢編年》一卷《續編》一卷	〔明〕方顗愷（1638-1717）	清同治二年南海伍氏粵雅堂刻《嶺南遺書》本	第84冊，頁97。		∨
清1	《敬亭自記年譜》一卷	〔清〕王祖肅（1717-1792）	乾隆間新城王氏刻本	第99冊，頁157-158。	∨	
清2	《曹劍亭先生自撰年譜》一卷	〔清〕曹錫寶（1719-1792）	清光緒二十三年印書公會鉛印本	第104冊，頁249-250。	∨	
清3	《紀年草》一卷	〔清〕萬廷蘭（1719-1807）	清嘉慶十二年南昌萬氏刻本	第104冊，頁288。	∨	∨
清4	《病榻夢痕錄》二卷《夢痕錄餘》一卷	〔清〕汪輝祖（1731-1807）	清光緒間刻江蘇書局刻《龍莊遺書》本	第107冊，頁1。	∨	
清5	《姜杜薇先生	〔清〕姜 晟	清咸豐同治間長	第106冊，	∨	

編號	自撰年譜名稱	譜主／生卒年	影印所據版本	收藏冊數及頁數	夢兆經驗	異人遭遇
清5	自訂年譜》	（1730-1810）	沙餘氏明辨齋刻《明辨齋叢書》本	頁338。		
清6	《三松自訂年譜》一卷	〔清〕潘奕雋（1740-1830）	清道光十年吳縣潘氏刻本	第110冊，135頁。	∨	
清7	《翠微山房自訂年譜》一卷	〔清〕曹錫齡（1741-1820）	清嘉慶間朱格稿本	第110冊，頁272-276。	∨	
清8	《吳菘圃府君自訂年譜》一卷	〔清〕吳　璥（1747-1822）	清道光三年錢塘吳氏刻本	第117冊，113頁。	∨誕生夢兆	

　　本題係以明清自撰年譜為研究核心對象，考察當中之夢兆經驗與異人遭遇，借助了當代文化理論相關研究成果，如過往經驗牽涉到「記憶」[84]（包括選擇性記憶、記憶的再現與敘述策略）與「自我」[85]意義的安置。有關「夢」的研究，則除了心理學界之作還有中國夢文化研究等專書足以參考。[86]除此之外，有關「異人」相關研究的期刊論文數篇。[87]

84　茲略舉專書一二為證：〔美〕蘿普（Rebecca Rupp）著；洪蘭譯：《記憶的秘密（Committed to Memory: How We Remember and Why We Forget）》（臺北：貓頭鷹出版社公司，2004年2月）；〔美〕詹姆斯‧麥高（James L.McGaugh）著；鄭文琦譯：《記憶與情緒（Memory and emotion: the making of lasting memories）》（臺北：財團法人靈鷲山般若文教基金會附設出版社，2005年8月）。

85　可參見自傳文學對於自我意識的探討，如〔日〕川合康三：《中國的自傳文學》（北京：中央編譯出版社，1999年4月）。

86　有關中國夢文化的研究甚夥，詳參本書導論。

87　如楊儒賓：〈王學學者的「異人」經驗與智慧老人原型〉，《清華中文學報》第1期（2007年9月），頁171-210。

　　以下就文獻的議題，依序論及「夢兆經驗」與「異人遭遇」。首論「夢兆經驗」，將涉及「病疴夢癒」與「判案示訊」二個議題；其次，就誕生夢兆或死事夢兆，另闢專題討論。再次，則論「異人遭遇」，則分別由「醒寤」以及「夢寐」兩部分，列舉數個代表個案，闡述譜主之求道體悟與學術（文學）淵源的示現。

圖一：〔明〕尤侗〈貝翁小像時年七十有八〉[88]

---

88 〔明〕尤侗編：《年譜圖詩》，收入《北京圖書館藏珍本年譜叢刊》，第73冊，頁629。

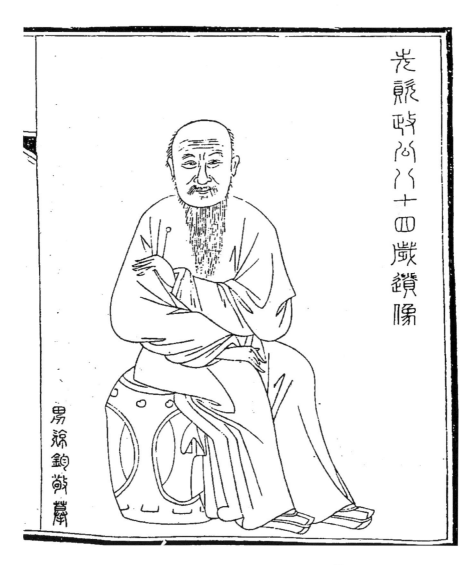

圖二：〔清〕康基田〈松鶴園小影〉[89]

<hr />

89 〔清〕康基田編；康亮鈞補編：《茂園自撰年譜》，收入《北京圖書館藏珍本年譜叢刊》，第105冊，頁549。此圖係嘉慶辛未（1811年）年袁江繪圖，道光丁亥（1827年）年刊行。

圖三：〔明〕姜垓〈姜貞毅先生荷戈遺像〉[90]

---

90 〔明〕姜垓編：《姜貞毅先生自著年譜》，收入《北京圖書館藏珍本年譜叢刊》，第
　　63冊，頁699。相關研究可參吳航、張文：〈論明遺民姜垓及其《自著年譜》〉，《濟
　　南大學學報（社會科學版）》第24期3卷（2014年3月），頁33-37。

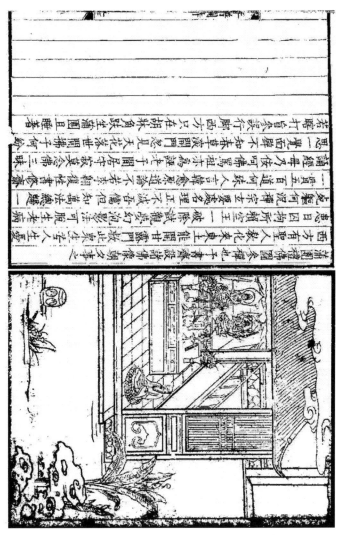

圖四：〔明〕尤侗〈蒲團禮佛圖〉[91]

91　第十五幅為「蒲團禮佛圖，參禪也。予書齋設諸佛像朝夕事之。西方有聖人教化來
　　東土，能開甘露門救此眾生苦。人生憂患，日因拘所，賴空王一破除，試觀夢幻泡
　　影法，可脫生老病死軀，何況禪宗玄要處，名理正不滅，吾儒但知萬法總歸一，一
　　貫五百道何殊。」見〔明〕尤侗：《年譜圖詩》，收入《北京圖書館珍本年譜叢刊》，
　　第73冊，頁613。此圖經臺灣中央研究院傅斯年圖書館授權，使用館藏珍本影像。

圖五：〔明〕尤侗〈玉局游仙圖〉[92]

---

92 〔明〕尤侗：《年譜圖詩》；收入《北京圖書館珍本年譜叢刊》，第73冊，頁615。此圖經臺灣中央研究院傅斯年圖書館授權，使用館藏善本影像。

圖六：《吳郡名賢圖傳贊》之尤侗像[93]

93 尤侗像見〔清〕顧沅輯；陶澍、梁章鉅等敍；孔繼堯繪圖：《吳郡五百名賢圖傳贊》
（臺北：廣文書局，道光九年〔1829〕刻本影印，1978年），卷8，頁1019。此處採
用「光明之門」網站所收的清道光九年（1829）長洲顧氏刊本第18卷（頁556）的
圖版，網址：http://gmzm.org/bbooks/%E7%BA%AA%E4%BC%A0/%E5%90%B4%
E9%83%A1%E5%90%8D%E8%B4%A4%E5%9B%BE%E4%BC%A0%E8%B5%9E/in
dex.asp?page=556，擷取日期：2020年3月1日。

圖七:《滄浪亭五百名賢像》之尤侗像[94]

---

94 其贊文曰:「鶴格彌古,鷗心自閒。可仕可隱,南園之閒」。尤侗像,見〔清〕孔繼
堯繪;石韞玉正書贊;譚松坡鐫;收入黃鎮偉撰文:《滄浪亭五百名賢贊》(蘇州:
古吳軒出版社,2005年1月),第8冊,頁865-866。

圖八：《吳郡名賢圖傳贊》之姜埰像[95]

---

95 圖後有文：「公姓姜，諱埰，字如農，萊陽人。崇禎四年進士，除密雲令，改儀
真。有聲，入為禮部主事，選授禮科給事中。時寇氛猖熾，宰臣周延儒首鼠兩端，
陰重不泄，會行人司副熊開元疏侵延儒，上怒，逮開元，杖一百，公於是劾延儒半
開元，無罪。有云：『大臣不言，則小臣言之，皇上何所見而偏狗若是？』語過
激，并杖。公下錦衣衛獄，幾死。弟垓，官行人，微服事兄，周旋素醼，不去。方
獄急時，萊陽城破，公父瀉里闔門，死難，垓席薰闔門，願以身代公，歸辦喪事，
上惻然，乃削公籍，戍宣城。福王立，遇赦，流寓蘇州，往來宣城。臨死，謂其子
曰：『敬亭，吾戍所也。戍者君命，死必葬我敬亭之麓。』年七十歿，葬宣城。門
人私諡貞毅先生，祠在虎邱養鶴澗旁。贊曰：『直言極諫，嚴氣正性。埋骨敬亭，
不忘君命。』」見〔清〕顧沅輯；陶澍、梁章鉅等敘；孔繼垚繪圖：《吳郡五百名賢
圖傳贊》，頁788。

直言極諫
嚴氣正性
菫骨敬亭
不忿君命

明禮科給事中私諡貞愨先生姜公埰

圖九：《滄浪亭五百名賢像贊》之姜埰像[96]

96 〈姜埰蘇州石刻像〉刻於清道光七年（1827），〔清〕孔繼堯繪；石蘊玉正書贊；譚
松坡鐫；收入黃鎮偉撰文：《滄浪亭五百名賢像贊》，卷8，頁865-866。

第二章
夢兆經驗：他界想像與慾望投射

　　人有生之年，所作之夢，不可勝數。然而，歷經漫長歲月，仍可於時間巨輪之輾壓下殘存者，已是萬中一二。到了撰寫年譜之生死當頭，驀然回首，猶且歷歷在目、驚心動魄者，足見該夢境所引發個人感受之強烈、意義之迥異尋常，故於記憶圖版之銘刻莫名深刻而不可磨滅，猶如心理學家所研究的「鎂光燈記憶」（flashbulb memory）一般。[1]

　　說話者在撰寫年譜時，所擇入的夢兆經驗，實與人之生老病死、功名、婚姻、生子、置產等重大生命經驗，形影相伴。而每個人所認定之最重要與印象最深刻之生命情節，又各自有別，故年譜中的夢兆書寫，可謂千奇百怪。唯獨異中有同之處，在於「夢」，皆提供當事人於所述情境中，跨越現實藩籬之可能。諸如時間與空間、身體與靈魂（包括過去、現在、未來三世，生死陰陽兩界、空間移動與穿越等等），都可以在夢境中輕易自原有疆界脫逸而出，到達「他界」（包括天界、冥府、未來、過去、他方等等），並以語言或語言以外的方式溝通訊息。

1　研究「記憶」的學者宣稱：人們並不是一視同仁地將所有事情記在腦海裡，生命中那些難忘時刻，猶如照片般地保存下來，並且包含了清楚而持久的細節。馬丁・康偉稱此為「閃光燈記憶」，或「鎂光燈記憶」。相關介紹可參見〔美〕詹姆斯・麥高（James L. McGaugh）著；鄭文琦譯：《記憶與情緒（Memory and emotion: the making of lasting memories）》（臺北：財團法人靈鷲山般若文教基金會附設出版社，2005年8月），頁100-109；〔美〕蘿普（Rebecca Rupp）著；洪蘭譯：《記憶的秘密（Committed to Memory: How We Remember and Why We Forget）》（臺北：貓頭鷹出版社，2004年2月），頁178-180。

就文學表述或個人歷史而言，前因後果之繫連，意義之賦予，皆需要「想像」（image）加以編織裁成，此乃本節以「他界想像」作為「夢兆經驗」附標題的緣故。古老中國即已「想像」人有魂魄，靈魂與軀體又可以或分或合地因時運用之；而「夢兆書寫」中說話者如何發揮「想像」作用，論者可以如是理解：因為「想像」人的生命從何而來，故年譜中常見主角誕生時因夢兆而命名；因為「想像」人的生命消失後，靈魂可以如白鶴一飛回返天際，故年譜中死亡夢兆則見白鶴返天；因為「想像」世間功名係屬前定，故年譜中士人總期待夢兆有得；因為「想像」靈魂可以穿越時空，故年譜中主角夢至冥府與親友相見。這些夢境中的「想像」，其實又承載了人生中諸如愛恨生死之種種慾望，故文中亦以「慾望投射」名之。

自撰年譜中出現的夢兆書寫，透過了他界想像（天界、冥府等），與現實慾望（戀生、功名等）交織並陳。倘若夢所昭示之意義，在於主角自身的體悟，所產生內心潛在的改變，終將於日後的現實生活中引發一波波漣漪般的擴大效應，進而使主角原本陷入的生存困境與焦慮，迎刃而解！如此說來，夢兆訊息之所以會被寫入年譜，最重要的原因，往往是因為──它提供了主角解決困境、安頓自我的特殊途徑。

猶如葉紹袁（1589-1648）所述，曾在纏綿病榻的痛苦中，恍然夢悟「前身」為何：

> 八年乙亥，四十七歲。
>
> 先是七月間，夢在一小寺中，蘿徑幽僻，軒館甚小，有香火寥落、陊垣蔓草之感。古柏數株，清瘦如削，似夜雨曉霽。蒼翠猶濕，獨余步廊廡間，寂然無人。余恍然若有所悟，自念云：吾前身名氏為某，今在此為僧，字天寥也。亡何有內人之戚，

　　得無恩愛已斷，宜證無生，故預示此兆，苦海一筏耳，而今猶
　　沉淪世趣中，竊自愧此一夢矣！[2]

幽微夢境中，他跨越此世到達前世，親臨自己的歷史現場，了悟自己
曾經是個「夜雨曉霽」、寂然於青燈下苦修的僧人。就在此夢之後沒
多久，葉氏隨即遭逢喪妻之痛。[3]後於撰寫年譜時，回顧此夢與喪妻
事之間，顯然具有強烈的預示意義，意在狠狠敲醒紅塵俗世之夢中
人——既然曾經為僧人，必然了悟人生無常、苦海無邊，而為何此種
智慧未能在今世開花，導致此生還沉淪世趣、深為親人離世所苦？如
此後設式的夢境詮釋，回應了主角所面臨的困境（沉淪世趣、喪妻之
苦），透過書寫而愧悔省思，主角也因而找到超越困境、安頓自我的
昇華途徑。

　　在世之人，深情凝視過往，眷戀亡故親人，苦於不得相見，而
「夢」則提供了跨越陰陽兩界的橋樑。例如，葉紹袁在癸酉八月病後
某日傍晚，忽而入夢：

　　癸酉八月，病起，一夕，斜陽將闌，心境清絕。俄而，夢至一
　　所，如虎丘半塘光景，綠水平隄，清波滉漾，橫橋斜映，兩岸
　　垂楊數百株，黃鶯飛鳴其間，浮瓜沉李，蔭樹為市。余正顧樂

2　〔明〕葉紹袁編：〈年譜別記〉，《天寥自撰年譜》，收入《北京圖書館藏珍本年譜叢
　　刊》，第60冊，頁449-453。

3　年譜載此夢，其後即載喪妻事：「內人病亟，遣兒輩往求泖公。泖公不能致力，兒
　　歸，已瞑目矣！僅得泖公一札，云：『世法之必輪轉，神仙誤認遊戲，取苦果為樂
　　事，哀哉！』實感於斯，蓋其來也，一笑成因；其去也，愛盡即滅。來則翩翩以
　　降；去則紛紛星散。二愛之蔽幛，斯其先微已。今茲之變，故其所也。」足知葉氏
　　對於妻子病亟而回天乏術，初感憾恨而後有所體悟。〔明〕葉紹袁編：《天寥自撰年
　　譜》，收入《北京圖書館藏珍本年譜叢刊》，第60冊，頁453 。

心賞，忽見一青衣小鬟，望之阿娜，然即之則亡女昭齊之亡婢繡瑤也。余問：「汝何至此？」曰：「兩女郎遣我出買瓜耳。」余問：「昭齊、瓊章同居邪？」曰：「同在此山中。」遙指西南一山，遠望蒼松翠柏，菁蔥掩靄，余曰：「余欲往視之。」曰：「望之如邇，去之甚遠也。」余曰：「然則汝何以至此？」笑而不答，余亦遂寤。殆或仙境矣！[4]

在夢中，看見已故長女葉紈紈（字昭齊，1610-1632）隨侍之亡婢，現身於彷彿虎丘半塘之江南小鎮，正愜意閒適地奉命到市集採買應時瓜果。葉紹袁詢問婢女，三女葉小鸞（字瓊章，1616-1632）（圖十）和大姊共居何處，婢女遙指西南一山，「遠望蒼松翠柏，菁蔥掩靄」，有若仙境。現實生活中的葉氏，無處排解對離世家人的思念，[5]而此夢恰恰回應了此種掛念，並依其生前篤信禪佛而示現天上仙界，[6]頓時紓解了在世者的擔憂與焦慮。[7]

4　〔明〕葉紹袁編：〈年譜別記〉，《天寮自撰年譜》，收入《北京圖書館藏珍本年譜叢刊》，第60冊，頁545-546。

5　葉氏屢次夢及亡女，又如：「甲戌上元之夕，余夢瓊章寄詩云：『可是初逢萼綠華，瓊樓煙月幾仙家。坐中吹徹涼州笛，笑看窗前夜合花。』又二語云：『昨夜簫聲雲際響，無人知是麗華來。』余以漢光烈皇后、陳後主貴妃外，不識更有否邪？」見〔明〕葉紹袁編：〈年譜別記〉，《天寮自撰年譜》，頁547-548。

6　沈宜修及二女葉紈紈、葉小鸞皆究心禪佛，詳參陳玉女：〈明代婦女信佛的社會禁制與自主空間〉，收入陳玉女：《明代的佛教與社會》（北京：北京大學出版社，2011年1月），頁361-366。又，一門才女形成文學世家，可參蔡靜平：《明清之際汾湖葉氏文學世家研究》（長沙：嶽麓書社，2008年10月）。

7　葉紹袁深信可以跨越生死陰陽界限，除了夢中如此，他還曾透過紫姑招仙術、繪製圖像等方式接觸亡女葉小鸞之冥魂。如《年譜別記》載「顧太沖來，為瓊章作《返駕廣寒圖》，點染精絕，余曰：『君善紫姑術，盍召仙來？』」（頁553）；又載「五月顧太沖同一浙中馮生來，能致仙，鎖於密室中，具諸繪彩於內，招魂傳神，甚奇術也。」（頁570）。

　　從這個角度來思索，夢，若可以讓身心靈所壓抑、滯鬱的負面能量，得以釋放紓解，間接也達到了療癒疾病的奇效。另外，夢中情境往往讓主角頓然有悟，使之面對現實困境時，時而有天外飛來一筆的特殊靈感，從而迎刃而解。以下析為「病虺夢癒」、「判案示訊」兩節，分別闡述夢兆可能為主角帶來生命改變的契機。

一　病虺夢癒：生死跨越與離魂經歷

　　有關夢與療癒的論述，實由來已久，最耳熟能詳的莫如黃山谷（庭堅，1045-1105）「病人多夢醫」[8]之詩句。至於入明以後，倘個人文集不論，盛行於普羅大眾的夢卜書籍如《夢占類考》，則列有〈醫藥〉部[9]專論之；而筆記小說更視之為大宗，如明人朱國禎（1557-1632）《湧幢小品》中有多則言及此類。[10]如〈神人救阨〉言一新安進士胡公宥嘗在諸生下帷時「嘔血甚劇」，後「夢黃冠假良背之旨，疾乃瘳」；又〈黃冠授藥〉載明成化間進士劉繹，辦理遼東糧儲得罪了當權劉瑾，被繫下獄，刑求幾死。後有黃冠者至家餽贈藥丸，是夜「夢僊人自霄而下，內藥口中，覺來尚有香氣」；又〈王春元〉敘河間王命嘗治邑，「勞瘁成危病，醫藥罔效。夜夢梓潼神告之曰：『服補心丹乃愈』」，後服之遂癒，諸如此類之鄉野傳奇，言之鑿鑿，而聞者訝然。觀其大旨多在宣揚福報因果，倘傳主平日積德，即便危殆之際，也可能出現神人入夢而大病頓瘳的奇蹟。此又與佛道宗教靈驗記

8　〔宋〕黃庭堅著；〔宋〕任淵、〔宋〕史容、〔宋〕史季溫注；劉尚榮校點：〈謫居黔南十首〉之十，《黃庭堅詩集注》（北京：中華書局，2003年5月），卷12，頁446。

9　〔明〕張鳳翼編纂：《夢占類考》，收入《續修四庫全書》（上海：上海古籍出版社，1997年），子部術數類第1064冊，頁572-580。

10　後述三則分別見〔明〕朱國禎：《湧幢小品》，卷19，收入《筆記小說大觀》（臺北：新興書局，1978年），第22編第7冊，頁4665-4666、4667、4669-4670。

所載之情節雷同，可謂相映成趣。[11]至於自撰年譜中，相關例證，更以第一人稱自述夢事之真實，文字或簡短，甚不及稗官野史之渲染，然狀寫情境可謂歷歷在目，頗令人讀後嘖嘖稱奇。其事不一，紛然雜沓，或敘說自己曾經病重垂危，在恍惚夢境中，魂魄離開身軀，[12]幽幽飄飄到達天界或地府，或見亡故親友，或見神人昭示。唯相同的是，在此夢之後，病主悠然醒轉，群醫束手的陳年痼疾、潰傷瘍腫乃至於瘟疫絕症，竟不藥而癒。

例如，姜晟（1730-1810）嘗自述於乾隆十二年（1747）六月盛夏尾聲，年方十八的他因舟車勞頓，行經廣東邊境時不慎染患時疫，腹瀉不止，不得已暫時寄寓在荒郊野外的一間小廟，夜宿廊廡之下。未料病情驟然轉篤，竟陷入恍惚彌留狀態。奇特的是，於半夢半醒之際，屢屢見到金甲神人周繞身旁。醒後疾病不藥而癒，遍尋四周，卻未見此像：

> 觸暑登舟，行次廣東，染患時疾，泄瀉不止。至英德縣界，病益甚。不得已，賃寓廟廡，於迷惘中，常見有金甲神在側。愈後周視，並無此像。鬼神靈異之事，夷堅所載，若有徵驗，余果何修而獲此呵護耶？

---

11 此經審查委員提點，自撰年譜論及夢中治病、了悟前身、行入冥府或極樂世界的體驗，頗類佛教靈驗記所載情節，如王琰《冥祥記》即為典例。相關研究可參見王國良：《冥祥記研究》（臺北：文史哲出版社，2000年8月）、鄭阿財：《鄭阿財敦煌佛教文獻與文學研究》（上海：上海古籍出版社，2011年10月）、周西波：《道教靈驗記考探——經法驗證與宣揚》（臺北：文津出版社，2009年6月）等專著。

12 明人認謂夢的作用，係神遊之作用。如明人陳士元（1516-1597）所言：「人之晝興也，魂麗於目；夜寐也，魄宿於肝。魂麗於目，故能見焉；魄宿於肝，故能夢焉。夢者，神之遊，知來之鏡也。故曰神遇為夢，形接為事。」見〔明〕陳士元：〈真宰〉，《夢占逸旨》，卷1，收入《續修四庫全書》，子部術數類第1064冊，頁421-422。

即便多年後回憶此事，對此夢現神靈之事，仍感疑惑，自揣平日修持似未精進，如何得獲神明呵護如此。再如清人黃炳垕（1815-1893），八十歲時以韻詩撰寫年譜，當中即有「凶痘攢膚潰，庸醫咋舌還，冥祇臨夢寐，險證獲歡痊」一句，下有小字自註說明：「五歲時，天花甚危，醫者束手，夜夢有白面紅袍，無數金花，直插頭上者，撫余之首，余以為新嫁娘也。告於考妣，考妣曰：『痘神也，焚香謝之得無恙。』」[13]這個病危幾死而夢神遂癒的經驗，即便是經過七十五年，黃氏依然歷歷在目，故書之入譜。大多數有關自述的疾病夢境皆類此，甚有詳述過程幾近小說情節或佛教靈驗記者亦不尠，例如葉紹袁、楊繼盛、曹錫寶、曹錫齡及潘奕雋者，其夢境不僅出現鬼魂、神人、仙佛，還有對話情節，夢醒之後，又因夢體悟而影響後續相關事件之發展者，頗值專論於下。

　　首談晚明文人葉紹袁。譜載袁氏二十九歲深秋某日，內人歸寧，獨留一人居家中書室。未料此時舊疾復發，兩脇作楚，竟夜不能成寐，神智昏瞆、恍惚之際，夢至他界：

　　　　四十五年丁巳，二十九歲。秋杪，內人歸寧，余居家中，西風蕭蕭，獨處書室，於時十月朔矣！忽患兩脇作楚，夜不能寐，痛昏昏然，夢至一所，景光慘黯，街巷寂寥，如天色將曙而晨旭未升者，道無行人，閭門盡閉，但有誦彌陀聲叢叢入耳，比屋皆然，余心訝之。忽見一老父，杖筇而來，余問曰：「此間

13　〔清〕黃炳垕編：《八旬自述百韻詩》，收入《晚清名儒年譜》（北京：北京圖書館出版社，2006年12月），第8冊，頁125。〔清〕同治光緒間余姚黃氏刻《留書種閣集》本，另收入《北京圖書館藏珍本年譜叢刊》，第161冊，頁75。有關明清痘神論述，可參見邱仲麟：〈明代以降的痘神廟與痘神信仰〉，《中央研究院歷史語言研究所集刊》第88本第4分（2017年12月），頁785-915。

人何梵唄之早也？」答曰：「彼欲求託生耳！」余盡然曰：「若
言託生，此豈冥府耶？」老父笑曰：「子以為非是乎？」余驚
恐莫措，私念必求觀音大士方能有濟，即發想間，身已在支硎
山麓矣！淒晦之景，猶然如故，捫蘿而登，迫思慈覆，方在焦
皇，又值貴人傳呼，前至，先以二旗，旗上各書「甲子」二
字，余徬徨且又悶甚也，蹲避巖石間。貴人在輿中，問曰：
「何為有生人氣？」命前趨緝之，余不得已，出見，自通姓
名，具言所以瞻禮大士之故。貴人乃下輿，與余揖曰：「不必
恐也，爾故我門生，異日爾功名富貴一似我，方將以余為舉主
焉？又何虞乎！」語訖，仍上輿。去，余乃驚窹，病數日而
瘳。迨越六年甲子，始獲偕公車，亦異矣！[14]

「誦彌陀聲叢叢入耳」係指夢中身所歷之境已在冥府，而葉氏驟然到
此幽淒地府，竟然是「驚恐莫措」、「徬徨」、「焦皇」，顯然全無離開
人世之心理準備，對於俗世種種仍十分戀棧。夢中私念尋求觀音大士
求救，而就在動念一剎那，隨即瞬間穿越空間到了支硎山麓，與貴人
相晤。貴人下輿相揖，面示師生緣分，並預言「異日爾功名富貴一似
我」。讀者或可由此夢推論：葉氏現實生活之困境，充滿了痼疾纏身與
舉業功名之挫敗焦慮。透過這場夢，穿越時空的冥府之遊，掀開潛意
識的世俗慾望（戀生與功名），夢中貴人面示數言，適「正中其的」地
化解葉氏的深層焦慮。夢醒之後，陳年痼疾竟在數日後豁然痊癒，而
夢後六年「始獲公車」。撰主在年譜中敘述夢境，文章末尾又將日後
所發生事證列入，時間順次交錯並置，意在編織前因後果，謂此夢預
告未來，靈驗如此，故葉氏大嘆「亦異矣！」以示感受之強烈。

---

14 〔明〕葉紹袁編：《天寮自撰年譜》，收入《北京圖書館藏珍本年譜叢刊》，第60
 冊，頁403-405。

　　再看明末政局混亂之際，人皆識其忠肝義膽的楊繼盛（1516-1555），[15]在三十八歲那年，因直言忤權，[16]遭鎮撫門、錦衣衛等先後以手拶、夾脛、杖棍等酷刑凌虐至昏迷不醒，家人以門板抬回時，皆以為難逃一死。此夢事發生於事後之二月初七八日，先前因受刑而昏去死來的楊氏，自取碎瓦擊肉去淤引流，一個月後右腿竟長出新肉，然「左腿皮未割去，遂潰腫如小甕，毒氣上攻，口舌生瘡，不能飲食」，病情一時陷入危殆。是夜作夢，來一神人，提湯灌藥：

> 夜夢三金衣人，領一青衣童子，小盒內捧葯一丸，遂以湯親灌入，覺則口舌不痛，可吃飲食。[17]

醒後遂口舌不痛而恢復飲食。輾轉到了四月，病情轉緩，瘡疤漸癒，唯「右腿以斷筋，短一二寸，且不能伸」。某一夜，又夢一神人前來診療病情，或診脈或以口吹腿療病：

> 夜夢一人入視，手握予小便，若診脉然，乃云：「無妨。」又口吹腿膝彎三口。予問：「是何人差來的？」云：「是王爺差來的。」醒則右腿與左腿短不多矣。[18]

---

15 楊繼盛，字仲芳，號椒山，追諡忠愍。

16 根據《年譜》所錄：「當此時之臣，奸邪太半，皆嵩心腹，此事固不可與之議」，見高朝英、張金棟：〈楊繼盛《自書年譜》卷考略（上）〉，《文物春秋》第2期（2011年），頁70。該文研究楊繼盛《楊忠湣公自書年譜》手抄卷本，現保存於河北省文物保護中心。近來有關楊繼盛之研究最著者為Kenneth J. Hammond, *Pepper Mountain: The Life, Death and Posthumous Career of Yang Jisheng* (1516-1555)（London, New York and Bahrain: Kegan Paul, 2007年10月）。

17 高朝英、張金棟：〈楊繼盛《自書年譜》卷考略（上）〉，《文物春秋》第2期（2011年），頁71。

18 高朝英、張金棟：〈楊繼盛《自書年譜》卷考略（上）〉，頁71-72。

楊氏雖非虔誠信徒，但由手抄年譜詳載另則鬪妖經驗（有一妖邪依憑人身，佯為玉女神明之事）[19]來看，他頗有辨別正佛／邪靈之自信；而此二則近乎迷信的夢兆書寫，並非皆為後刊之書保留，考諸民國九年（1920）石印本《椒山先生自著年譜》，則逕刪去四月之夢。[20]然讀者由上述夢兆書寫顯見其初衷，乃在形塑自我形象為剛正不屈之「忠臣」，其忠義氣節感天動地，故能多次於夢中得神明護祐，惡疾亦得療癒。

年譜中亦載錄了士人罹患致死疫疾（如瘟疫、痢疾、傷寒等），在幾近彌留狀態下，經驗了具有療癒奇效的夢境。如曹錫寶（1719-1792），於康熙十一年（1672）方十五歲，縣試面呈為主試者許為「髫年佳器」，可謂前途正好。然後來院試竟不售，返歸鄉里，未料隨即染上當年鄉中流行的致死疫症，發病至高燒不退，「七日昏憒不省事」，通曉醫理的大伯，診斷病情，料定當夜五更是生死關鍵，若出汗，「尚得治；否，則殆矣！」：

> 自先祖以下，俱深以為憂。及至夜半，予睡夢中覺，啟扉而出，至一所，洞門高廠，其內昏黑不可辨，惟見右首一矮屋，內有燈熒然，即趨赴其處。見一婦人，年可二十許。見予至，命之坐，問及予祖父母、叔父，慘然不樂。予欲啟問，則又曰：「予蓋汝叔之元配也。」予即下拜，頃之，謂予曰：「汝可

---

19 高朝英、張金棟：〈楊繼盛《自書年譜》卷考略（上）〉，頁67。文中載記「初至泰安州南，見一男子為天仙玉女所附，閉目披髮，言人之禍福立見，環列而跪者數百人。予乃執而言曰：『男女尚不親授受，況可附其身耶！此乃淫婦邪妖，非玉女也。』」後屬聲斥喝「妖物即離此處，否則天必誅之！」可見其正氣凜然，分判邪祟之嚴肅態度。

20 〔明〕楊繼盛編：《椒山先生自著年譜》，收入《北京圖書館珍本年譜叢刊》，第49冊，頁484-486。

速行，但向南疾走，遲則城門閉，閉即不能出矣。」予遂望南
狂奔，而門已半閉，見予表叔日新徐公方入門，向予問故，予
倉猝不能應。急循舊道回家，由門而闈而房，至床前見祖父
母、父母、伯叔父輩，皆垂涕環視，予大聲呼曰：「兒歸
矣！」一躍赴床，聞先伯云：「汗來矣！不可入風。」少停，
汗止，予便覺清爽，以頃所涉歷，告之先祖，謂是夢耳。及天
明，徐表叔來視予疾，予不敢言所夢。越三日，而徐竟以吐血
暴亡，始知前所夢見之真，而予之得以再生者，非無因也。先
是，予嬬成婚四十日而卒，停柩城西鐸庵中，予病愈後往設
奠，則所設帳幃燈影，歷歷如夢境云。[21]

夢境所歷處所，即嬬嬬設奠靈堂；城門係為陰陽兩界之隔，夢中自城
門彼界歸返人間的曹氏，醒後渾身發汗，由原本醫石罔效的病危狀
態，豁然痊癒；反倒是夢中自外而入城門（冥界所在）之徐表叔，在
現實生活中，竟於三日後吐血暴亡！前因後果相互印證，「始知前所
夢見之真，而予之得以再生者，非無因也」，曹氏為此夢震撼不已，
時隔多年，仍於撰譜之際印象鮮明，種種情狀躍升腦海，故擇入詳
敘，[22]銘刻入譜。

　　清人曹錫齡（1741-1820）自敘年譜中則載錄一則長達一千字的
夢，描述父親以及自己先後罹患傷寒重病，歷經夢境而得到療癒的奇
妙遭遇：

　　　　讀魏敏果公諱象樞年譜，有夢關帝語以吾道一貫，孔子曰：

---

21 〔清〕曹錫寶編：《曹劍亭先生自撰年譜》，頁249-250。
22 年譜以編年方式條列大事，或簡述僅數字，而此段敘述長達四百字，就整體而言，
　比例甚重，足見譜主對於此事件之印象深刻且意義非凡。

「一以貫之，何也？」對曰：「大人有擴充推致工夫也。」帝曰：「赤子知能，原是一貫。」按：赤子知能，誠也，孔子之所謂一誠而已矣。中庸誠者即聖人之一誠之者，即學者之忠，本忠而行之以恕，忠恕做到純處，即是一貫。曾子悟一之無窮，欲為學者，指其入手工夫，以為在天為誠，在聖人為一，而在學者則為忠，因隨舉忠以釋之，其兼及夫恕者，恕即忠之所形，天人物我，統貫於一誠，無事之中而隨在皆有，鳶飛魚躍之趣亦若是而已矣。此事淺言之，則以一貫萬，人人易知；深言之，則擴充推致，正須細心體會。敏果公又夢先師召入，趨拜殿下，復謁四賢，旁坐者謂曰：「范祖禹說你有好處，你勉勵著。」按：誠心所感，幽明一理。因憶乾隆壬午先宗丞為翰林時，傷寒病後語錫齡曰：「我病危時，覺神魂飄蕩，忽至半天，遇汝祖曰：『汝且回去。』從此漸痊，清虛之極，覺耳邊有人告云：『欲知日後事，看墻上便知。』余曰：『知之反莫趣，不願知也。』轉念『終身結果，何妨知之！』因開目看，末後一城，城上豎旗，有「桂林桂宮」字樣，以為將來或做廣西官也，已而竟無證驗。至嘉慶七年，余亦傷寒大病，午後忽見亡兒汝淳來，余驚問曰：「汝從何來？」答曰：「從祖父在文昌宮，見父親名登仙錄，特來探望。」余曰：「我病有救否？」答曰：「有。須節飲食，善自頤養，急虔禱孚佑帝君。」余因如其言，翌日又來曰：「文昌接見孚佑帝君，已有救矣。」因問：「汝祖在文昌宮何為？」答曰：「與明性先生同職，上一層寇萊公，白香山第八坐，其第八坐即虛位也。」問係何人，答以「不敢說」，再三究詰，乃曰：「聞係朱石君先生位也。」又問：「汝在文昌宮何如？」答曰：「兒不過寄生耳。」又問：「祠堂家祭來否？」答曰：「祖父神光一照，兒則

自來。」又憶乾隆丙午，余視學雲南科試，迤西華迴省城，適
得瘧疾，綿延數月，醫者術窮，忽夜半燈影朦朧，見大士在
旁，與余所供吳道子永北廳石刻觀音畫像相似，笑而言曰：
「汝篋笥吾已檢點，勿慮也。」又須臾傳呂純陽真人至，謂余
曰：「玉鞭當見還。」余恍惚探床中與之，臨出門曰：「玉鞭入
楚矣。」從此疾遂瘥，然「玉鞭入楚」之語，終不能解。至京
師遇扶乩者，適真人至，余即默叩玉鞭事，批曰：「到彼時即
知。」至今莫明其所以然。夫神怪，聖人所不語，余蓄此心未
敢告人，因閱敏果公之事，非妄語者，故類志之。[23]

此文先載入曹氏嘗讀《魏敏果公年譜》，其中記錄了魏象樞（1617-
1687）曾夢與關聖帝君論辯「一以貫之」，以及先師夢中召見勉學之
事，其後，方載入三則自己的親身事例。一為先父於乾隆年間傷寒病
重時，神魂飄盪於夢中遇先祖，其後二則，為自己經歷傷寒、瘧疾重
症，夢見神佛及真人。前一則夢，係與亡兒對話，得知先祖在天之靈
安頓於文昌宮，且與寇萊公、白香山等賢士文人並列；後二則夢，係
於病危時來了白衣大士、呂純陽真人等仙佛，然夢中訓示之語，遲至
曹氏撰譜之際，皆尚未理解。此數則因夢療疾的經驗，係子不語之怪
力亂神，曹氏始終未敢告訴他人，直到後來，輾轉讀了魏敏果公年譜
所言夢中事例，兩相應證，才決定將夢兆公諸於年譜之中。

　　清人潘奕雋（1740-1830）（見圖十一）在《三松自訂年譜》[24]
中，載錄另一則病痾夢癒的神奇經驗。在三十二歲（乾隆三十六年）
那年五月，潘氏因為咳嗽病症，遭一庸醫誤投燥熱升提之藥，而致咯

23　〔清〕曹錫齡編：《翠微山房自訂年譜》，頁272-276。
24　〔清〕潘奕雋編：《三松自訂年譜》，收入《北京圖書館藏珍本年譜叢刊》，第110
　　冊，頁135。

血不止。同鄉程先生力勸即刻停藥，咯血症狀才漸漸止住，[25]但病情延宕了四月，始終未見改善，時節已至深秋九月下旬：

> 九月下澣，夜夢至一所，板屋三間，檻外澄波如鏡，彌望無際，忽有方船數十，飛棹集於檻外，舟中皆蓮花，回顧屋中，見一白髮叟，相揖而坐，詢其姓氏，曰：「余，香光主人也。」余肅然起敬，詢以向在何處，曰：「子不憶阿彌陀經所稱青色青光、白色白光乎？此余所居也。」回顧坐次橫一棐几上，設素綾長幅，余因求書，叟隨入坐，振筆書七絕一首，擲筆出位，墨光騰照几上。余又求書小楷，叟仰而笑，化為白鶴，拂檻而逝，檻外蓮舟隨之四散。余攀船急索蓮子，舟子授以一握，青圓可愛，蘧然而醒，荷香滿鼻，良久乃散。自是病亦漸愈，繪〈水雲圖〉記之，彭允初為之敘，余因自號「水雲漫士」。[26]

夢中出現了一艘滿載蓮花的舟舫，自稱「香光主人」的白髮老叟，在素綾長幅上振筆疾書七絕一首，隨後仰天大笑，化為白鶴，「拂檻而逝」。蓮舟也隨之四散，潘氏連忙攀船索蓮，舟子授以一握，隨後即蘧然而醒，乍醒之際猶且滿鼻荷香，良久才散。夢後，潘氏困擾多時的咯血病症，竟漸漸痊癒。撰譜者如是敘述，顯然深信前後事件之因果關聯，係由現實生活之「病哑」到「夢遇神人仙境、書詩贈蓮」，再回到現實生活中的疾病痊癒。由蓮花、彌陀經、香光、白鶴等鋪陳

---

25 原文如下：「五月病嗽，醫家誤投燥熱升提之劑，咯血甚殆，同鄉程聘三先生（景伊）以為患此不可服藥，從之，血漸止。」〔清〕潘奕雋編：《三松自訂年譜》，頁153-154。

26 〔清〕潘奕雋編：《三松自訂年譜》，頁153-155。

場景判讀，猶如到了佛典所言之極樂仙境。[27]潘氏為了銘刻此夢，當時不但慎重其事地倩人圖繪〈水雲圖〉，還請彭允初作敘，並自此以「水雲漫士」為號。多年後，更將此夢等相關事件寫入年譜之中。[28]

　　經考，此事又見潘氏作品。當時繪圖作詩者為友人東畬，而潘氏還次韻唱和：

> 行到水窮坐看雲，我昔心契摩詰言。雲中鸞鶴不可紲，水邊鷗鹿難為群。誰向泂溪招退叟，更鑿窊石當罍尊。蒼狗白衣看變幻，銜煙掬月弄溿溡。雲英化水水冪雲，幽人獨往心常欣。滌煩澡性可王神，寄聲知音惟有君。新秋雨霽齊女門，草堂三間傍漁村。挐舟訪君畫裏去，一聲欸乃天無痕。[29]

全詩大抵描繪夢中場景及超凡境界。除此，又有〈自題水雲圖〉詩三首：

> 一枕蘧然五十年，三間板屋下飛仙。紅塵滾滾催人老，何處重尋過去緣。
> 署得頭銜是水雲，幻軀自信絕塵氛。空明世界蓮花滿，悟境先

27　此文所述境界，大抵有類《佛說阿彌陀經》卷1經文所述：「極樂國土……池中蓮花大如車輪，青色青光、黃色黃光、赤色赤光、白色白光，微妙香潔。」收入《大正新脩大藏經》（臺北：新文豐出版公司，1983年1月），第12冊，第366，頁346-347。

28　這與明末淨土宗有關，如晚明袁中道（1570-1623）有〈紀夢〉一文，亦有類似經驗。文甚長，大意為小修一夜晚課趺坐，於夢寐間神識出體，遇二童子引路至西方淨域，乃兄長宏道往生後所居處，足見人之肉體死而靈魂不亡，且依生前修行，定其往生後所處境界，勸勉其弟在世當惕勵進修。見袁宏道：《西方合論》，卷1，收入《大正新脩大藏經》，第47冊，第1976，頁388-389。

29　〔清〕潘奕雋：〈東畬同年為余畫水雲圖并系以詩次韻奉酬〉，《三松堂集》，卷6，收入《續修四庫全書》，集部別集類第1460冊，頁621。

從鼻觀熏。

掃除結習淨心源，耄歲新知孰與論。寶筏他時來覺海，導師只
合禮文元。[30]

詩末有自為後敘，當是晚年七十歲時所題：「宋晁文公有《法藏碎金
錄》、《耄智餘編》二集，余七十後始得見之，愛其潔淨了徹，貫通三
教，覺翰墨緣猶是文字障也。香光晚歲當亦悟此，惜未得夢中再晤，
重與細論耳。」潘氏晚年始見蘇門四學士晁補之（1053-1110）二
集，感其說理通透，遂「覺翰墨緣猶是文字障」，頗有以此生耽好翰
墨為礙，當有另一番不落形質的層次與體悟。末了慨嘆未再得夢，可
與白香光細論，則知潘氏當年三十歲夢後就常懷於心，直至晚歲，還
念念不忘，足見感受之深；同時，我們也可由此察知，潘氏非常期待
能再次夢返仙境，得見聖人，與之問道。

明清士人關注病亟時期的夢兆，所述極類「瀕死經驗」，[31]夢後惡
疾往往得到非人間藥石之療癒，其內在體悟之震撼，尤為難忘，當事
人不僅僅要以文字敘寫之，還大費周章地倩人以圖繪呈現。圖成之
後，還邀約其他友人做序、詩文唱和，潘奕雋此夢相應之〈水雲圖〉
及敘文，即為一例。另一個世人熟知的例子，就是明隆慶萬曆間大臣
徐顯卿（1537-1602）的《宦迹圖》，作於萬曆十六年（1588），現今

---

30 〔清〕潘奕雋：〈自題水雲圖〉，《三松堂續集》，卷5，收入《續修四庫全書》，集部
別集類第1461冊，頁190。

31 在榮格自述的瀕死經驗中，也曾經歷靈魂離體，並預見了主治醫師H博士的死亡。
詳參〔瑞士〕榮格（Carl Gustav Jung）原著；劉國彬，楊德友譯：《榮格自傳：回
憶・夢・省思（*Memories, Dreams, Reflections*）》（臺北：張老師文化事業公司，
1997年11月），頁364-366。至於中國言靈魂離體，係關乎魂與魄的論點，或可參見
余英時著；侯旭東等譯：《東漢生死觀（*Views of Life and Death in Later Han China*）》
（臺北：聯經出版事業公司，2008年6月）。

藏於北京圖書館。[32]他擇選了一生中二十六件大事，以紀遇詩與圖繪
並置方式呈現。其中第五開〈瓊林登第〉，載登第之前的夢兆；第十
五開〈聖祐己疾〉（圖十二），則記錄了四十五歲時的一場大病，夢入
孔陵，孔子顯靈庇佑，夢後癰潰出水而惡病痊癒[33]的奇特經驗：

> 聖祐己疾
>
> 萬曆辛巳六月廿四日，不肖治癩疝，藥從外入裏，爛深寸許，
> 未潰，束處浮腫，如升如斗，痛苦憂惶，常恐一潰，大命隨
> 之。屢欲收拾，不使入裏，而藥毒侵潰，日深一日，遂至寢食
> 俱廢，家人驚怖，兄弟輩在蘇相約來視永訣，不肖惟于枕上思
> 念先父母，欲與同去，淚漬枕席。忽夢赤身入大殿中，上坐隱
> 隱一神明如在，問左右此何處，曰：此孔陵也。不肖惶懼羞
> 澀，恨不能縮地。忽聞殿門外呵道云：「衍聖公來拜！」不肖
> 即令人辭之曰：「裸體不可接見。」呵聲從殿後去漸遠，人還
> 報曰：衍聖云已如命。不肖速趨出殿外，少憩，殿中二婦人，
> 各執盒就不肖，一老嫗先開盒，乃熟葫蘆也。余視之有難色，
> 嫗曰：你不食耶？罷。一少婦啟盒，則熟茄也，余亦不欲食。
> 婦曰：葫蘆既不食，茄又不食，此必重獲譴，遂許食。此婦手
> 持茄進余口，云：慢慢咀嚼，中有鹿肉。不肖且食且想，滿口
> 馨香，津液如注，遂醒。口中香味尚在，乃自訝「此何時也？
> 待我父母見靈，我即隨往，而乃有此夢，豈未應死耶？」天

---

32 相關研究見朱鴻：〈《徐顯卿宦迹圖》研究〉，《故宮博物院院刊》第2期（2011年），
　　頁47-80。又楊麗麗：〈一位明代翰林官員的工作履歷——《徐顯卿宦迹圖》圖像簡
　　析〉，《故宮博物院院刊》第4期（2005年），頁42-66。
33 詳參前引朱鴻〈《徐顯卿宦迹圖》研究〉一文。其於蒐羅徐氏此夢之瘡疾文獻甚
　　夥，唯文中「聖祐己疾」之書法釋文，仍有數處容待商榷，如「自訴」當作「自
　　訝」，「愣愣咀嚼」當作「慢慢咀嚼」。又置末之五言詩，並未見徵引討論。

明，不肖起，入書房，遍地滴水，腥臭異常，視之患處已潰，
又不從藥孔中出，痛即止。一二日水大下，而癩消。

文末繫以五言詩，敘述過程：「束髮敦詩書，維聖有遺則。彊年瀕危
殆，俟命復何惑。臃腫三伏時，赤體存視息。不想忽成夢，精神安所
即。宮殿鬱岩嶤，兩楹俎豆餙。等威帝者尊，云是素王宅。衍聖稱上
公，投刺具主客。慚愧固謝之，遣我盤餐食。少婦出素手，食我熟茄
實。中有泰山鹿，其肉馨香溢。大咀復細嚼。齒顎有餘液。覺寤至味
存，沉疴頓若失。詰朝訝身輕，無乃生羽翼。」夢中徐氏赤身裸體出
現於大殿中，正當惶懼羞怯、尋思縮地之際，卻為孔陵衍聖召見。辭
謝後出殿，一位老嫗，執盒親餵以熟茄鹿肉，入口馨香異常，津液如
注，徐氏遂悠悠醒轉。奇特的是，醒來時香味猶存。先前多年惡疾纏
身，頗讓徐氏厭倦人世，繼萌死意，未料此夢竟有聖哲現象有如神明
在座，如是好夢，難道是在明示他，死期未到而不應死乎？隨想至
此，便再難入眠，天亮即起身，步至書房。一進門竟發現「遍地滴
水，腥臭異常」，依常理判斷，若是雨水滴漏，怎會如此腥羶惡臭？
正心生疑惑之際，徐氏端看自己身上的癰腫，已然發潰。就這麼痛個
一兩天之後，去水消腫，陳疴頓除，全身輕快彷彿添了羽翼，可飄飄
飛去。此事無乃太過神奇，徐氏認為此夢示現了古聖護祐，除隱含平
日積善培福而得天獨厚之外，由「孔陵」、「衍聖」、「泰山鹿肉」等儒
學正統象徵來看，經歷罹疾瀕死的磨難之後，命不該絕的徐氏已在此
夢中得到孔聖面授「為往聖繼絕學」的重責大任，不但躋身聖徒，與
聖賢同處一場域，更流露徐氏以「優入聖域」為最高之自我期許。[34]

---

34 相關觀點與研究，可參佐黃進興：《優入聖域：權力、信仰與正當性》（修訂版）（北
  京：中華書局，2010年3月）、黃進興：《聖賢與聖徒》（臺北：允晨文化實業公司，
  2001年7月）。

　　此外，徐顯卿《宦迹圖》中還有第二十二開〈旋魂再起〉（圖十三），亦語及病危離魂還體的夢經驗，論者可假此例由小見大，得知明清以降以詩文、圖繪並置的方式「再現」夢境的例子越來越多，這牽涉到文藝場域的發達以及私刻圖書風氣的盛行。知名士人尤侗《年譜圖詩》序文，即倡言「予既著年譜，因思古人之書，必有圖畫，如《易》之太極、《書》之無逸、《詩》之豳風，及《孝經》、《爾雅》、《離騷》之類。今人有書無圖，僅見之傳奇小說而已，生平事蹟，瑣瑣難以枚舉，姑摘其大者，繪為十六圖，各綴小詩，志其本末，用以自娛，亦可貽諸子孫，其人斯在，呼之或出也。」[35]除了十六幅圖之外，[36]譜末還詳載一則〈夢遊三山圖〉，[37]可見晚明以降，圖繪、版刻與印刷術之成熟，讓夢兆書寫型態，更為多元而豐富。[38]

　　綜上所述夢兆與疾病療癒的故事，[39]都來自說話者本尊，他們透

35　〔明〕尤侗編：《悔庵年譜・圖詩圖讚》，收入《北京圖書館藏珍本年譜叢刊》，第73冊，頁630。

36　尤侗所列十六件人生大事，分別為「寒窗伴讀圖，思凶妻也」、「春山攜友圖，思故人也」、「斜塘避難圖，傷亂也」、「北平聽訟圖，紀宦也」、「盧龍賑饑圖，憫荒也」、「榆關觀獵圖，出塞也」、「小園偕隱圖，歸田也」、「草堂戲彩圖，思親也」、「書齋教子圖，思子也」、「金門待漏圖，紀遇也」、「瀛臺賜宴圖，誌盛也」、「玉堂修史圖，述職也」、「西湖泛月圖，紀遊也」、「西山築壙圖，壽藏也」、「蒲團禮佛圖，參禪也」、「玉局遊仙圖，學道也」。

37　圖譜末載記夢遊三山之事，除了自作詩之外，還倩人繪製〈夢遊三山圖〉，圖成後請多人和詩，見〔明〕尤侗編：《悔庵年譜・圖詩圖讚》，收入《北京圖書館藏珍本年譜叢刊》，第73冊，頁649。

38　日本學者小川陽一曾留意於此，詳見〔日〕小川陽一：《中国の肖像画文学》（東京：研文出版〔山本書店出版部〕，2005年3月），頁168-169。

39　葉紹袁亦有另例：「二十四年丙申八歲，嬰疾幾危，猶憶日下春矣，此身如在茫茫銀海中，蒼煙白霧，躡空而行，忽有瀑布飛湍，砰激我身，甚冷，乃驚寤，則一老衲坐床頭，誦大悲咒，以楊枝水灑我頭上也，鐙火熒熒，諸人對泣，已漏下二鼓矣！」〔明〕葉紹袁編：《天寮自撰年譜》《續編》《別記》，收入《北京圖書館藏珍本年譜叢刊》，第60冊，頁389。

過多元的再現方式，或倩人繪圖、或邀友唱和，甚或集結刊刻、印刷出版[40]，從而銘刻此種原屬私我的夢兆經驗。這類文藝場域的傳播與流衍，又讓私我經驗不斷形塑為普羅閱眾的文化體驗與社會心理。此一觀察，將可與同一時代之夢文化研究接軌，甚或可解釋明清盛行的《明狀元圖考》系列，以圖文輝映的方式再現夢兆書寫（圖十四），並在入清後多次再版，出資刊刻者乾脆在序文中公開徵稿，此中猶如漣漪般向外擴散的文化效應，已在本研究中窺見端倪。

二　判案示訊：冥陽相通與正義秩序

　　大抵為官處理地方庶務，亦得審核訴訟案件。關乎人命者，尤須審慎，倘破了陳案，使沉冤昭雪，則亡魂生靈皆得以安頓，實功德無量；倘糊塗誤判，致含冤莫白，則天怒人怨，恐有後報。這種因果報應的詮釋模式，彰顯的是正義與秩序，其由來已久，明清時期自不例外，這可由流傳的解夢書一窺豹斑，如明人張鳳翼（1550-1636）編纂的《夢占類考》，即載錄了一則〈斷刑錯誤所致〉的夢例，二人同夢一判官因屢屢錯判案件，而致淪落冥間，慘遭「五木備體」之酷刑、多人環伺輪番審判。[41]此夢後不久，該多行不義的判官竟猝死。又明人朱國禎《湧幢小品》中載歸有光（1507-1571）判案，亦有城隍爺夢中曉諭刑案始末事。[42]解夢書與筆記小說皆如是闡述，夢與現

---

40 關於明代圖像、印刷的研究，詳參〔英〕柯律格（Craig Clunas）著；黃曉鵑譯：《明代的圖像與視覺性》（北京：北京大學出版社，2011年9月）、繆詠禾：《明代出版史稿》（南京：江蘇人民出版社，2000年10月）等書。

41 〔明〕張鳳翼編纂：《夢占類考》，卷11，收入《續修四庫全書》，子部術數類第1064冊，頁656。

42 〔明〕朱國禎：〈斷獄〉，《湧幢小品》，卷19，頁4669。原文為：「歸震川先生令長興，好譚文，於聽訟非所長。有鄉豪與媳姦，為僕所見，揮刀殺之。知事不可掩，

實之間存在著難以確證的因果關聯，[43]有趣的是，明清自撰年譜中，自家人說自家故事時，卻與此詮釋模式遙相呼應。

　　前揭刑案專家汪輝祖，因人間判案有成，在六十七歲那年，一入夢即被調到冥間判案，重要案例還歷歷詳載於年譜之中。所謂「幽明一理」，天人之間，正義道德是跨界相通的橋樑。[44]

　　汪氏自述冥間判案之緣起，係起於嘉慶元年（1795）六十七歲時：

　　　　自十二月二十四日，夜夢人邀余同行至曠野，有宮殿，金碧巍峨，闊中扉闢東西二門。余朝珠補褂入，有頎而髯者，亦朝珠

入室，取一婢殺之，提二首赴縣，告以獲之姦所，欲脫己罪。偶大雨沮城外，其夕，先生夢城隍告以殺死本末，先生辰坐堂上，其人攜二首奔入，未及言，先生大呼曰：『賊！賊！汝殺人，如是如是。』遂伏罪，眾咸以為神。自後無敢欺者。」有關歸有光之研究，可參見黃明理：〈尋夢——觀察歸有光應舉生涯的一個角度〉，《中國學術年刊》第28期（2006年9月），頁127-151。

43　或如〔宋〕惠洪（又名釋德洪）《夢庵銘》所述：「一境圓通，而法成辦。五根不行，而意自幻。畫思夜境，塵劫無間。而睫開斂，初不出眼。知誰妙觀，鏡于心宗。以世校夢，乃將無問。」周裕鍇闡述此說，蓋夢乃因為意根運行，故能獲得各種類似真實的體驗，是以夢境與現實都是心的鏡像。見〔宋〕釋德洪撰，〔宋〕覺慈編錄，毘陵天甯法雲堂校：《石門文字禪》，收入《明版嘉興大藏經》（臺北：新文豐出版公司，徑山藏版版藏，1987年4月），第23冊，頁672。相關研究又可參周裕鍇：〈詩中有畫：六根互用與出位之思——略論《楞嚴經》對宋人審美觀念的影響〉，《四川大學學報（哲學社會科學版）》第4期（2005年），頁68-73。亦見周裕鍇：〈從法眼到詩眼——佛禪觀照方式與宋詩人審美眼光之關係〉，收入李豐楙、廖肇亨主編：《聖傳與詩禪：中國文學與宗教論集》（臺北：中央研究院中國文哲研究所，2007年9月），頁585-614。

44　「幽明一理」的觀點深入人心，連皇帝祭祀時宣讀的告示文亦有之，茲徵引為佐：「人鬼之道，幽明雖殊，其理則一」，見〔明〕申時行等修，〔明〕趙用賢等纂：〈告城隍文〉，《大明會典》，卷94，收入《續修四庫全書》，史部政書類第790冊，頁636。有關明太祖相信超自然力量的研究，可參見李孝悌：〈天道與治道：明太祖統治意理中的神怪色彩〉，《明清以降的宗教城市與啟蒙》（臺北：聯經出版事業公司，2019年11月），頁37。

補褂，衣蟒袍，先在東門，語余曰：「何不衣蟒？」余亦衣蟒，從西門入，兩廡外，大樹甚多，有繫於樹者。至階，階甚峻，一人下階，持帨拭余面。余不自知面目何等，視髯者則猙獰改觀而詣東階。余自西階上，一紅緯帽、青袍如吏人狀，導余入中堂。面南坐者，鬚眉皆白、紗帽銳兩翅、上綴明珠無數，光彩照人。衣紅繡蟒吏贊余揖，面南者出位答揖，謂余曰：「積案煩君清理。」遂令僉坐西北隅，與面南者同几，吏奉冊設余前，即有數鬼卒引囚向余跪。余依冊鞫問，頃刻便了數事。每交睫，復往案事，故睡時多、醒時少，凡十餘日。[45]

諸事皆發生於夢中。夢中為一人帶領至曠野，見一所金碧巍峨的宮殿，髯者引之入內，遂著蟒袍，登階，坐西北隅位，隨後開始辦理冥間積案。從此之後，汪氏一旦閉目入睡，隨即於夢中轉至此境，而為判官之職。如是者多月，一直到某日，汪氏一如往常在夢中辦理冥案，面南者忽然吩咐要他速歸，自此不再勞駕：

面南者起語余曰：「君速歸，不再煩矣。」送余出堂。余行至階，則風雨驟作，天墨色，欲再入堂，吏不可，促余下階。出門外，吏入，紅日當天，又一人伴余行數里，風波震蕩、帆檣錯雜，其人推余下舟，余即醒。自此醒多睡少矣。

從此之後，日漸醒多睡少，恢復往昔常態。此一期間汪氏所辦冥案幾不可數，然最讓他印象深刻的，就是前揭冤魂控訴汪氏之事。對於這件案事，汪氏自認無愧於心，然而，也因此夢中冤魂請託之提醒，遂

---

45 〔清〕汪輝祖口授：《病榻夢痕錄》，卷下，清光緒間刻江蘇書局刻《龍莊遺書》本，收入《北京圖書館珍藏年譜叢刊》，第107冊，頁289-292。

明顯著意於年譜中，詳述該案之經過，吾人姑且視為該冥案夢之陽間
告白。茲贅引於下：

二十六年辛巳三十二歲

孫師補浙江秀水縣，余遂入幕，二月初三日到館。縣民許天
若，正月初五日黃昏，醉歸，過鄰婦蔣虞氏家，手拍鈔袋，口
稱有錢可以沽飲虞氏，詈罵而散。次日，虞氏控准未審。至二
月初一日，虞氏赴縣呈催，歸途，與天若相值，天若詬其無
恥。還家後，復相口角。初二夜，虞氏投繯自盡，孫師受篆即
赴相驗。時松江張圯逢，與余分里辦事，虞居張友所分里內，
張以案須內結，令將天若收禁通報。余以為死非羞忿，可以外
結。張大以為不然。孫師屬余代辦，余擬杖枷，通詳撫軍，飭
將天若收禁，並先查例議詳，余為之議曰：「但經調戲，本婦
羞忿自盡，例應擬絞，本無調姦之心，不過出語褻狎。本婦一
聞穢語，即便輕生，例應擬流。夫羞忿之心，歷時漸解，故曰
但經曰：即便是捐軀之時，即在調戲褻語之日也。今虞氏捐
生，距天若聲稱沽飲，已閱二十八日，果係羞忿不應延隔許
時，且自正月初六以至二月初一日，比鄰相安，幾忘前語。其
致死之因，則以虞氏催審，天若又向辱罵，是死於氣憤非死於
羞忿也。擬以杖枷，似非輕縱，府司照轉撫軍又駁，因照流辠
例減一等，杖一百，徒三年。

此事至丙辰正月，病中夢虞氏指名，告理冥司，謂余不差，是
知許天若，雖非應抵，而虞氏不得請旌，正氣未消，在冥中亦
似懸為疑案也。[46]

---

46 〔清〕汪輝祖口授：《病榻夢痕錄》，卷下，頁42-44。

命案發展過程，整理如下表，以便讀者挈其大要：

表二　蔣虞氏冤案發展始末表

時間	事情發展概述
正月初五黃昏	縣民許天若醉歸過鄰婦蔣虞氏家，手拍鈔袋，口稱有錢可以沽飲蔣虞氏，詈罵而散。
次日	蔣虞氏控准未審。
二月初一日	蔣虞氏赴縣，呈催歸途，與天若相值，天若詬其無恥。還家後，復相口角。
初二夜	蔣虞氏投繯自盡。
二月初三日	余遂入幕。
丙辰正月	病中夢蔣虞氏指名，告理冥司，謂余不差，是知許天若，雖非應抵，而虞氏不得請旌，正氣未消，在冥中亦似懸為疑案也。

由此表可知，此事源於該婦為醉漢許天若口語調戲，說是要用錢買她，蔣虞氏不堪受辱，一狀告上法庭。就在案子受理而未及審判時，蔣虞氏赴縣催審，孰知不巧歸途又冤家路窄地遇上無賴許天若，沒想到對方一點都不愧疚，反而破口大罵蔣虞氏無恥。蔣虞氏返家後又與家人口角，遂在氣憤難耐下，投繯自盡。而此案情發展之初，汪氏與張氏二司看法不同，而後汪氏隨即奉詔入幕，離開了浙江。換言之，後事如何並非汪輝祖職掌可插手處理。直到丙辰年（1795），汪輝祖奉命開始入夢辦理冥案，蔣虞氏冤魂赫然出現眼前時，方才藉此機會，解開這樁冤魂報案的前債：

> 正案事閒，一婦捧帛向面南者跪，帛有朱書數行，稱告汪輝祖。余悚然起立。婦自言為秀水虞氏，因許某調戲，捐軀，余

不為抵，余一一剖辨，面南者顧余曰：「君不差。」婦又言：
「奪辨他人事，是私也。」余又辨，面南者復曰：「君不
差。」遂舉筆書數字還婦，婦稽顙去。凡所案事，開睫輒忘，
獨此事，醒猶了了。蓋辛巳年，在秀水辦許天若案也。殆余切
己事神，故牖其衷以示戒歟。先是十月閒，史邨有念佛媼，夢
余與數官人同坐，一少婦指名告余，議余於婦人有枉，疑即此
事，不知何以遲至正月方入余夢。……蓋正月十四日也，案事
時，旁止一吏，他無侍從，面南者體極尊貴，不置一詞。余亦
未嘗刑鞫若人世秋讞然。[47]

汪氏詳述夢事之用意，乃在昭告世人，天理昭昭、法網恢恢，即便是
陽冥兩隔，道理卻是相通的。[48]其娓娓道來，勸戒世人之用心如此也。

　　至於現實生活擔任地方官，核判刑案，係人命關天，責任尤為重
大。晚明人稱「謔庵」的王季重，以小品聞名，鮮少有人留意他曾任
茂陵知縣一事。王氏自述年方二十出頭的他，「貧不能具夫力，乃攜
二童跨蹇之官。關中人訝之，見先生文弱未髭，綠袍玄鬢，一美少年
也，號為『呱呱知縣』。」[49]上任不久，縣民梁氏與李氏互訟命案，兩
家大鬨，王季重該晚即「夢童年闈廷訪來顧，不語而別」，當時並不
解夢境有何寓意，後來在案情陷入膠著時，卻由此夢情境帶來奇妙的
破案靈感：

　　　　萬曆二十五年丁酉先生二十三歲……太安人北上春祀茂陵竣，

47　〔清〕汪輝祖口授：《病榻夢痕錄》，卷下，頁291-292。
48　蔣虞氏一案，史學界另從律法角度切入，可參見邱澎生、陳熙遠：《明清法律運作
　　中的權力與文化》（臺北：聯經出版事業公司，2009年4月），頁182。
49　〔明〕王思任編；〔清〕王鼎起、王霞起訂：《王季重先生自敘年譜》，頁310。

大吏檄往查盤武功,均站馬,議處台渠底張二驛夫役。會齂使者巡涇陽檄先生閱觀風卷,先生警篆馳馬,襄其事,所前士皆高第去。齂使者吳公楷謂先生曰:「牛刀小試!」不意公如此妙年,老練至此。邑民梁應龍訟李洪占地界,李揉下妻胎訟之,梁則以毆殺其子三寬閧告求驗。是夕,夢童年闗廷訪來,顧,不語而別。越三日,兩姓復大閧,不及吊□(疑為「符」)人,即徑詣之自驗。至此村已停午,扶老攜幼來觀者環集,舊例諸生約,正供具,先生曰:「嫌疑之際,麾去之。」憩關帝廟中,法嚴,即不敢窺視,偶一起居,見庭柱有字:「梁小寬在此一樂」。先生悟曰:「疇夕之□(疑為「夢」),啟我耶!」至場,訊兩家,佐具不証所以。先視李胎,一水雞腊也,先生曰:「一月如白露,二月如桃花,三月形象成;此胎未分男女,而汝告殺子,何也?」亟刑之,李直對曰:「懼其兇也。攬之,是實,然伊子之死,實不知故。凌晨,民啟戶,見一尸,方鳴之甲長;而梁家錘鎖交至,今妻將危,家司盡抄去矣!」問梁只呼喧喊撞第,云「活活打死,哭而已矣。」先生喚應龍至案下曰:「吾驗三寬喉下血痕,八字交匜,明係勒死,汝哭雖屬,不見淚湧,此兒必非汝生!」傍觀者咋舌,問總甲曰:「梁家有梁小寬乎?」應聲曰:「有。」亟呼之至,年十三矣。至則面色如土,一嚇之,具吐情實。先生曰:「兩家皆圖賴也!應龍故殺子孫,應徒耳。」一時呼青天者響振林木。三寬癩而酗賭,荒年所拾蓄也;應龍搕之死,假仇快其私也。人人秉掌,三十八州縣傳聞,訟上臺者,願就呱呱縣官質,牒如雨下,亦可備一笑譚矣。[50]

---

50 〔明〕王思任編;〔清〕王鼎起、王霞起訂:《王季重先生自敘年譜》,頁314-317。

由於兩家鬧到不可開交，連請驗屍官作證都等不及了，王季重遂逕自
驗屍。判案當日，在關帝廟中休憩，無意間抬頭望見樑上塗鴉：「梁
小寬在此一樂」，王氏忽然靈光一現，頓時了悟夢中所示訊息。整場
開庭過程，如有神助，王季重對於案情真相，彷彿早已瞭然於胸，針
對諸多疑點、層層逼問，偽證之處一一現形：先看李氏胎屍，未具人
形，係不足三月，何來之凶殺！盤問之下，李氏遂和盤托出——揉下
妻胎是藉此製造事由以控訴對方，純粹是為了反制對方之凶悍。再訊
梁氏，觀察屍訊，非如其說之「活活打死」，係以繩勒死。又察覺梁
應龍哭梁三寬似哀不及衷，顯有內情，繼而推斷三寬並非親身己出，
而所謂父子之稱，只不過迫於現實的一種無奈身分。此種破案之關鍵
靈感，追根究柢的，竟是來自接案當晚之夢與關帝廟乍見樑上字二
事，兩相照應，產生神奇的聯想與體會。蓋關帝廟係法度森嚴之處
所，連判官大人都不敢隨便窺看，而何人竟放肆如此、近乎嬻神之舉
地在廟柱上塗鴉留名，顯見此「梁小寬」之家大人必溺愛無度。相對
於梁三寬之死而淚不及泉湧，梁應龍之偏心，昭然具現。王季重遂據
此疑點查辦：發現梁三寬係梁應龍在荒年撿拾扶養的養子，而數年來
三寬癲而酗賭，早就是梁應龍的眼中釘，今日總算藉此誣仇，並一除
心中大患，原為一石二鳥之計，卻被地方官王季重看穿，拍板揭發！

　　真相至此大白，蓋兩人皆動手殺了自家人（一墮胎、一殺無賴養
子），然後再藉此誣陷對方，如此複雜糾葛的愛恨情仇，王季重卻迅
速破案，讓「扶老攜幼來觀者環集」，皆「呼青天者響振林木」，一時
「呱呱知縣」聲名傳遍三十八州縣。

　　此則文獻在王季重自撰年譜中，詳述經過，卻未見於文集之中，[51]

---

[51] 《王季重十種》並未載錄此則夢兆判案之文獻，倒是有其他詩文關乎夢中得句，最
　　常提起的是夢中常騎著一棵古松所化身的龍，飛天而去。見載於〈感述〉、〈題靈福
　　寺松〉、〈復至靈福禪房〉等，〔明〕王季重著；任遠點校：《王季重十種》（杭州：
　　浙江古籍出版社，2010年1月），頁385-386，388，372。

足見年譜與文集之間，實有「互文」[52]之效；而夢兆示訊，「關」氏故友來訪與「關」公廟之巧妙繫聯，遂讓判案順利如有神助，令觀者稱奇。

　　相近例證，另有清人王祖肅（1717-1792）《敬亭自記年譜》。大抵王氏自四十一歲起奉檄赴揚州大關查稅，故此後載記內容泰半為政務判例，亦間涉及凶殺刑案之始末（如四十八歲條）。其中五十五歲所載之刑案，即涉夢兆：

> 辛卯敬亭年五十五歲，子宸仔中式順天鄉試舉人，新城縣署令具報「民人汪仲貴被生員熊中立手推墻上致頭傷身死」一案。新任李令接印後，承審招解到府。余是夜，夢二堂內演戲，即《雙熊夢》之〈見督〉一齣。是日，新城批差解到人犯，即熊中立一案。余初未嘗著意，詳閱後次日即審。先訊熊中立與汪仲貴爭鬧處所，離墙幾許，據供十餘步，即此一語，便有疑竇，熊中立一瘦小身體之人，何能用手推至如是之遠耶？[53]

此凶殺訟案初判為熊中立手推汪仲貴撞牆致死，後經王氏明查暗訪，方知案件始末。初係為汪仲貴之子將熊氏亂棍打倒，汪氏見事發不可收拾，趕緊以頭自撞牆壁，企圖抵賴為熊之所為。事實上熊氏始終昏

---

52 intertexuality，譯為「互文性」，係由〔法〕朱麗葉‧克莉絲蒂娃（Julia Kristeva）所提出，關注文本間的交互指涉，指的本是所有作品與其他既存作品之間必然存在的關聯。相關理論可參見〔法〕蒂費納‧薩莫瓦約（Tiphaine Samoyault）著；邵煒譯：《互文性研究》（天津：天津人民出版社，2003年1月），以及王瑾：《互文性》（桂林：廣西師範大學出版社，2005年9月）等書。另，有關此理論之實務操作，可參見胡曉真：《才女徹夜未眠——近代中國女性敘事文學的興起》（臺北：麥田出版公司，2003年9月），頁79。

53 〔清〕王祖肅編：《敬亭自記年譜》，收入《北京圖書館藏珍本年譜叢刊》，第99冊，頁157-158。

倒在地，並未動手殺人，然始料未及的是，汪氏自撞頭傷竟致不治，汪氏子遂順勢誣告熊中立殺死汪父。案情水落石出，宣告偵破，判官王祖蕭「甫說出前夢，咸以為奇」。蓋《雙熊夢》係明末清初蘇州派的劇作家朱素臣之作，又名《十五貫》，其情節離奇曲折，大抵為熊友蘭、熊友蕙二兄弟分別陷入冤獄而後澄清的故事。判官王祖蕭所夢〈見督〉曲目，即暗示熊氏冤案，終將昭雪。古代判案雖重證據，卻因為深信鬼神之說，接受許多冥冥中的訊息與感召。蓋深信人之所作所為無所遁逃，所謂天理昭彰是也。

　　身為地方官，護祐鄉民實責無旁貸，所謂「痌瘝在抱」，無非是居於道德正義而為，如清人王植（1681-1766）所自許：「邑令為一邑主，苟誠心為民祈命，未有不應者，不可視為故事也」，[54]也因此地方上無人祭祀的幽幽亡魂，倘有怨情，也多半藉由夢境，向官員申冤或請託。占夢書如《夢占類考》中即載〈冥感〉[55]部，如〈一州相報〉、〈數百人拜謝〉等，內容雜錄小說史傳等例證，即含括此類。然皆未如自撰年譜之耐人尋味，係由撰譜者說出自己的冥感故事，載錄親身經歷的冥界「託夢」事件。

　　再如清人魏象樞（1617-1687）口述之《寒松老人年譜》，即載錄一則六十歲所作之惡夢：

　　　　丙辰六十歲。……乙卯除日，以意告友，於丙辰元日燒燈書之。是夜，夢二三人同立於大汙泥坑邊，見有五六人身陷坑

54　此語出於〔清〕王植編：《自紀》，見《崇德堂稿》，卷10，收入《北京圖書館藏珍本年譜叢刊》，第93冊，頁19。此則係王氏為廣東和平令時，因州邑大旱，曾茹素虔齋、設壇祈雨，三日後大雨沛下。又曾逢大火，為之惻然，心誠而風止。因而有感而發，自許邑令之使命如此。

55　〔明〕張鳳翼編纂：《夢占類考》，收入《續修四庫全書》，子部術數類第1064冊，卷11，頁651。

中，通體皆染，面目難識，口不能言，惟手足動搖，有欲出
狀。余亟呼同立者救之，皆袖手旁觀，意不甚切，余亦無計可
施，徬徨驚怖而醒。夢境殊惡，因附錄焉。五月傳聞科臣王光
前有請加徵練餉一疏，深慮民心驚懼，地方多事，遂具疏駁
止。[56]

魏氏於某夜夢見自己與二三人站在大污泥坑邊，坑中有五六人身陷泥
淖，通體沾染而口不能言，魏氏亟呼同伴救之，然皆袖手旁觀。自己
因無計可施，遂驚怖而醒。數月後朝廷傳出有意加徵練餉，身為地方
官的他，體恤百姓疾苦，連忙上疏阻止。這個夢境預告了未來遭遇之
情境，也具體影響了後續判案施政的考量。[57]

　　另有類近一事，亦與地方案件有關。雖載於《寒松堂全集》中，
然舉之足以補充說明年譜所言。該夢載某夜，魏氏忽臨城西二十里外
的總戎張邦奇（1484-1544）之墓：

　　五月，有明總戎張邦奇墳墓，在州城之西二十餘里，其子孫不
　　肖，將墓前享堂賣與他人為墳，初七日將蓋矣。余於初六日，
　　夜夢拜公墓前。墓門忽開，延余入，不見公像，但見上懸銷金
　　帳，帳內飄颻如拱揖狀。使者致辭，曰：「此家主答拜也。」
　　又請看四壁所繪圖蹟，皆公一生戰功也。圖中見公面赤微鬚，

56　〔清〕魏象樞口述；〔清〕魏學誠等錄：《寒松老人年譜》，收入《北京圖書館藏珍
　　本年譜叢刊》，第73冊，頁441。

57　夢境預告未來施政而影響後來決策考量者，年譜中尚有一例，載於三十三歲：「五
　　月，聞山東平陰縣知縣王國柱擅殺士民，特疏糾參。奉有『著該督按，確查嚴究』
　　之旨。後審明擅殺情真，置重典。先疏稿就，方在查訪，尚未繕寫，夜夢帶血數
　　人，環跪於前，哀哀欲訴。次日即拜疏，亦異事也。」見〔清〕魏象樞撰；陳金陵
　　點校：《寒松堂全集》（北京：中華書局，1996年8月），頁685。

體甚脩偉。公抱一男，約五六歲，曰：「尚有後人，胡為至此！此地全望保護。」言畢而醒，不覺詫異。余夢境多奇，此又其一。後聞後人將墓前碑碣翁仲等物又行轉賣，余乃憤具公呈，聲明其罪。州守耿公，立案勒石。余復倡眾捐貲代為脩理，事關風化，不能緘默。[58]

夢中張公現身指稱「尚有後人，胡為至此！此地全望保護」，蓋現實生活中，張氏子孫有不肖之徒，逕自將享堂賣予他人為墳，還變賣墓前碑碣翁仲等物，此事原屬張氏家族醜聞之私事，魏象樞大可不管，然而，夢中張將軍現身審慎託囑魏氏，且「事關風化，不能緘默」，故「憤具公呈，聲明其罪」。其事乃欲託夢地方官以期決議立案，亦可見魏象樞維護地方教化與社會公義之使命感如此深切，故而有夢如此。[59]

　　總整而言，「誠心所感，幽明一理」這類說法，[60]實為「判案示訊之夢兆」成立，其背後的社會文化心理基調。人們相信社會公義之維護重責，往往繫乎地方官或判官，種種破案訊息，不管來自神明指點、或是幽魂託囑，如何傳達給主事者，「夢」遂成就了跨越界域之可能，而上述諸例即是據夢兆以判案的有趣文獻。

---

58 〔清〕魏象樞撰；陳金陵點校：《寒松堂全集》，頁564。

59 魏象樞重視地方教化，並認為士大夫須身體力行。可由下引《寒松堂全集》兩段文獻中了解，其一為《重廣感應篇》作序，謂「身與言合，是謂心感。挽其險危嗜欲，歸於渾厚淳良，是謂心應。乃所以廣天子之教，而即所以廣天之教也。」（卷8，頁370）其二為〈造命篇序〉：「余見士大夫刊刻《感應》諸書甚多，提醒世人，不為不詳切曲盡，第恐言之而不行」（卷8，頁371）。蓋士人亦為感應篇作序者，如〔清〕潘奕雋撰〈感應篇序〉，即為一例。見〔清〕魏象樞：《三松堂集》，卷1，收入《續修四庫全書》，集部別集類第1461冊，頁66。由此可見「感應果報」之說，由士夫而下及普羅庶民，影響層面甚廣。

60 〔清〕曹錫齡編：《翠微山房自訂年譜》，頁272-276。

圖十：〔明〕葉小鸞肖像圖[61]

說明

此圖係出自清代息園主人編纂《繡像古今賢女傳》〈仙佛同參〉。圖右
釋文為：「眷彼小鸞，婉變能詩。妙齡化去，受戒於師。仙耶？佛
耶？吾不得知。以其潔清，表而著之。」魏氏將晚明女子納入，與烈
女傳諸賢並置，使之留名青史。

---

61 〔清〕魏息園編輯：《繡像古今賢女傳》（北京：中國書店出版社中國書店，1998年
5月），第4冊，無頁碼標示。

圖十一：〔清〕潘奕雋〈三松居士小像〉[62]

---

62 〔清〕潘奕雋：《三松堂集》，收入《續修四庫全書》，集部別集類第1460冊，頁544。

圖十二：〔明〕徐顯卿《宦迹圖》〈聖祐已疾〉[63]

63 此處徵引圖像，係取自網址：https://zh.wikipedia.org/wiki/%E5%BE%90%E9%A1%
AF%E5%8D%BF%E5%AE%A6%E8%B7%A1%E5%9C%96，擷取日期：2019年10月
22日。

圖十三：〔明〕徐顯卿《宦迹圖》〈旋魂再起〉[64]

---

64 圖像擷取自網址：https://upload.wikimedia.org/wikipedia/commons/3/3d/Xu_Xianqing_
Huanji_Tu_22.jpg，擷取日期：2020年1月26日。釋文節錄如下：「越二日，身如冰冷，
寒顫不禁，六月用棉被貂裘覆體不溫，滿室蘆席重圍，不令隙光入目，絕飲食者四
日。至初八薄暮，忽聞或作謦欬狀，從庭中漸進房窗，予在床，驚曰：『此是我聲，
豈魂出復還也？！』遂推被開帷，脫然輕快。明日食粥有味。」此為徐氏離魂還體
而後病癒的經歷。

圖十四：〔明〕《明狀元圖考》〈狀元丁士美〉圖[65] ▲ 黑線圖

說明

《明狀元圖考》之夢境，在圖像的呈現方式多以框線區隔虛實，或有以夢之虛設情境，作為繪圖取材之主要表現，如此圖所示。由黑線圖來看，整個畫面，在現實人生中的狀元，只占畫面左下一小角落，甚至沒現身，比例不到十分之一；而夢境卻相對占去十分之九強，主角僅現身夢境，形成「九虛一實」的畫面比例。

---

65 〔明〕顧鼎臣、顧祖訓彙編：《明狀元圖考》，卷2，收入《宋明狀元圖考錄集》（北京：全國圖書館文獻縮微複製中心，2009年），第3冊，頁215。

第三章
多元夢兆：子題開展與終極關懷

一 生死密碼：誕生夢兆與預知死亡紀事

　　生與死，為人生一大課題。自古以來，各家論述多及此，而眾說紛紜。

　　在先秦思想中，或以老莊「齊死生」為最高義。然其所呈顯道家崇尚生命歸於大化之自然境界，實可望而不可蹴及；[1]下及兩漢，或循由道教修行，重視養生導引，期能蟬蛻而暢遊仙界得永生，此種跨越生死的想像，自成一套知識與信仰；[2]魏晉以降，學佛參禪者宣揚靈魂不滅，通過修煉，可離苦海，進入永恆安寂的「無生」境界，即涅槃世界；[3]至於飽讀四書五經的儒者，雖以「未知生，焉知死」而有所諱言，[4]然眾所周知，孔子嘗自言夢奠於兩楹間，即為預知死亡的典例。[5]至若我輩，雖游走各家間，就本性而言，則近於文人；然

1　詳參劉榮賢：《莊子外雜篇研究》（臺北：聯經出版事業公司，2004年），頁108。

2　詳參〔美〕康儒博（Robert Ford Campany）著；顧漩譯：《修仙——古代中國的修行與社會記憶（*Making Transcendents: Ascetics and Social Memory in Early Medieval China*）》（南京：江蘇人民出版社，2019年3月）。又，或亦可由古典醫學路徑理解生死，如李建民：《死生之域：周秦漢脈學之源流》（臺北：中央研究院歷史語言研究所，2000年7月）即為典例。

3　朱柏崑：〈莊學生死觀的特徵及其影響——兼論道家生死觀的演變過程〉，《道家文化研究》（上海：上海古籍出版社，1994年），第4輯，頁63-75。

4　典故出自《論語》〈先進〉：「季路問事鬼神。子曰：『未能事人，焉能事鬼？』曰：『敢問死。』曰：『未知生，焉知死？』。」

5　語出《禮記》〈檀弓〉上。

即便是效法王羲之（303-361）暢懷雅集，間或慨嘆「死生亦大矣」，卻未必能寫出如〈蘭亭集序〉這般佳文，祈「後之視今，亦猶今之視昔」，傳諸後世。惟尚能擷拾諸論、分梳脈絡，勾捋歷來死生論述，得其概要。特別是明清時期攸關生死的夢論，頗有一得之見，故捋筆成此微篇。

蓋生死課題，在明清時期，尤其是歷經明季政局崩壞、易代戰亂動盪，到清初文字獄等事件之發生，層層催化了思想的變異而使之呈現特殊複雜的樣貌。[6]就自撰年譜而言，由於係出自譜主口述或親筆，面對生死時，其自我探問與重構存在價值的意義則更顯濃厚。此中最發人興味的是，譜主在生死交關之際，多有殊異之「夢」；而所述之「夢」，承載了攸關未來的關鍵訊息。這類自撰年譜所記載的各類預言式生死夢兆，實又與當時的場域氛圍，即大眾心理暗示，遙相呼應。

我們不妨由此一時期普遍流傳的夢知識專書，察其端倪。

泛覽明代夢書如《夢林玄解》、《夢占逸旨》、《夢占類考》等，在五花八門、琳瑯滿目的分類中，當然少不了論及生死的條項。例如，陳士元（1516-1597）《夢林玄解》即載：「凡人壽命食祿，皆由冥定。非形于夢，無從見兆」，[7]人們相信死生由命，冥冥中自有安排，惟夢，適足以顯其玄機。也因此夢兆之詮釋，自然而然成為探問死生密碼的重要依據。又，以生之初始於妊孕，《夢林玄解》即列〈姤

6 　有關晚明及易代之研究甚夥，茲聊舉一二為佐。諸如王汎森：《晚明清初思想十論》（上海：復旦大學出版社，2004年12月）、《權力的毛細管作用：清代的思想、學術與心態》（臺北：聯經出版事業公司，2014年6月）及何冠彪：《生與死：明季士大夫的抉擇》（臺北：聯經出版事業公司，1977年）、趙園：《明清之際的思想與言說》（香港：三聯書店，2008年10月）等作。

7 　〔明〕陳士元增刪；何棟如重輯：〈壽算類〉，《夢林玄解》，收入《續修四庫全書》，子部術數類第1063冊，卷10，頁807。

孕〉項，認為懷孕乃「氣從有胎中生，胎從伏氣中得」；其下引入
《金丹妙訣》云：「胎成十月生，個個會騎鶴，世所稱鶴神即此
也。」[8]此說頗為世人普遍接受，無怪乎乘鶴而來，駕鶴西歸，成為
生死夢兆的常見橋段；此外，《夢占逸旨》則有〈壽命篇〉，[9]起首即
言壽命短長雖智者不惑，然光陰荏苒、轉眼流逝，面對死亡日日逼
近，「聞道修身之學聖賢者」亦「汲汲敏求」，期能福壽雙全，此種論
調恰恰符應大眾心理需求。觀其篇中所列正史例證，於出生夢兆僅聊
舉一二，其餘多數都在談論壽命長短之死亡夢兆。例如，篇中記載了
《唐書》中一位與唐德宗同名、官至工部侍郎的李適（生卒年不
詳）：「嘗夢與人論大衍數，寤曰：吾壽盡乎此？」後果卒於四十九
歲，[10]其預告死亡竟徵驗如此；又引《宋史》中所載，一名宋代大臣
查道（955-1018）「嘗夢神人，謂汝位至正郎，而壽五十七，而享年
六十四者，積善所延也。」[11]以為命定之壽命可以透過行善延長；此
外還有亡魂具名託夢求葬者，如文末引東晉袁宏（328-376）《後漢
記》所記，一位名叫溫序（？-30）的官人，不幸客死異鄉，而最終
得以託夢安葬。其下，陳士元更據此例而反問：「豈非精爽之未嘗泯
滅者哉？」並以此作為該章總結。茲歸納上揭夢書諸例，生死夢兆的
觀點大抵有四：一、誕生前有夢兆，意味人之有來歷也。二、生死皆
為命定，故顯兆以示，所謂「天命不移，人生前定」。[12]三、承上，雖
夭壽已定，但仍可因後天的積善培福而延長。四、人死之後仍可託夢

8　見引於〔明〕陳士元增刪；何棟如重輯：《夢林玄解》，卷10，頁811。此言《金丹
　　妙訣》疑本自北宋道士紫陽山人〈金丹四百字〉，其詩末云「一載生個兒，個個會
　　騎鶴」。又，紫陽山人原名張伯瑞（983-1082），原名用成，字平叔。

9　〔明〕陳士元：《夢占逸旨》，卷6，收入《續修四庫全書》，子部術數類第1064冊，
　　頁457-458。

10　〔明〕陳士元：《夢占逸旨》，卷6，頁457。

11　〔明〕陳士元：《夢占逸旨》，卷6，頁457。

12　〔明〕陳士元：《夢占逸旨》，卷6，頁458。

求人從而得葬，由此推知，夢是跨越冥陽兩界的通道，並為傳達神／靈訊息的媒介，而靈魂是不滅的。這四項觀點，輾轉流傳於夢書系列中，可視為中明以降普羅大眾的夢知識氛圍，適可與下列自撰年譜之生死夢兆，互為呼應、相互佐證。

　　由是以觀，明清自撰年譜之生死夢兆，亦可得其梗概。以下即分「誕生夢兆」及「預知死亡夢兆」兩類闡論。無論是誕生夢兆，抑或是死亡夢兆，本章將進行之話語分析，基本上包括五個層次，其一、此故事的來源是誰，即作夢者何人？是自己，還是家大人等近親長輩。其二、故事撰寫者是誰？是說話者本人，抑或他人。其三、夢示徵兆之後，產生何種影響？是否對於譜主之日後遭遇，形成自我暗示，甚或進一步影響其決策。其四、其撰寫動機與詮釋意義為何？撰者如何賦予生死來去意義，對於靈魂不滅、有來歷、不凡遭遇等如何進行自我詮釋。其五、於文化場域的傳播意義為何？我們將特別留意夢經驗之私人記憶如何被轉引、擷取、挪用、改編、續寫，成為家族記憶以外更為公眾化的集體記憶，包括進入方志而為地方記憶、成為筆記小說語料之閱眾感受，以及進入夢書類而為主題知識等等文化傳播類型。

　　首先，就誕生夢兆而論。

　　誕生，不僅僅是肉體成熟呱呱墜地，而在生理層面以外，夢經驗的敘述者往往認為，此中必當有另一層深意，即此軀殼將成為靈魂的載體，而這個靈魂的出現，則透過這個夢境顯示徵兆，或聞蘭香，或現龍形，或見火光熒熒，以預告主角人物之「誕生」在即。

　　夢見誕生異兆者，或為生母，或家中重要人物，如祖父祖母輩、父親大人等，得記入年譜者大多視為吉徵，並以此命名。如初生時滿室蘭花香氣，而名為「蘭」，如萬廷蘭（1719-1807）於其年譜有七言詩，言其始末：

康熙五十八年己亥十一月初四日辰時廷蘭生。

　　勞生彌月出芳塵，幽谷開來別有神。

　　澹素宜家三世舊，清芬持贈一枝新。

　　床頭夢覺矜嘉種，門左弧懸識善人。

　　便錫以名憑記取，國香從此是前身。

先大夫時寓省垣，夜夢曾祖以蘭花一枝授之曰：「此生孫之兆
也。」既覺，香猶繞室，開門而家信至，因以名焉。夫以蘭有
國香，人服媚之，先人之所期遠矣。[13]

值得留意的是，夢中授蘭者為曾祖父，這代表著新生兒係承續了家族
的嫡系血脈；而夢醒後蘭香猶且繞室不散，父親遂深信此夢為吉徵而
以此命名。「名」在中國文化中的意義自是慎重，年譜當中也鮮少出
現更「名」的載記，由此可知，父親命名係跟著此人一生，這又意味
此種形影不離的鼓勵，承載了先人對於後代能高潔如國香之殷殷期
許。又如方震孺（1585-1645）呱呱墜地前，父親夢見白鶴翔空，來
止屋上，還開口說出人話，然後飛入屋內，屋內隨即傳出產兒啼哭：

萬曆十三年乙酉閏九月十二，孩未方先生，生先侍御心宇府
君，夢白鶴翔空而來，止於屋上，作人語曰：「我天性不食
鹽，幸勿以鹽相苦。」語畢，飛入室中，而余已呱呱矣。又夢
正學先生授一金色李，故余之名有所自。[14]

白鶴所言，預告了方氏此世「性不喜鹽」之飲食習慣，同時也意味方

---

13 〔清〕萬廷蘭編：《紀年草》一卷，清嘉慶十二年南昌萬氏刻本，收入《北京圖書
　　館珍本年譜叢刊》，第104冊，頁287。

14 〔明〕方震孺編：《方孩未年譜》一卷，清同治七年樹德堂刻《方孩未先生集》
　　本，收入《北京圖書館珍本年譜叢刊》，第59冊，頁2-3。

氏之來歷特殊。而僧人方顒愷（1638-1717）之誕生夢兆，則對於自
己今世為僧，提出了前世來歷的自我詮釋：

> 明崇禎丁丑年三月二十一日亥時，不孝子降生，夢老僧入室而
> 娩。先母嘗為予言：「汝從僧來，當從僧去，夙緣如此。」[15]

除此之外，誕生夢兆亦有聲稱見到火光熒熒者，[16]甚有金冠緋衣童子
入室相迎，如明人魏大中（萬曆三年生）轉述其母當年所見：

> 而孺人拮据支吾，生人之趣都盡。一夕腹痛起，据蓐壁棟間，
> 火光熒熒，先孺人以為鬼燒，疑不祿，而火光緣棟上升，至脊
> 梁正中。而予生時，先都諫睡夢中，則又若夢見兩童子執燈導
> 一金冠緋衣少年者，入臥室，蓮然起，則聞予哭聲矣！[17]

或亦有夢於滂沱雷雨中，疑見蛟龍盤窗，如秦紘（1426-1505）之述：

> 宣德元年，……於是夜夢雷雨大作，見二物蜿蜒攀窗內窺，頭
> 角如麟，目光如電，因而驚覺分娩。[18]

---

15 〔清〕方顒愷編：《紀夢編年》一卷《續編》一卷，清同治二年南海伍氏粵雅堂刻
《嶺南遺書》本，收入《北京圖書館珍本年譜叢刊》，第84冊，頁99。

16 見火光者，亦有他例。如周起元於穆宗隆慶六年壬申四月廿八日午時生「母臨產之
前一夕，祖母望見室內有火光。」見〔明〕周起元編；〔清〕王煥、〔清〕王如續
編：《海澄周忠惠公自敘年譜》一卷，清同治十一年刻本，收入《北京圖書館珍本
年譜叢刊》，第56冊，頁274。

17 〔明〕魏大中：《魏廓園先生自譜》一卷，明崇禎元年刻《藏密齋集》本，收入
《北京圖書館珍本年譜叢刊》，第56冊，頁412-413。

18 〔明〕秦紘編：《秦襄毅公自訂年譜》一卷，明嘉靖十七年單縣秦學書刻隆慶三年
天啓元年遞修本，收入《北京圖書館珍本年譜叢刊》，第40冊，頁31。

明末陳子龍（1608-1647）亦嘗自述命名之由，乃因母親生產那天，
夢見一條看似龍的神物，發出光芒，蟠踞在東壁之上：

> 予以季夏朔日，生於郡城，先妣韓宜人出也。將產之夕，先妣
> 夢若龍者，降室之東壁，蜿蜒有光，故初名介，後先君徵前
> 夢，改今名云。[19]

或夢有佛教意義的白衣大士授予蓮花一枝之吉徵，如吳璥（1747-
1822）之述：

> 乾隆十二年丁卯正月十三日寅時生
> 迨余生之夕，唐太夫人夢白衣大士授蓮花一枝，覺而生余，太
> 夫人以告少宰，公喜動顏色曰：「吾聞諸梵書云：『蓮花，名芬
> 陀利花。』《孝經援神契》曰：『王者德至於地，則華平感。』
> 鄭康成《注》：『華平，並頭蓮也。』是子也，生其將毓為王
> 家瑞乎！」[20]

整體來說，筆者寓目所及之諸多自撰年譜中，描述誕生夢兆之場景最
為生動緊張者，莫過於晚明小品健將王季重（1517-1646），以母親夢
太白金星入懷而孕，揭開故事序幕：

> 萬曆三年乙亥先生一歲

19　〔明〕陳子龍編：《陳忠裕公自著年譜》三卷，清嘉慶八年青浦何氏簳山草堂刻
　　《陳忠裕公全集》本，收入《北京圖書館珍本年譜叢刊》，第63冊，頁506。

20　〔清〕吳璥編：《吳菘圃府君自訂年譜》一卷，清道光三年錢塘吳氏刻本，收入
　　《北京圖書館珍本年譜叢刊》，第117冊，頁114。

母唐氏贈太安人，夢有斗大金星入懷而孕。誕之時，太安人以
病苦難產，收婆力竭，承德公搏首叩天：「將絕矣！」適伯兄
仰東公，雞鳴往打磨廠貿易，忽耳間有轟語之者曰：「亟歸！
汝家有大事。」遂奔至，無暇著一語，急併收婆挾之。一力而
降，是刻祥旦正旭，晶丸丹彩照盆，與先生雙眸互激射，膚若
瑩脂，然頂面黔奸，又不啼，太安人疑之，不欲舉。公曰：
「是兒銀瓶鐵蓋，國瑞也，速褓之！」先生乃啼，聲達十舍。
公喜，命名曰「金星」，行六。[21]

當其時，母親因重病危急而導致難產，在旁幫忙接生的收婆，業已精
疲力竭。就在連父親都感到絕望之際，他處正於雞鳴早起到磨廠作貿
易的伯公，居然在走路的當頭，忽然聽到耳邊傳來聲音轟然而道：
「快趕回家！家中正有大事！」於是伯公連忙奔跑返家，和收婆一起
將孕婦腹中胎兒挾力擠出。終於在一陣力道下，嬰兒順利產出。其時
正當旭日東升，一抹祥光自外映照丹盆，恰與新生兒雙眸互相「激
射」。唯此嬰竟然不啼，頭臉發黑，就在行將窒息之際，父親急中生
智地說道：「這小孩乃銀瓶鐵蓋，是國家的祥瑞，速速褓育！」如
此，嬰方才開口啼哭，「聲達十舍」，左右鄰居皆知，危難也頓時轉為
喜事一樁。王季重因此命名為「金星」，頗有神人降世投胎之寓意。

此誕生夢兆文生動有趣，場景頗得電影分鏡之妙，讀者雖無從考
證事實與否，不妨當成一篇男主角差點在開場就陣亡的趣味小品文，
陶然閱之。

至於死亡夢兆，相對於誕生喜事，大多自帶感傷與沉重筆調。此
中牽涉預知死亡的心路歷程，以及晚年處境之難堪，絕大多數是疾病

---

21 〔明〕王思任編：《王季重先生自敘年譜》不分卷，清初山陰王袞錫等刻本，收入
《北京圖書館珍本年譜叢刊》，第57冊，頁283-284。

苦痛之迫促，再加上譜主自敘親身經歷，故筆法細膩而場景歷歷，或正下獄身受酷刑而得此夢預告處境，求一死方得解脫；或輕描淡寫，言夢見駕鶴西歸、乘牛騰空或蓮花滿場，在濃厚的宗教氛圍中，感知死期將近，為證道之實踐而心平氣和地迎接臨終，甚至欣然期待？

　　此中最為驚心動魄的，莫如周起元（1572-1626）之述。周氏在死亡前曾展拜祖祠，夜宿祠中，當晚竟得惡夢：

> 夢北獄大興，自亦被逮，備極刑楚，寐中大呼：「汝專權矯詔，擅用酷刑，凌辱忠良，欺我皇上耶！」時子彥陞臥側，急喚醒，公曰：「我將逮矣！」須臾，又夢一神進謁，不言何故，但以指書公掌上，去復轉顧囑公自審，詩曰：「密語渡君家，龍飛長碧霞，夢中飛妄想，急早煉丹砂。」公覺，亟語子曰：「璫勢薰天，國家尚未可知，何況臣子！然死生有命，神先告我，安之而已，汝其勿泄。」（爾時未聞逮報）三月二十八日逮問旨到，公入公署候逮。[22]

夢中場景有二，其一，係閹黨大興北獄，周氏被逮後，慘遭酷刑，夢中還厲聲斥咄閹黨專權欺上、濫用酷刑、欺壓忠良等等。當時，隨即為床側陪同的兒子給喚醒，而乍醒之周氏即預言時日不多，恐怕馬上就要被逮捕了。輾轉間，忽又入夢。第二個夢，則有神人前來，卻不發一語，只用指頭書寫五言詩數句，末為「急早煉丹砂」。語畢，周氏自夢中醒覺。此接連二夢，都預告了周氏未來被逮入獄受刑的慘劇。周氏既預知危險，卻偏偏往死裡走，甚且還輕描淡寫地說「死生有命，神先告我，安之而已」，其泰然自若，實非常人所能。果於數

22　〔明〕周起元編：《海澄周忠惠公自敘年譜》一卷，清同治十一年刻本，收入《北京圖書館珍本年譜叢刊》，第56冊，頁274-275。

日後，詔旨一到，周氏便從容赴義。續譜中在載寫二夢之後，隨即跳接駭人場景：

> 九月……初十日，公死獄底；十三日旨下相驗；十四日弟起龍領屍，五竅流血，胸膛肉破，面歪，腿、足杖夾傷爛，身無寸縷。[23]

沒多久就從獄中傳來死訊，通知家屬前去領屍。但見其軀體破爛、膛破面歪，腿足還上著刑求的杖夾，而全身赤裸竟無寸縷蔽體，可見死者生前承受極大之屈辱與痛苦。這種充斥囚牢、暴力、酷刑與屍體的殘忍畫面，被譜主後人以細膩筆法描寫，作為年譜之續，實以文字「凍結」當事人之死亡畫面為一永久定格，帶給閱讀者異常強烈的視覺衝擊與心靈震撼，這不正是續譜者刻意強迫讀者一起以近距離「凝視」屍體之不堪，從而對閹黨暴行進行一場血淋淋為背景的無聲「控訴」？前此二夢，雖皆預知死亡，而譜主卻絲毫不懼，更不思逃避，凸顯了譜主從容赴死的道德勇氣，就死亡夢境書寫而言，誠可謂為意義深遠而張力十足的佳作。

　　至若文人多情，對於親人驟逝之感懷萬千，往往後設地不斷追憶過往斷片，尋思其因，從而認定命定之死必早現徵兆。例如，晚明才女葉小鸞（1616-1632）於芳華正盛之妙齡十六，即因病驟逝，痛失愛女的葉紹袁（1589-1648），在諸作中追憶過往，其中一則言及當時大舅子沈自徵（字君庸，1591-1641），曾於燈下得佳句，當晚，即夢到小鸞入夢，與之唱和：

---

23 〔明〕周起元編：《海澄周忠惠公自敘年譜》，頁276。

壬申年

君庸在新安偕友人作紅葉社有「幽閨紅葉落」句云：「若同靈
草香魂返，留伴金泥簇蛺裙。」鐙下得意殊甚。方寐，即夢瓊
章謂曰：「舅得佳句邪？甥亦有佳句在。」君庸詢之，女曰：
「金鑑曉寒追短夢，玉簫聲遠立空廊。」君庸晨起，忽忽以為
不祥，并靈草二句，亦自疑之。未幾，遂得瓊章逝音，及歸語
作詩及夢之夜，正瓊章亡日也，甚奇！[24]

夢中小鸞亦得佳句，然詩境卻異常淒清寒冷。沈自徵翌日晨起，回想
昨夜夢境，悵然地認為該夢乃不祥之徵，果不其然，沒多久就傳來小
鸞驟逝的消息，沈自徵恍然大悟，小鸞入夢那晚，正是她離開人世的
同一天。難道夢境預告了死亡？而命運早已安排？我們看到作為父親
的葉紹袁，在追憶過往中深情凝望，不斷嘗試解釋小鸞之死乃命定，
字裡行間流露太多的沉重與感傷。自言深研佛教的葉紹袁，終究於
「了生脫死」一關，陷入文人多情之耽溺與糾葛。

　　反觀明人堵胤錫（1601-1649）年譜中的夢牛敘述，在生死課題
上明顯企圖呈現超越境界。蓋緣起於此，緣盡亦於此；生死兩端，巧
妙呼應。其言生之艱辛，夢牛觸母之腹懷，幾乎難產，故以此命名，
以記親恩：

萬曆二十九年辛丑十二月八日辛未酉刻，不孝生於夾山之麓
（村名十房街）。時大人年幾四十，再娶而艱於嗣，禱於句曲
之峰，夢神語曰：「考汝績醇篤，恨汝薄祿無子，惟壽則上算
耳。」大人泣曰：「願以壽易。」出遇一道士，手招一牧童，

24　〔明〕葉紹袁編：《年譜別記》，收入《北京圖書館珍本年譜叢刊》，第60冊，頁544。

至乖，雙辮，著犢鼻，指謂大人曰：「是而兒也。」遂寤。至
是不孝生，先慈懷孕夢牧童笑入懷中，既一牛突入，毛角猙
獰，觸慈於地，慈驚寤，腹遂楚痛，坼副幾絕，因名。不孝
曰：「授志，神授也。」慈因是成疾不起。[25]

又以夢牛騰空而去為死亡預告：

及江右知交數人，卒之前一夕，親吏歐陽典，夢公乘牛騰空而
去，次日以語人，左右夢皆同，嗚呼！公生以辛丑，捷以丁
丑，卒以己丑，丑之生固屬牛也，茅峰之禱感於前，潯陽之夢
徵於後，牧遊公之生、之卒，豈偶然哉！[26]

極有意思的是，作夢者是隨侍三人，竟皆同夢堵公乘牛飛昇進入太
虛。事後一想，丑為牛，堵氏生肖亦為牛，中舉亦牛年，卒時亦牛
年，諸多巧合皆意味譜主之來歷非常。蓋人世一遭走完，則乘牛而
去，頗類道教以老子騎青牛出關之喻證道成仙，[27]不也是生死之間以
夢兆預告未來的另一種崇高境界？（圖十五）

　　上揭年譜中預知死亡紀事之夢兆，殊為可觀。然礙於材料有限，
僅為專章之一節而尚待擴充。自撰年譜原為個人之私我記憶，但因為
是年譜，故又隨家族族譜而傳諸後人，成為家族共有的記憶。倘又為
他人所援引、節用、改編、轉寫，則進入文藝場域，開啟傳播之旅，

---

25 〔清〕潘士超編：《堵文忠公年譜》一卷，清光緒間刻《堵文忠公集》本，收入
　　《北京圖書館珍本年譜叢刊》，第63冊，頁2-3。

26 〔清〕潘士超編：《堵文忠公年譜》，頁137-138。

27 〔漢〕劉向：《列仙傳》載老子傳說：「後周德衰，乃乘青牛車去。入大秦，過西
　　關。關令尹喜待而迎之，知真人也。」收入《中華道藏》（北京：華夏出版社，
　　2004年1月），第45冊，頁2。

例如：為方志所引，則成為地方記憶，甚或傳世而為公眾的集體記憶。

　　本節尾聲茲以年譜以外的文獻，作為互文補充，同時展示個人記憶如何因援引、續寫而轉為公眾記憶。

　　明人朱國禎（1557-1632）《湧幢小品》載入一事，[28]係明中葉陳有年（1531-1598）自述於文集的紀夢故事，原本是陳氏在作詞之前的一段序文，然文甚長，再加上情節生動，令閱者有如歷歷在目，朱國禎顯然覺得陳氏此夢特別，故而徵引全文，並增枝添葉地加上起首與結尾：

> 陳恭介有年，未卒之先月餘，嘗自作紀夢云：「萬曆丁酉十二月十八日之夜，余臥畏天樓之從吾齋，夢徘徊一山館中。已而，吳瀼州敬夫、倪博士章偕至。余曰：『此中儘有佳處。』吳曰：『適來舟，故在。試共一遊。』遂相攜入舟中。舟無榜人，亦無僕從，漸能自移。有頃。轉入山口，峯巒聳拔，山椒一老桂，盤根樛枝，下臨清澗，飛花飄灑，芳香襲人。逶巡稍前，遙望前山中，房舍甚都，相與歎賞。俟忽已至，艤舟而登。白石鱗次，涓泉出石間，若微雨新過狀，徐步入舍。明廠軒揭，四無窗几，寂不見一人。循除久之，忽老僕自外來。詣前報曰：『館罷矣。』余第領之。又回指偉衣冠數人，自舟而陸，若相就者。二友曰：『此吾輩適來泛舟路也。』遂欠伸而寤，惟見窗際月影朦朧而已。念昔嘉靖丙辰，南宮被放，與吳倪同舟東歸。中間區區聚散，亡論已。即二友化為異物，不啻一紀。而頃刻之夢，堪為憫然。若老僕之言，莫可致詰。豈余病侵尋，預為捐館兆耶？枕上漫成二調紀之。夫人生霄壤，所

28　〔明〕朱國禎：〈紀夢〉，《湧幢小品》，卷23，收入《筆記小說大觀》（臺北：新興書局，1978年），第22編第7冊，頁4799-4800。

白晝明目而爭於善敗之場者,千古一夢也,勝紀乎哉!又爽然
自失已。

山之幽。鬱盤丹桂臨清流。臨清流。花泉溶漾。馥襲蘭舟。個
中秋思空淹留。覺來窗外寒蟾浮。寒蟾浮。同遊安在。千古悠
悠。人翩翩。褐來攜手穿雲泉。穿雲泉。依稀玉宇。不見神
仙。個中微明胡來前。瞥然孤覺成高眠。成高眠。萬緣如夢。
何在何捐。蓋寄憶秦娥云。[29]

此文詳述夢境細節,於某年月日,陳氏現身夢中場景於一山中客館,
二位友人相約乘舟,共入深山,同賞美景。後突然出現一位老僕,道
「館罷矣」,促諸人歸返。行文至此,陳氏方才道出,夢中二友人,
早於十二年前物故為鬼矣,醒覺後領悟:夢與亡故友人同行共遊之
景,「豈余病侵尋,預為捐館兆耶?」心上瞭然此夢,乃預告死事將
近。[30]後即於枕上作詞兩闋,語多夢中場景之幽幽,亦為朱氏引入
《湧幢小品》。值得留意的是,在朱國禎引入陳氏全文後,又續寫了
一段頗為詭異／鬼異的傳說:

明年正月既望,環恭介宅而居者,丙夜聞車馬雜沓聲。竊窺
之,見籠火隱隱,不下數十,度驄馬橋而來。上下橋址間,呼

---

29 原文可參〔明〕陳有年:〈憶秦娥有序〉,《陳恭介公文集》,卷11,網路電子資料
庫,網址:http://archive.org/stream/02100668.cn#page/n85/mode/2up,擷取日期:
2020年1月15日。文字略異,「花泉溶漾」原作「花前溶漾」;又「個中微明」原作
「個中微語」。

30 夢見死亡之親友,或為預告死亡之夢兆,如清人汪輝祖父親,在逝世前曾夢見家族
先人環坐榻前:「十二年丁卯七十八歲。又次日,家人晨起問安。府君語等曰:『吾
昨夢吾父、吾母、汝前母環坐榻前,執手相慰勞吾。殆將不起矣。吾少孤恃,兩母
苦節,長教成人,常恐此身,失檢玷及。先人佐幕當官,兢兢以保身,為念幸
遇。』」見〔清〕汪輝祖口授:《病榻夢痕錄》《餘錄》,頁499。

> 聲甚徹。雖再號，始返。呼復如之，輒訝，何物官人，迺爾深
> 夜過訪。詰朝走問，則屬烏有。越數日，恭介卒。

事情發生在隔年元宵節當天深夜，環繞陳恭介宅邊的住戶，全都聽到
戶外傳來車馬雜沓聲響，有人好奇地從門縫偷窺，見著數十籠火隱隱
經過驄馬橋而來，上橋下橋，甚為喧囂。雞鳴天亮，方才返回，窺看
的居民以為是何方官人大陣仗來此走訪。隔天一早，鄰居連忙走問，
卻說此事烏有。朱國禎以前因後果的筆法，直接跳接結果──「越數
日，恭介卒。」閱者覽文至此，不禁呀然驚恐，心想：豈不怪哉？難
道是鬼物喧擾而預告死亡乎？實莫知真假，又不得起之地下而詰問
之，徒留悵然餘韻。此原為私人夢兆，後化用為筆記之志怪語料，傳
為普羅大眾之讀物，於茶餘飯後，閒暇時翻閱，興發對生死有命之跌
宕感受，此乃私我經驗而成小眾記憶之典例也。

　　生命究竟從何而來，死亡又到哪裡去。這樣的提問，化為夢境，
不僅僅出現於自撰年譜，同時也存於個人文集當中，或為生之首唱，
或為死之曲終，更有巧妙遙相呼應、互為應證者，值得咀嚼再三。看
完他人故事之後，不免掩卷長喟。夜將盡，天已白，不如擁被入夢，
方是最最實在。

二　舉業夢兆：功名前定說與因果報應論

　　明人朱國禎《湧幢小品》中，引入李長沙（1447-1516）詩句「舉
世空中夢一場，功名無地不黃粱」，化用了眾所周知的呂洞賓故事，旨
在曉諭眾生，看破紅塵。[31]然此說看似容易，卻難於實踐，放眼世間

---

31 〔明〕朱國禎：〈呂翁夢〉，《湧幢小品》，卷23，頁4812。

碌碌，自有科舉以來，讀書人泰半陷溺於功名富貴之求，無怪乎俗諺標榜「金榜題名」為人生四喜之一。尤其是入明以來，粥少僧多，舉業益發困難，大量士人滯留「生員」層而屢試不第者眾，形成知識分子邊緣化的社會集體挫折感。朱國禎此書另載一則令酸腐儒讀來深有感觸的社會時事，主角是明隆慶間一位已當了「教官」的老儒生，[32]幾經多年蹭蹬，終於榮登賜甲第一：

> 相傳有〈四喜詩〉曰：「久旱逢甘雨。他鄉遇故知。洞房花燭夜。金榜掛名時。」隆慶戊辰科，有以教官登第，館選者，吾師山陰王對南師相戲曰：「四喜只五言，未足為喜，當添二，曰：『十年久旱逢甘雨。萬里他鄉遇故知。和尚洞房花燭夜。』」某公大笑曰：「莫說！莫說！是『教官金榜掛名時』了。」聞者絕倒。壬辰科，閩翁青陽正春，以教官登第，賜第一甲第一名。余同館黃平倩戲曰：「四喜七言猶未了當，當於後再添三字。」眾問之，曰：「第一句添曰帶珠子。二曰舊可兒。三曰選駙馬。四曰中狀元。」翁聞亦解頤。[33]

這則宣稱令人「絕倒」的笑話，戲謔地改寫了世人熟知的四喜詩，[34]除了成功消遣了當時讀書人長居失意的窘態外，更嘲諷了背後隱含以科舉功名為人生勝利標竿之社會價值。我們更可由此見微知著地了解

---

32 郭培貴：〈論明代教官地位的卑下及其影響〉，《明史研究》第4輯（1994年），頁68-77。又詳參吳智和：《明代的儒學教官》（臺北：臺灣學生書局，1991年3月）。

33 〔明〕朱國禎：〈四喜添字〉，《湧幢小品》，卷22，頁4777。

34 一說出自南宋洪邁，見〔南宋〕洪邁：〈得意失意詩〉，《容齋四筆》（上海：上海古籍出版社，1978年），卷8，頁701；另一說則相傳為北宋汪洙所作，原題為《神童詩·四喜》。

到舉業失意之普遍現象，並從而推估，在此種時代氛圍下，僅有少數
人中之龍能一飛沖天，故而「功名前定說」與「因果報應論」勢將伴
隨而生；落實於個案的探討，則可發現：舉凡有關科舉考試的相關細
節，無論是祈福、試前、試後，甚或是落榜以及少之又少的「金榜題
名」，都伴隨了為數不少的預知夢兆，被譜主刻意寫入自撰年譜當
中，成為人生中的重要時刻與特殊體驗。

　　晚年葉紹袁敘及二十四歲那年，應試幸運過關，直接聯想起多年
前從弟季若（葉紹顯，1594-1670）的一場奇夢，並認為該夢預告了
未來，而後果真應驗：

> 四十年壬子，二十四歲。正月二日即往崑山候發，案名在二
> 等。六月入南都，季若往句曲就遺才試，亦至都下共居河房。
> 季若夢至一公廨，意似棘院也，牓云：「鄂韡堂」，即以語余，
> 當必二人偕登之兆，迨又更一紀甲子始驗，奇矣！[35]

袁氏深信夢之隱含預言，在年譜另一條，記載四十五歲那年突然發
病，陷入彌留狀態時，有神人入夢諄諄告諭，並預言將來必中舉，功
成名就：

> 四十五年丁巳，二十九歲。秋杪，內人歸寧，余居家中，西風
> 蕭蕭，獨處書室，於時十月朔矣！忽患兩脇作楚，夜不能寐，
> 痛昏昏然，夢至一所，……焦皇又值貴人傳呼，前至以二旗，
> 旗上各書「甲子」二字，余徬徨且又悶甚也，蹲避巖石間，貴

35　〔明〕葉紹袁編：《天寮自撰年譜》一卷、《續編》一卷、《別記》一卷，民國間吳
　　興劉氏嘉業堂刻《嘉業堂叢書》本，收入《北京圖書館珍本年譜叢刊》，第60冊，
　　頁400-401

人在輿中，問曰：「何為有生人氣？」命前騶緝之，余不得
已，出見，自通姓名，具言所以瞻禮大士之故，貴人乃下輿與
余揖曰：「不必恐也。爾故我門生，異日爾功名富貴一似我，
方將以余為舉主焉？又何虞乎！」語訖，仍上輿去，余乃驚
寤，病數日而瘥。迨越六年甲子，始獲偕公車，亦異矣！[36]

此夢與神人有著甚為清楚的應對細節與談話內容，直言二人就是師生
關係。這是作夢者以第一人稱所敘述的夢兆應驗故事。至於放榜過
程，袁氏亦有夢，「即夢案發而余無名。方遑迫甚，又一人至，曰周
閣學，念昔為子續矣！此身隨即在院前見貼於牆，吳江續取四名，余
居首。」[37]後來果然名列二等第五十四，原取四十九名，當中因當時
的武康令提學御史周忠毅提議，增加名額，因此原該落榜的葉紹袁就
吊車尾上了榜，此段敘述最後以「噫！前定如此！」之慨歎作結。綜
觀葉紹袁此類夢兆敘述，無不環繞了「功名前定說」而開展，這當然
與他深度接觸佛教有相當大的關聯。此為典型例證之一也。

　　至於舉業奇夢之異事，泰半揭露於考生中第後。部分主考官在放
榜後回想起，在閱卷期間曾經在半夢半醒之間，發生奇怪的靈異事件。
值得詳述的一例，即發生於後來成為清代著名判官的汪輝祖（1731-
1807）身上：

　　三十三年戊子三十九歲
　　曾洞莊師（光先）言：八月十六日漏下二十刻，余卷已閱訖，

---

36 〔明〕葉紹袁編：《天寥自撰年譜》一卷、《續編》一卷、《別記》一卷，收入《北
　京圖書館珍本年譜叢刊》，第60冊，頁403-405。

37 〔明〕葉紹袁編：《年譜別記》，收入《北京圖書館珍本年譜叢刊》，第60冊，頁
　524。

置几右，睫甫交，忽有瓦墜於几，斜壓余卷。厚不盈一指，而苔痕斑剝。急取卷，覆校藏於篋。方就寢，又聞几上有聲，則余卷出篋陳几，而瓦失所在。次早，呈薦兩座，主為擊節已定。元十日，陸耳山師欲傳衣缽，改置第三，問：「余有何陰騭，得致此祥。」余曰：「當是先人廕耳」。[38]

曾師回憶：當晚，原本已經閱畢的試卷，竟忽為墜落的瓦片壓住。這片不知從何而來的碎瓦「厚不盈一指，而苔痕斑剝」，閱卷官曾氏聞聲後於夢中驚醒，急忙取出試卷，再校一次，並妥善收藏於篋中。未料正要就寢時，突然，桌上又傳來聲響，此時曾氏定睛一看，竟發現該份試卷再度出現在桌上，而剛剛墜落的瓦片，此時卻已消失得無影無蹤，這不是太奇怪了吧？但也正因為這種不尋常的怪事，讓主試官印象深刻，臨時決定要收下此卷考生，以傳衣缽。放榜後，主試官與汪氏談及閱卷夜半之怪異徵兆，皆認為是先人積福庇蔭後代之故。這種相信冥冥中存在鬼神的個人信念，更早出現在汪氏於十八歲參加鄉試時，同場某考生就在闈場中作了個怪夢：

十二年丁卯十八歲

應鄉試第一場，有同號生呼求換卷。提調鹽驛道趙公（侗敩），見其七藝俱完，而卷前後各一「好」字如杯大。問之，生曰：「某卷完，熟睡，夢人伸手入簾，曰：『汝今科必中，令於手心、手背，各書一「好」字。』不料俱在卷上也。」趙公曰：「好字於文為女子，汝自問平日有皐過否？」生再三哀籲換卷另書，貌若甚恐。場中有鬼神，可不懼歟？浙江額中舉人

---

38 〔清〕汪輝祖口授：《病榻夢痕錄》卷上，清光緒間刻江蘇書局刻《龍莊遺書》本，收入《北京圖書館珍本年譜叢刊》，第107冊，頁71-72。

一百四名，是科始減十名，榜發不售。[39]

據該位考生描述：完成試卷後，他熟睡入夢。忽見一人伸手入簾，說是此次科考必定考上，讓我幫你在手背上寫上一個大大的「好」字。就這樣夢醒，該考生竟發現如杯大的「好」字，全寫在試卷上，這下子完蛋，等同廢卷，故而大呼換卷另行謄寫。提調鹽驛道趙公甚感懷疑，遂詢問這位考生：「好」字拆開就是「女子」，要該考生捫心自問，平日是否做過什麼虧心事跟「女子」有關？這位考生聽後囁嚅無言，僅僅再三哀求換卷，然神情驚恐，一副心虛的樣子，實情自不言而喻。汪輝祖敘及此事，即論斷「場中有鬼神，可不懼歟」，筆者推敲其意，所謂鬼神，係指被考生害死的女子冤魂，前來討債，故而鬧場毀卷。事情發展果真應證此夢，該位原本卷面甚佳、有機會中舉的考生，因為當年浙江舉人名額臨時減去十名，而意外落榜。

汪氏又有一夢，發生於入闈考試時。那年考運甚差的他，還遇到大雨淹水，狼狽不堪，差點無法完成試卷。其後因闈場濕氣太重，發病不適，勉強考完三場後匆匆還里。未料病情轉篤，甚至嚴重到翻身轉側，都需要旁人協助，多次陷入險境，家人都準備好要辦喪事了。就在九月初八晚上，汪母作了個特別的夢：

二十四年己卯三十歲
八月初八日入闈後大雨水溢及坐版，闈中狼狽，幾不完卷，甚負吾師教誨。十二日二場，即病不能飲食，勉完三場，匆匆還里，遂病甚，不能興。轉側需人，日惟啖生栗數枚，垂絕者屢矣！明器已具，醫師莫名其病，自信不起。九月初八夜王太宜

人夢中堂有南面坐者數人，東西侍者甚眾，吾祖、吾父皆右隅
侍，南面者語嘈嘈不可辨，惟東面立者頎而癯，煖帽微鬚，向
上揖曰：「該留垃圾」，有數人哭而出。吾祖、吾父向上拜跪，
若有喜色。晨起，吾母為余言之曰：「此有先人呵護，當無害
也。」是日亭午，徐頤亭來省，為余診脈，告吾母曰：舅無他
病，因閫中水氣直達上焦，所以飲食不通，體濕故不能運動，
用人葠（案：即葠）桂附重劑治之。」一飲，即睡。醒，下水
數升，即能轉身，又一劑，即能起坐，不數日而瘳。……而余
自此康強，不復再病，殆兩母節孝之苦，足以蔭庇後人，所謂
「該留垃圾」者，實邀先靈之呵護矣！[40]

夢中出現了一群汪氏祖先，還有「南面坐者數人」，共同討論此「垃
圾」該不該留。後終因先人出面庇蔭，而得以病癒活命。真可謂「大
難不死，必有後福」，汪氏在中舉前之磨難竟如此險惡。此外，遺民
姜垓（1607-1673）亦有舉業夢兆：

> 丙寅年二十歲
> 學使者項公夢原試五藝拔第一，入泮初垓郡見擯，已無意進
> 取。一夜夢郡伯試垓以來遲，故不及入場屋。既入，則別駕監
> 場事，問子：「有卷乎？」垓曰：「無，別駕取卷，授我。」又
> 問子：「有名乎？」垓曰：「無。」別駕書「姜聯芳」三字於卷
> 端，用印三顆，覺而異之。院試告考，彷彿夢中例，童子試必
> 廩生保結，垓家貧不可得，學使揮之出，途遇趙公以銓，毅然

---

40 〔清〕汪輝祖口授：《病榻夢痕錄》卷上，收入《北京圖書館珍本年譜叢刊》，第
107冊，頁34-36。

保之，乃見收，入泮名即「姜聯芳」也，後復今名。[41]

二十歲的姜氏夢到以「姜聯芳」書卷，而後應試時場景，竟與夢中所見相同。然而，因為家貧而無法請人擔保，學使便趕他走。就在沮喪返家途中，遇見趙公，毅然擔保，收為門生，還取了個泮名，就是夢中出現的「姜聯芳」三字！

　　至於堪稱完整度高、多元再現的舉業夢兆，莫過於徐顯卿（1537-1602）《宦迹圖》。所載夢兆，不但有文、紀事詩，更倩人彩繪為圖，編輯成冊。徐氏自言十八歲初試童生時，曾前往廟中求籤，就發生自動開門的神跡：「二月十四日半夜持燈往殿，……殿門四扇齊開。」（圖十六）原以為是道人由內開啟，沒想到後來道人卻由外趕回寺廟，完全不知始末的道人，還屬聲斥責他們，怎麼可以未經允許，擅自破門而入，此其怪事之一。而徐顯卿認為這是「神」開的門，故以〈神占啟戶〉為題，而其末之紀事詩則謂「鬼神誠有之」。

　　其後，三十一歲應鄉試，則是下榻的寺廟，該寺僧道士作了奇夢（圖十七）：

> 隆慶丁卯應天當鄉試，自五月初旬，同窗友黃理川、盛毅菴先抵南京寓翔鸞廟，道士先於元旦夢樓右小廂房，停一大棺，渾身塗金。余即寓此室。及場屋事竣還里，捷報果至，今仕京朝，一如道士夢。[42]

其後又有紀事詩曰：「道士本無心，夢繞黃金棺。出處信前定，達者

---

41 〔明〕姜埰編：《姜貞毅先生自著年譜》一卷、《續編》一卷，清光緒十五年山東書局刻《敬亭集》本，收入《北京圖書館珍本年譜叢刊》，第63冊，頁705-706。

42 〔明〕徐顯卿：〈鹿鳴徹歌〉，《宦迹圖》，網址：https://upload.wikimedia.org/wikipedia/commons/9/98/Xu_Xianqing_Huanji_Tu_04.jpg，擷取日期：2020年1月25日。

當自安。……斯夢以有徵，徘徊媿彈冠。」蓋夢中場景是在小廂房，
停了一座金色大棺材，而那就是徐氏後來下榻的處所。直至放榜後，
寺僧才說出此夢，果真應驗。隔年三十二歲，入京趕考，寓惠河寺。
寺僧師徒竟不約而同地作了同樣的夢（圖十八）：

> 隆慶二年，余始上春官，以長洲縣學自來聯中者少，絕無妄
> 念，寓惠河寺。老僧號了庵，為余言，元日師徒同發一夢，奇
> 甚！余固詢之，不言，約待揭曉乃言。夢云：佛殿後小佛堂，
> 東西各一間，是其師徒臥處，忽變為池，躍一鯉魚，其徒獲
> 之。須臾，天黑，雷電交作，池水泛溢，波濤洶湧，一大魚從
> 中直飛上天，遂驚醒。既旦，師徒各述其夢，愕然謂奈何兩人
> 之兆一也。是年余寓西一間，東則山東張清濱寓，為同榜進
> 士。寺中兩廊寓居者共十六人，皆下第。[43]

夢中場景就在惠河寺佛殿後小佛堂東西各一間，忽然變化為池，中有
鯉魚，一躍沖天。奇特的是，師徒二人所夢竟然相同，難道是神明託
夢？徐氏深感神明靈驗，故於文後紀事詩指出「兩僧同一夢，東西各
禪房」，而二人住過此廂房者皆中第，故認為皆「應其祥」。

　　諸如此類的舉業夢兆，或源於當事人第一手敘述，於年譜或作品
集中，以詩文甚或圖繪再現，繼而在明代文藝場域印刷術發達的環境
下，被擷取為筆記小說之語料，或編輯進入夢書如《夢林玄解》、《夢
占類考》，[44]或成為《明狀元圖考》等因應科舉而衍生之周邊文物。私
人記憶於此中被挪用、轉引、嫁接、改寫或纂輯，進入專題知識，成
為小眾乃至於公眾之集體記憶。

---

43 〔明〕徐顯卿：〈瓊林登第〉，《宦迹圖》，網址：https://upload.wikimedia.org/wikipedia/
　　commons/0/03/Xu_Xianqing_Huanji_Tu_05.jpg，擷取日期：2020年1月25日。
44 詳見本書第五章結尾。

復為極大夫，秦篇西明王國統三年，書權其國，康年迫幽，過谷關懷，蘭公……

腰而素終，坐托十算五筭，化林生日五歲，先道史氣時甚旺，遂日老君，國康王時號文，遊逍方遙遊方四海，日老是君，垂從軍丁迺史，蘭身公遇……

周文王五手托算紜筭林日五歲化身，今乾西伯國統名乾化為先生孝耳字伯陽諡曰聃，周守藏室之史也……

老子者……姓李氏名耳字伯陽諡曰聃，周守藏史，孔子適周將問禮於老子……

伏羲時號……神農時號……黃帝時號……柱下史……時遷子化生……傳世人物十二卷……

老子者，太上老君……化身一十二……伏羲時號……黃帝時號廣成子……顓頊時號赤精子……堯時號務成子……舜時號尹壽子……夏禹時號真行子……

圖十五：〔明〕《三才圖會》〈太上老君〉騎青牛圖[45]

---

45 〔明〕王圻纂輯；王思義編集：〈人物‧太上老君〉，《三才圖會》（上海：上海古籍出版社，1988年6月），卷10，頁778。

圖十六：〔明〕徐顯卿《宦迹圖》〈神占啟戶〉⁴⁶

46 〔明〕徐顯卿：〈神占啟戶〉，《宦迹圖》，網址：https://upload.wikimedia.org/wikipedia/commons/7/73/Xu_Xianqing_Huanji_Tu_02.jpg，擷取日期：2020年1月25日。

圖十七：〔明〕徐顯卿《宦迹圖》〈鹿鳴徹歌〉[47]

---

47 〔明〕徐顯卿：〈神占啟戶〉，《宦迹圖》，網址：https://upload.wikimedia.org/wikipedia/commons/7/73/Xu_Xianqing_Huanji_Tu_02.jpg，擷取日期：2020年1月25日。

圖十八：〔明〕徐顯卿《宦迹圖》〈瓊林登第〉[48]

48　〔明〕徐顯卿：〈神占啟戶〉，《宦迹圖》，網址：https://upload.wikimedia.org/wikipedia/commons/7/73/Xu_Xianqing_Huanji_Tu_02.jpg，擷取日期：2020年1月25日。

第四章
異人遭遇：生命轉捩與體悟契機

　　年譜若視為一部個人生命成長史，在生與死的兩端，自幼而長而
壯而病而老，其間歷經重大轉捩事件與內在體悟之特殊契機，必成為
生命大事紀中所載入的重點，[1]而「異人」經驗多半與此關係密切，
故載列入譜。楊儒賓先生在〈王學學者的「異人」經驗與智慧老人原
型〉[2]一文中，採取莊子式的「異人」定義，認為「異人」，是「異乎
常態、畸於人而侔於天的人」，並時而與「正夢」出現在明中葉後的
思想舞臺。這是因為許多心學家，其核心價值有類宗教極為奧秘的修
行。如王陽明、羅近溪的年譜當中，即有多處例證。而李孝悌的研究
則指出，打從明朝開國太祖朱元璋（1328-1398）統治天下之初，一
方面尚武用兵，另一方面也同時倚重超自然力量，如曾詔見並援用了
鐵冠道人張中（1294-?）、[3]周顛[4]等具有預知能力的異人，其間除了親

1　撰譜者會將自我體悟的重要契機寫入，如殷邁（1512-？）自述：「癸巳二十二山居
　　幽寂靜中，恍然見吾真良赤子之心，始信聖域可學，而入雖非凡究竟，蓋亦悟也，
　　而非解也。」見〔明〕殷邁：《幻跡自警》，收入《北京圖書館珍本年譜叢刊》，第
　　49冊，頁263。

2　楊儒賓：〈王學學者的「異人」經驗與智慧老人原型〉，《清華中文學報》第1期
　　（2007年9月），頁171-210。

3　張中事初見於《明太祖實錄》，〔明〕李景隆撰；黃彰健校勘：〈癸卯歲八月壬戌〉
　　條，《明實錄附校勘記及附錄》（臺北：中央研究院歷史語言研究所，1984年5月），
　　卷13，頁3a〔總頁169〕；又〔明〕宋濂：〈張中傳〉，《欒坡全集》，卷9，收入《宋
　　濂全集》（杭州：浙江人民出版社，2014年6月），頁658-659。後為《明史》作傳之
　　藍本，見〔清〕張廷玉、鄭天挺點校：〈方伎傳〉，《明史》，卷299，頁7633。

4　朱元璋為其親著列傳紀其事跡，還立碑於廬山，時人頌美如李夢陽，撰有〈遊廬山
　　記〉一文，言其遊芙蓉峰見「高皇帝自製周顛碑高古雄渾」，又在竹林寺見周顛手

自撰寫玄之又玄的靈驗諸事，還命宋濂（1310-1381）為張中等異人作傳。[5]筆者依此觀察，發現在入清之後，還出現了《明太祖功臣圖》這類書籍，將張周二位異人與其他功臣並列，繪圖作傳。（圖十九、圖二十）在此之外，筆者也在明人筆記中尋得不少例證，如朱國禎（1557-1632）《湧幢小品》記載明中葉有一位市井小民毛昇，「少穎慧，讀書過目不忘，七歲喪明，夢遇異人授以前知之術」，遂能「決人之死生存亡，禍福得喪，若目覩也」，一時聲譽籍甚，連皇上都聽聞其名，在永樂間還「兩召至京師，凡軍國事有疑，輒問之，無不神驗。上喜甚。」宣德間又召入，「寵眷有加」。朱氏於此故事末了，引入其詩，肯定毛昇「非夙世智慧，能超一切前塵妄想」，並以「此其術之所以通靈，而夢亦甚奇矣」作結。[6]由此推論，君王取尚對於明代社會風氣而言，或多或少產生了上行下效、推波助瀾之效；而「夢中得異人傳授異術」等這類在小說中常見的橋段，也為世人視為真實人生會發生的事件。這些傳說中身懷絕技的異人，不但為當政者處心積慮地四處網羅，甚至還援用其術，運用在重大決策之上。

　　綜觀上揭研究成果與論點延伸，本文擴及明清時期的自撰年譜，則可發現此種「異人經驗」的書寫，並非僅僅出現在心學家身上，只

跡所刻碑「非篆非隸」。諸事分別見〔明〕朱元璋：《御製周顛仙人傳》，收入〔明〕鄧士龍輯；許大齡、王天有主點校：《國朝典故》（北京；北京大學出版社，1993年），卷44，頁1068-1074；〔明〕李夢陽：〈遊廬山記〉，《空同集》（上海：上海古籍出版社，1991年，四庫明人文集叢刊），卷48，頁442。又，其傳進入正史，見〔清〕張廷玉、鄭天挺點校：〈方伎傳‧周顛〉，《明史》（北京：中華書局，2008年），卷299，頁7639。

5　相關研究見李孝悌：〈天道與治道：明太祖統治意理中的神怪色彩〉，收入李孝悌：《明清以降的宗教城市與啟蒙》（臺北：聯經出版事業公司，2019年11月），頁57-60。

6　〔明〕朱國禎：〈瞖術〉，《湧幢小品》，卷23，收入《筆記小說大觀》（臺北：新興書局，1978年），第22編第7冊，頁4815-4816。

要是撰譜主角的生命態度是如同宗教修行者，視生命種種人事地物為個人體悟成長的資藉，即有可能在接觸佛、禪、道、心學甚或民間信仰（如扶乩求仙等）時，將經驗到的「異人」載入個人年譜當中。故「異人經驗」所牽涉的思想之多元駁雜，顯然並非「心學」一類所能夠完全概括。根據年譜文獻資料的整理來看，寫入「異人經驗」的譜主，可能如同葉紹袁（1589-1648），係一位接觸佛禪與民間宗教習俗的文人，也可能如明代中葉的士人鄭鄤（1594-1639），兼涉於儒、釋、道三教。或者就根本是徹徹底底的職業修行人，如方顒愷（1638-1717），跟隨大師，出了家，有正式法號，其年譜中的異人經驗與體悟契機，尤為明確。茲依其性質，又可分為「醒寤時的異人遭遇」以及「夢寐中的異人體驗」兩類，詳述於下。

一　醒寤時的異人遭遇

清人萬廷蘭（1719-1807）[7]在《紀年草》中，敘及自己甫出生三個月大時「忽患喉瘡，三晝夜不能寢食，諸醫束手」，就在生命垂危當頭，家門前突然來了老婦人領了位塗姓牛醫來訪。牛醫一看，判定並非死症，當可救活，「急以藥吹喉間，三次而甦，遂愈」。[8]這種非傳統醫療認知（當時已群醫束手）的方式救活了這條小命，也才有了後來的萬廷蘭。萬氏擬譜時，特以七絕一首，於「康熙五十九年庚子二歲」條目之下，記載了這段異人活命的特殊經驗：

> 二月春風展柳眉，無端風又透簾帷。
> 如花小困霏紅雨，浣地難扶嫩綠枝。

7　萬廷蘭，乾隆十七年（1752）進士，晚清刻書家，著有《太平寰宇記》等。

8　〔清〕萬廷蘭編：《紀年草》，收入《北京圖書館藏珍本年譜叢刊》，第104冊，頁288。

采藥豈惟求艾灸，回生何意仗牛醫。

攜持保抱餐眠廢，回首徒深罔極思。

這種生死交關的時刻，忽現「異人」來訪，舉手之間便起死回生，實不可思議。雖事發於襁褓之懵懂未開，然可想而知，從鬼門關前救回之事必然成為日後家中長輩茶餘飯後的閒聊話題，即便時隔多年，仍意義重大，當年照顧者「攜持保抱餐眠廢」，如今回首，只徒留親恩罔極之慨嘆。萬氏撰譜載入此事，同時呈顯了異人奇蹟與浩瀚親恩。

晚明文人葉紹袁則依稀記得十二歲那年，家門前來了位道人，「人皆以為仙」。由於時隔多年，葉氏已記不得他是否還有其他特異功能，只記得「能食乾稻柴，剉成寸許，與彼，即嚼而嚥之，食畢，飲冷水一、二甌而已，日以此為常」，這種飲食習慣迥異常人，葉氏印象特別深刻，故記入年譜當中。這似乎純粹是一種筆記式的志怪敘寫，並未敘及任何內在體悟。[9]

明末士人鄭鄤則在崇禎七年（1634）因錦衣衛提牢拘役獄中，與子寫下四十一年來的生命大事紀，載入了數則「正夢」與「異人」經驗。第一件是十七歲那年，和父親上峨嵋山時，遇到一位僧人策杖馬首、迎道於旁：

> 從府君登劍閣，絲中嵓上峨嵋。未至，山有一僧，策杖馬首曰：「豈非南方鄭居士乎？」驚問之，則紅椿坪得心長老所遣也，蓋長老已預知府君之至矣。至坪，長老與府君甫迎見，相持大慟，各不能止。觀者皆怪，疑有夙緣。云：「居數日。」府君欲命予及僕南還，而自留山中，曰：「棄家入道，古人所

---

9 〔明〕葉紹袁編：《年譜別記》，收入《北京圖書館藏珍本年譜叢刊》，第60冊，頁509。

有也。」予跪請：「得無為老祖、祖母驚乎？」君點頭，又三
月下山。[10]

府君與長者初次相見，二人卻「相持大慟，各不能止」，此種一見如
故的生命經驗，實非來自這輩子實際相處培養出來的情感，故「觀者
皆怪，疑有夙緣」，隨行在側的鄭鄤必深有所感，故於多年後書之入
譜；而這似乎為鄭氏此生求道訪異之必然提供了敘述上的前情鋪墊。
後來在天啟六年（1626）時，鄭鄤三十三歲，正值壯年的他不畏「逆
璫橫行」的惡局，交接世人避之唯恐不及的「六君子」；[11]同時，又相
傳江西多異人，而主動入山求訪問道：

> 予以西江多異人，就訪之。過赤山埠，遇賣筆老者，相從十
> 日，甚異。小憩龍沙，遇風，道人同萬美叔訪道印山。至廬
> 山，結夏，遇一庵，屬予永斷世念，提撕悲切，予不能從。[12]

行過赤山埠時，偶遇賣筆老人，即相從數日，感受甚異於常。隨後又
於廬山結夏之行，[13]更遇庵人直言相勸當永斷世念。崇禎七年

---

10 〔明〕鄭鄤編：《天山自敘年譜》，收入《北京圖書館藏珍本年譜叢刊》，第61冊，
頁222-223。

11 天啟五年（1625）年發生東林黨六君子之難，同年十二月魏忠賢（1568-1627）矯旨
頒布〈東林黨人榜〉，近三百人名單，「生者削籍，死者追奪，已銷奪者禁錮」。詳
參張永剛：《東林黨議與晚明文學活動》（北京：中國社會科學出版社，2009年8
月），頁270-279；〔日〕小野和子著；李慶、張榮湄譯：《明季黨社考（*The Dong-
Lin movement and the restoration society in the late Ming*）》（上海：上海古籍出版
社，2006年1月），頁222；謝國楨：〈東林黨議及天啟間之黨禍〉，收入謝國楨：《明
清之際黨社運動考》（瀋陽：遼寧教育出版社，1998年3月），頁33-50。

12 〔明〕鄭鄤編：《天山自敘年譜》，頁240。

13 中國僧尼之修行有「結夏安居」語，原指夏天雨季的三個月，出家人聚集在一起修
行的制度，此期間僧侶不許隨意外出。

（1634）四十一歲，壯遊天下山水，又在「匡廬遇異人，為予說中庸，大有非世間文字解者」，[14]蓋《中庸》一書係屬儒家經典，而這位異人以超出世間文字之見解來闡述義理，讓鄭氏聞之受用深刻，日後還「時拈舉為宗伯言之」。[15]由上述幾則異人經驗來看，鄭氏所接觸的各類思想，無論是仙道，還是儒釋，皆暗示他早點「永斷世念」，這與他撰譜之際深陷黨人之禍而命在旦夕的處境，[16]兩相對照來看，頗有今日方領悟當年種種巧妙安排，隱含悔不早離俗世之憾恨。

　　至於方外之士方顓愷，其入悟機緣，始於二十一歲那年。在此之前，方氏已連續兩年患有瘧症，發作時忽冷忽熱，日日加重，故開戒食葷以魚肉補充體力：

> 年二十有一，歲在丁酉。
>
> 自春迄秋兩年宿瘧，寒熱日甚，至八月十日晨起受食，食中有小笋魚二，熟陳俎上，予病禁所宜也。舉箸，頃熟視二魚，忽鱗甲聳動，嗅之微有腥氣，腹大作悶，盡吐宿食而出，胸次灑然，向來滯膺之物，如冷水盪去，洞然具見真實，悟緣從此始也。夙瘧亦已頓除，此雖小節，志之不忘入悟之初機爾。[17]

此段敘述著實令人震撼：蓋眼之所見，已超越當下之物質現象，方氏恍然中竟然見到熟魚之前，尚且活生生、帶著腥羶氣味的狀態。在洞

14　〔明〕鄭鄤編：《天山自敘年譜》，頁245。

15　據年譜載，宗伯（即禮部尚書）嘗撰《明洛易義》，見〔明〕鄭鄤編：《天山自敘年譜》，頁244。

16　譜末載「錦衣衛提牢百戶，浹旬而代」，足見明末閹黨搜羅嚴峻，迫民甚盛。見〔明〕鄭鄤編：《天山自敘年譜》，頁264。

17　〔清〕方顓愷編：《紀夢編年》，收入《北京圖書館藏珍本年譜叢刊》，第84冊，頁114-115。

見「現象」背後的「真實」後，竟引發特殊的身體反應，一時「腹大作悶，盡吐宿食而出」，而後身心灑然舒暢，自此「夙緣大覺」。是年八月以後，便覺「身心安穩，動靜一如視前，境界劃然，判作兩人。雖多生習氣，淘汰未淨，石火電光，忽起忽滅，主人公面目，未嘗動著絲毫」，體悟境界全然躍升，與昔日判然。細究方氏頓悟之契機，實與求訪三位異人關聯甚切。第一位在庚子年，方氏為了求道精進，跋山涉水至鄰境荒郊，求見一位隱逸聾者：

> 越三年庚子，越陌度阡，旁求聲氣，聞鄰境蘇氏有高尚老人，晦跡稠中，人罕知者，一為岸菴居士，一為碧溪臥叟。岸菴中年因病廢耳，奇聾，不與聲接。初往見之，值門堅閉，不容剝喙，大聲傳呼，弗之應也，悵然而返，翊日復往，門閉如昨，三至三返，猶作門外漢。訊諸其鄰，乃知此公誠聾不可以聲致者，必踰垣始得見耳。依其言以入，主人默坐，視客而笑指席上硯旁，筆墨具焉，起語客曰：「余，聾漢也；子，何人？至何自？來何求？濡毫寫硯，吾知所以報子矣。」余乃大書云：「久客茲土，鮮見寡聞，衷有疑情，思就正爾。」笑點其首曰：「可。子且去，吾方止靜，不暇此也。當俟明日，日過亭午，可快談至夕矣。」予辭而退，復踰垣出。自是如約，午至申返，中有所疑，水墨書硯，或指畫案上，隨叩而應，不少為隱，笑謂予曰：「古有五官並用者，予以目代耳，子以手代口，天下豈有聾人、啞漢乎哉？！」日與之處，悟圓通門不由聲入，平生所學，盡成糠粕矣！[18]

拜見隱者的過程並不順遂，三訪而三不成。後鄰人告知隱者耳聾非以

---

18 〔清〕方顯愷編：《紀夢編年》，頁117-118。

聲致，且大門長年深閉，唯有爬牆可入。也因為方氏鍥而不捨的堅持
與誠意，終於得見隱者。二人遂以筆代口，隱者有問必答，無所隱
藏，並面訓以「古有五官並用者，予以目代耳，子以手代口，天下豈
有聾人、啞漢乎哉？！」開示方氏。此次求見異人的經歷，讓他深深
了悟「圓通門不由聲入」，往昔總依賴眼見文字或耳聽訓示，反而忽
略了在此之外的體悟契機，從此之後，方氏遂有平日學問「盡成糟
粕」之覺醒。

　　第二位異人是一位七十多歲的老人，人稱「碧溪臥叟」。這段記
載尤為詳盡：

> 　　碧溪臥叟者，年七十餘，老而無子，僅一孤孫，蠢然失學，止
> 供樵爨，煢煢獨居，日夕閉門著書。其書甚秘，出入緘縢什
> 襲，或求一覽者，千金弗與也。子聞其事，知為異人，思一窺
> 其藏，晨往就之。遇其朝炊，孤孫索米於市。予拜牀下，執禮
> 惟謹，叟傲然不顧，叱曰：「汝從何來？速為老夫具膳！」余
> 起就爨，跽為炳薪，煥湯請頮。頮已，點茶，揖而進之。將
> 炊，孤孫負米歸矣。予齒其孫，父子也；敬其祖，以弟禮之，
> 為之代勞，饔飧所缺，竭力圖之，俾無匱乏，不言所以。叟知
> 微意，徐問之曰：「子之來，得無有所欲於老夫乎？老夫家徒
> 四壁，室如懸磬，負子矣。」予拜而請曰：「實無它求，欲見
> 老人篋中秘耳。」沉吟良久，揮之使退，曰：「異日當來，期
> 子於夕。」如約，至則松燈熒熒，擁書獨坐，孤孫不復侍側
> 矣。呼予使拜，拜已使起，近席，出其書數十餘卷，皆生平著
> 述，編次井然，燈下授受，居然以黃石公自待，予亦自甘為孺
> 子。略為啟視，文奧義深，倉卒不可卒業，拜手受之。夜歸館
> 席，篝燈披覽達旦，蓋天文、地理、陰符、兵法、三式、六

壬、奇門、演禽之學。言：「少時，曾得是書於異人，潛心久矣，未窺其奧；今所授者，方諸前書，互相逕庭。」茫然不知所擇，踟躕數日，齋宿載幣以往，丐其面命。叟笑而言曰：「念子之誠，愍子之癡，姑相報耳。子果位中人，非術數之學可畫地而趨也。凡有文字可觀、理數可測者，均非上乘妙悟。子歸矣！當向上求之！今人粗心大膽，任智使氣，自謂英雄，一將功成萬骨枯，皆若輩也，草木同朽腐耳。須求為真英雄、真男子，方堪作真聖賢、真仙、真佛也。」予聞命憮然而退，歸館數日，終不能忘情於所好前書，嘗繫肘後，寢食不離，竟無所得，向來知解，猶如夢中獲寶，究不得其真實受用處，疑情未破也。[19]

方氏娓娓細述求道歷程，除了誠心敬意地灑掃庭除、克盡弟子之禮外，亦力圖改善叟孫相依唯家徒四壁之貧困生活，使不虞匱乏。如是多時，終得老叟首肯，約定於一日傍晚，單獨密談，得窺秘篋寶笈。二人燈下相會，徹夜長談，老叟頗以黃石公自許，而欲傾囊相授秘傳之學——大抵「天文、地理、陰符、兵法、三式、六壬、奇門、演禽之學。」然諸書「文奧義深」，倉促間無法盡讀，方氏遂拜而受之，返家閉門苦讀。然而此番研讀，日益久而更踟躕，蓋因老叟所面授之學，竟與異書所示，大相扞格，究竟當從何所，方氏竟茫然不知所擇。而在多日悱憤困惑後，決意載幣丐面求示。值至此時，老叟始笑而提點，其言曰「凡有文字可觀，理數可測者，均非上乘妙悟」，並告誡方氏切莫如世上「一將功成萬骨枯」之輩，宜向上力求，為真英雄、真男子、真聖賢、真仙、真佛也。觀其旨趣，乃冀能超越儒道窠

19　〔清〕方顥愷編：《紀夢編年》，頁118-120。

臼，以為真正體悟並不在肉眼所見之文字知識也。

　　然方氏自述此次歸來仍有疑情，未能豁然盡棄前學。在追尋歷程中仍持續保有胸懷天下的王霸意氣，遂而有第三次的異人遭遇：

> 年三十有七歲在癸丑，……偶從東家席上，遇一異人來自燕京，眾皆稱為張仙者，多默少語。是夜同宿，室中對榻，滅燭就寢，異人兀坐面壁，不交一言，坐至子半，榻中耿耿有光。未幾，光洞屋極，急起視之，異人徧體毫髮放光四射，予固知其非常，坐以待旦。雞初鳴，光復攝入如平時。晨起，就榻，拜請其術。異人笑而不答。少頃，乃云：「幸汝弗予驚也，驚則予與汝皆死矣。」予聞而悚然，還就篋中，出前所受書，拜首請益，冀有誨所不逮也，三請而三卻焉。一如前叟之言，退而自負，持此書以應世，可王、可霸矣！[20]

就在方氏三十七歲那年，遇見了這位人稱「張仙」的異人。張仙在夜半暗室中面壁打坐，竟「光洞屋極」，「徧體毫髮放光四射」，這大概是一種高度奧秘的修行狀態，方氏親見異狀而深感震撼，遂拜請其術，並持前述「修道秘笈」請益張仙。然「三請而三卻」，心中之困惑猶且未能解除，然仍堅信前叟之言，「持此書以應世可王、可霸」也。

　　爾後，方氏終究步上求道成佛之路，然綜觀前述三次異人遭遇，莫不是英雄歷程中的必要考驗，透過一次一次的追尋與體悟，漸漸澄清了「本來真面目」。

　　綜觀上述諸例，推估此類異人遭遇，大抵為譜主基於個人信仰，

---

20 〔清〕方顥愷編：《紀夢編年》，頁120-124。

在求仙求佛之實踐歷程中，因漸悟或頓悟之所需，或刻意求訪或偶然間遭逢的特殊經驗。

二　夢寐中的異人體驗

　　相對於前述現實生活中求訪異人的具體接觸，明清士人也非常重視在夢寐之中，得與古聖先賢或神人高士神遊的奇異體驗。眾所周知的即是孔子之「夢周公」，[21] 而劉勰（465-520）挪筆操觚完成《文心雕龍》鉅著，則與夢執禮器隨孔子南行有關，[22] 甚有《後漢書》言堯之夢舜，於牆於羹皆恍若見之，後之宋人李綱（1083-1140）更有「思宗社之危而不忘之於寤寐，念父兄之辱而欲見之於羹牆」之說，即成「寤寐羹牆」之美談，[23] 這些都意味著士人仰慕聖賢之甚，浸潤其學，須臾莫忘，且衷心期待能企及儒學淵源，得能與聖賢默會神契。

　　明人尤留心夢中能否契會聖賢，甚至到了人人皆宣稱有此類夢兆的泛濫現象，故朱國禎曾以揶揄諷刺的口吻指出：「孔子夢周公，志也，不言文武；莊生夢蝴蝶，寓也，不言鯤鵬。今人學為儒者，必曰

21　《論語・述而》：「甚矣！吾衰矣！久矣不復夢見周公」。見〔宋〕朱熹：《四書章句集注》（臺北：大安出版社，1994年11月），頁126。

22　劉勰《文心雕龍》〈序志〉：「齒在逾立，則嘗夜夢執丹漆之禮器，隨仲尼而南行」，見〔南朝梁〕劉勰著；林其錟、陳鳳金集校：《增訂文心雕龍集校合編》（上海：華東師範大學出版社，2011年8月），卷10，頁784。

23　原為《後漢書・李固傳》所載：「昔堯殂之後，舜仰慕三年，坐則見堯於牆，食則睹堯於羹」，後以「羹牆」為追念前輩或仰慕聖賢的意思。又〔宋〕李綱《邀說十議・議修德》有言「思宗社之危而不忘之於寤寐，念父兄之辱而欲見之於羹牆」；〔清〕顧炎武《前詩意有未盡再賦四章》之一：「因思千古同昏旦，幾席羹牆尚宛然」。分別見〔宋〕范曄：〈李杜列傳〉，《後漢書》（北京：中華書局，2000年5月），卷63，頁2084；〔宋〕李綱著；王瑞明點校：《李綱全集》（長沙：嶽麓書社，2004年5月），頁645；〔清〕顧炎武著；王蘧常輯注：《顧亭林詩集彙注》（上海：上海古籍出版社，1983年），卷3，頁577。

夢孔子；學佛者，必曰釋迦大士；學老者，必曰廣成老聃。真耶？幻耶？是乃夢夢耳。」[24]朱氏以為孔子夢周公，旨在言志，而莊生夢蝶則是寓言，係各有所託；並假此批評時人率爾誇言夢見聖賢，認為自己能參悟夢境，其實不過是夢中夢罷了。筆者以為，作夢者是否真能參悟，實需由個案語境查證，無法一概而論；然而，此則文獻正巧反向地烘襯明中葉以降世人重視夢中契會聖賢的普遍現象。執此以觀，明清自撰年譜中，其諸多夢見異人的敘述，則糅雜了儒釋道及民間信仰，展現多元樣貌，或為論學辯難以解惑，或為心領神會而修道體悟，或與先賢相偕神遊仙境，這些幾近不可思議、玄奧至極的神秘體驗，似乎都指向一個結果，即此夢間接或直接，促成了個人生命困境之突破、內在修為之提升，抑或是學術境界的超越。

清人魏象樞（1617-1687）四十二歲那年，曾與友人論辯《孟子》盡心知性章直至深夜。據理力爭的理由，在於對方所言乃「異端之學，非孟子意也」。未料當晚就作了場異夢，來了兩位青衣儒者，引領魏氏前去一所壯麗宮殿：

> 仲冬偶與太原友人講孟子盡心知性章，於立命有異解，余不敢聞，曰：「此異端之學，非孟子意也！」力辯之，至二鼓方去。余就寢，夢有人叩門，啟視之，則高巾青衣儒縑二人，曰：「先師召汝，當隨我急往！」余肅衣冠從之。至一處所，宮殿崔巍壯麗，烟霧繚繞其間。導余至殿門閾內，余方欲再入，二人止之，曰：「汝入不得了。」命行禮，二人鳴贊，先行九拜禮。曰：「此先王之禮也。」後行三跪九叩頭禮，曰：「此時王之制。」行禮畢，一人捧出飯一盂，筯一雙，曰：

---

24 〔明〕朱國禎：〈夢之真幻〉，《湧幢小品》，卷23，頁4812。

「先師賜與汝吃。」吃訖，命出，余曰：「可到他處一觀
否？」二人曰：「可隨我謁四賢祠。」見堂三間，而規模較
小，內四人坐分兩層，上層列坐二人，一貌清朗，一貌蒼古；
下層正坐一人，貌脩偉。面東旁坐一人，黑面長鬚，端嚴之
甚，亦命余行禮。四拜畢，正坐者皆閉目不言。旁坐者呼余
名，正色屬聲曰：「范祖禹說你有些好處，你勉勵著。」余唯
唯而退，心甚恐。二人曰：「汝不識路，吾等送歸。」仍從舊
路，送至寓門，作別而去。余忽覺，心猶悚懼。時漏下四鼓，
寒月橫窗。遂披衣而起，秉燭記之。[25]

原來是先師召見，委以重任，還賜飯一盂，拜謁前賢。夢中忽聞有人
屬聲道「范祖禹說你有些好處，你勉勵著」，[26]意在鼓勵魏象樞雖身處
吺吺眾議，然仍須力排異端，以護持聖學血脈。此事為前揭曹錫齡自
撰年譜所援引，並闡義衍用，足見此夢事頗為時人所知，甚或轉相傳
頌、徵引入文。另一夢境，則出現聖賢異人，揭示其學問淵源：

乙巳四十九歲。

余於授經堂中，設先師神位於上。左設四配，依夢中所見位
次，題其龕曰：「夢見淵源」，右設宋大儒諸子神位，外則恩師
位於東，益友位於西。朔望焚香展拜，有窹寐羹墻之意。[27]

---

25 〔清〕魏象樞口述；魏學誠等錄：《寒松老人年譜》，收入《北京圖書館藏珍本年譜叢
　　刊》，第73冊，頁407-409。關於此則夢與先賢論學的記載，也見〈孔君方別駕惠闕裡
　　誌檜圖志謝有引〉及〈夢謁孔廟記〉二文，《寒松堂全集》，卷6，頁241-242；卷8，
　　頁410。
26 范祖禹（10410-1098）為北宋史學家，協助司馬光編修《資治通鑑》，著有《唐鑑》
　　等書。
27 〔清〕魏象樞口述；魏學誠等錄：《寒松老人年譜》，頁417。

所謂學術淵源之追溯,對於學者而言,實為形塑自我技藝(學問)的重要叩問,在心理上,更具有承先啟後之使命感與合理性的確認意義。然而,有趣的是,這類自持嚴謹的學者,除了藉由孜孜矻矻地披閱典籍、與學友滔滔論辯之外,還相信可以透過「夢」,接收到神人異人等所謂先賢先聖所給予的訓示,是以載錄於自撰年譜,魏氏認為此乃「寤寐羹墻」,係常懷先哲於寤寐之間也。[28]如其所述,「夫夢,幻境耳。古人常以驗學力,況言理言事,有裨身心者,雖幻亦真,必述而記之。」自惕甚嚴如魏氏者,深信所謂如孔子夢周公之「真夢」,蓋「聖人生六百年後,精神上注於六百年前,始於夢寐間,恍惚晤對,是即心成象,殆所謂夢寐通之」,[29]是以學者論學自持,追求夢覺如一,「夢中作得主張者,方是真學問,方能臨大事不亂」。[30]此種在夢中與先賢先聖論學問道的異人遭遇,誠為深具明清時代特色、著重內在體悟與實踐的問學現象,著實值得深究。[31]

再如明末清初詩人尤侗之〈夢遊三山圖〉(圖二十一)。尤氏在丙丁年(1696)一夜夢遊三山,見到五位古人,可謂之文人式的「寤寐羹墻」。三神山乃渤海東方之蓬萊、方瀛與十洲;五位古人則依次為首座南華君(莊子)、東方朔、陶淵明、李白及蘇東坡。此五賢「不

---

28 前揭楊繼盛自言製作古樂器時夢見古聖大舜擊鐘,亦屬此。見〔明〕楊繼盛:《椒山先生自著年譜》,收入《北京圖書館藏珍本年譜叢刊》,第49冊,頁465-468。

29 本段引文皆出於〔清〕魏象樞:〈夢易記與王允升廣文〉:「壬寅十一二十六日,夜夢與一長者講《易》」,《寒松堂全集》,卷8,頁410-412。

30 〔清〕魏象樞:〈雜著〉,《寒松堂全集》,卷12,頁663。魏氏稱「愚嘗驗之矣」,論者可視之為「夢覺如一」之實踐例證。

31 本文於二○一一年南華大學首發後修訂成三萬字,於二○一二年政大「百年論學」發表,旋投稿《漢學研究》,未果。當時行文即已彙整魏氏論夢諸說,然遲至二○一九年方才集結成書,始發現多年間已有類近研究語及此議題,其另闢格局,堂廡尤深,於儒學成聖之大脈絡下討論異夢,則與本文取徑有別,故特於此徵引為佐。詳參呂妙芬:《成聖與家庭人倫:宗教對話脈絡下的明清之際》(臺北:聯經出版事業公司,2017年11月),頁65-67、頁213-217。

俗亦不仙，非隱亦非官，似玄亦似禪」，且「周漢晉唐宋，相越幾千年」，卻都聚集於此境，「逍遙戲雲端」，無乃古賢之靈魂不朽，同列仙界團契之列乎？[32]

　　此夢甚殊，所見「五賢」，可謂為尤侗畢生浸潤文學經典所歆慕的典範，也因此夢醒之後，尤侗不但慎重其事地倩請友人俞培（？-？）寫真、葉璠（1623-？）繪圖、孫岳頒（1639-1708）於樹峰題寫匾額之外，更務期以此私人夢事昭告周知，故特邀當時馳騁文壇的數位鉅子唱和作詩，匯集成冊。即如王士禎（1634-1711）所言「故人昨有夢，夢落滄海東，海中三神山，往來儵忽隨」，以五言詩娓娓道出夢中場景；韓菼（1637-1704）則以「老人非夢」之排比語句，歷數五位古人風貌；勞之辨（1639-1714）[33]則聲稱譜主西堂老人「前身應是神仙譎」，置身仙境與古賢同列；宋犖（1634-1713）[34]則言「世有大夢乃大覺」，凸顯「夢覺如一」的體悟境界；周金然（康熙二十一年〔1682〕進士）[35]則指出「諸君千秋遙集，共占西堂作閬風，真佳話也。無分今古，志趣都同」；朱彝尊（1629-1709）[36]則有「最奇

32　「團契」的概念，援引自呂妙芬一書。

33　勞之辨，字書升，號介巖。浙江石門人。清康熙甲辰年（1664）進士，曾任左副都御使。有《靜觀堂詩集》、《介巖百篇稿》。見《智慧型全臺詩知識庫》，網址：http://xdcm.nmtl.gov.tw/twp/TWPAPP/ShowAuthorInfo.aspx?AID=000023，擷取日期：2019年11月20日。

34　宋犖，字牧仲，號漫堂、西陂、綿津山人，晚號西陂老人、西陂放鴨翁。與王士禎、施潤章等人同稱「康熙年間十大才子」。著《西陂類稿》、《筠廊偶筆》等。尤侗留京修史時結識宋犖，自此往來唱和。見徐坤：《尤侗研究》，頁105-107。

35　周金然，字廣居，號廣庵，別號七十二峰主人。浙江山陰縣人。工書法，康熙褒之。著有《娛暉草》等書。

36　朱彝尊，字錫鬯，號竹垞，晚號小長蘆釣魚師。早年抗清，事敗後以布衣遊。後應試博學鴻儒，纂修《明史》。朱氏推崇尤侗為文壇宿老，二人往來唱和。尤侗卒，朱彝尊撰〈翰林院侍講尤先生墓志銘〉，謂之「士也懷才或不售，遭逢聖世終旁求。」頗能定調尤氏一生得失。見徐坤：《尤侗研究》，頁72-73。

一覺三山夢，別置真靈位業圖」等句。[37]極有意思的是，這件夢事又
與《年譜圖詩》十六幅最末之〈玉局遊仙圖〉，關聯密切。其言曰：

> 玉局遊仙圖，學道也。別見乩語。
>
> 香山學佛不學仙，立願當生兜率天。我謂瞿曇太枯槁，不如笑
> 拍洪崖肩。三十六洞天，七十二福地，五岳十洲任遊戲。朝騎
> 黃鶴向天台，暮駕赤龍歸地肺。青谿道士寄書來，紫微夫人攜
> 樽至，瑯玕玉笙為君吹，瑤筍綺蔥惟汝嗜。樂哉一醉千萬年，
> 如此頑仙太無忌，一朝符下蓬萊宮，爾本玉皇香案吏，至今名
> 氏挂丹臺。天邊職掌同人世，風塵謫滿應還曹。校書重譯龜龍
> 字，自古聖賢豪節輩，無一不在真靈位。太白東華監上清，鄴
> 侯瑤臺列近侍。方朔待詔歲星中，子瞻押衙紫府內，長吉曼卿
> 等磈磊，其他散見冥通記，苟能守道鍊真形，呼吸自然通上
> 帝。莫學劉安不小心，徒隨雞犬司天廁。[38]

該圖並無太多人物，然而條目下之文字適足以補充解釋夢遊三山見五
古人事。既明言尤氏醉心「學道」，然取徑不由釋迦牟尼佛之枯槁苦
行，而崇尚道教仙人洪崖之自在悠遊。「自古聖賢豪傑輩，無一不在
真靈位」一句，適足解釋夢遊三山所見五賢雖非人間同一時代之人，
卻同顯於仙界團契。且之後尤侗還循由民間神靈之「乩語」以解夢，
書之入譜，置於最末，此豈意味了「修行求道成仙」乃尤氏人生境界
之終極關懷耶？[39]

---

37 前此兩段中徵引詩文皆見〔明〕尤侗：〈夢遊三山圖·自題有序〉，收入《北京圖書
館珍本年譜叢刊》，第73冊，頁649-656。

38 〔明〕尤侗：《年譜圖詩》，收入《北京圖書館珍本年譜叢刊》，第73冊，頁663。

39 有關中國修行求仙的研究多如牛毛，近來西方漢學家頗關注此域，茲略舉一二為

　　茲彙整三項文獻而成「表三：〈夢遊三山圖〉五賢文獻整理表」，
知其交集者五賢中至少有三；而由此推估〈夢遊三山圖〉中第一座人
物，當為夢蝶之莊周；第二座人物為偷桃在懷的東方朔；第三座人物
為松風下席地而坐意態閒散者，當為陶淵明；第四座人物為全圖正中
央，臨流醉酒，當為李太白；第五座為圖版右側戴有學士方帽者，當
為蘇軾。至於最上持杖入山、仙鶴在旁而見此情景者，即「夢中我」
主人翁尤侗自身也（圖二十一）。

表三　〈夢遊三山圖〉五賢文獻整理表

人　物	〈夢遊三山圖‧自題有序〉[40]	〈贊五先生像〉[41]	〈玉局遊仙圖〉
1 莊　周	首座南華君	吾學蒙莊，逍遙多暇，漆園既歸，鼓盆亦罷。寧為鷪笑，不受鷗嚇。樂哉魚遊，蘧然蜨化。	
2 東方朔	曼倩偷桃去	吾學東方，長安索米，敖弄公卿。諧啁文史，忽入瑤池。三偷桃子，何不歸遺，細君必喜。	方朔待詔歲星中

佐，〔美〕康儒博（Robert Ford Campany）著；顧漩譯：《修仙：古代中國的修行與
社會記憶（ *Making Transcendents: Ascetics and Social Memory in Early Medieval
China* ）》（南京：江蘇人民出版社，2019年3月）、〔加〕卜正民（Timothy Brook）
著；張華譯：《為權力祈禱：佛教與晚明中國士紳社會的形成（ *Buddhism and the
formation of gentry society in late-ming China* ）》（南京：江蘇人民出版社，2005年11
月）等。

40 下列表格文字見尤侗：〈夢遊三山圖‧自題有序〉，收入《北京圖書館珍本年譜叢
　　刊》，第73冊，頁698-699。

41 下列表格文字見尤侗：〈贊五先生像〉，收入《北京圖書館珍本年譜叢刊》，第73
　　冊，頁700。

人　物	〈夢遊三山圖・自題有序〉[40]	〈贊五先生像〉[41]	〈玉局遊仙圖〉
3 陶　潛	淵明采菊還	吾學陶公，不屑五斗，歸去來兮，門前五柳，南山採菊，東籬飲酒，蕭蕭輓歌，桃源洞口。	
4 李　白	白也酒一斗	吾學青蓮，狂歌驚眾，天子請客，沉香供奉。舉杯邀月，江心入夢。欲捉姮娥，霓裳三弄。	樂哉一醉千萬年，如此頑仙太無忌，一朝符下蓬萊宮，爾本玉皇香案吏，至今名氏挂丹臺。
5 蘇　軾	髯乎詩百篇	吾學東坡，奇才絕倒，談禪自佳，說鬼亦好，跌蕩朝端。支離嶺表，赤壁歌頭，餘音嫋嫋。	子瞻押衙紫府內

上揭五賢整理表中，尤需特別說明的是東方朔（西元前154至前93年）。尤氏所採用的，明顯逸出於史傳所載滑稽多智、辭賦大家等原初形象，[42]而更偏重於後出之《博物志》、[43]《西遊記》[44]等神怪小說

---

42 東方朔傳，主要見於《史》《漢》。〔西漢〕司馬遷：〈滑稽列傳〉，《史記》（北京：中華書局，2008年），卷126，頁3197-3214；〔東漢〕班固撰，〔唐〕顏師古注：〈東方朔傳〉，《漢書》（臺北：樂天出版社，1974年），卷64，頁2841-2876。

43 東方朔偷桃典故係出於《博物志》，就在漢武帝與西王母會面時：「漢武帝好仙道，祭祀名山大澤，以求神仙之道。時西王母遣使乘白鹿告帝當來，乃供帳九華殿以待之七月七日，夜漏七刻，王母乘紫雲車而至於殿西南，而東向，頭上戴七種青氣，鬱鬱如雲，有三青鳥如烏大，使侍母旁，時設九微燈，帝東面西向王母，索七桃大如彈丸，以五枚與帝，母食二枚，帝食桃，輒以核著膝前，母曰：取此核將何為？帝曰：此桃甘美欲種之。母笑曰：此桃三千年一生，實唯帝與母對坐，其從者皆不得進。時東方朔竊從殿南廂朱雀牖中窺母，母顧之謂帝曰：此窺牖小兒嘗三來盜吾此桃，帝乃大怪之，由此世人謂方朔神仙也。」見〔西晉〕張華：《博物志》（臺北：藝文印書館，1958年），卷3，頁31-32。

中的軼聞形象。小說中僅僅在漢武帝與西王母的對話中，簡筆側寫了東方朔三偷蟠桃、足智多謀而高壽的神仙形象，然此一小說軼聞中的東方朔形象，卻明顯凌駕了史料本傳所述，相較之下，更為後世閱眾所津津樂道，儼然形成一創作母題而普行於明清時期的文壇藝界。例如，明人美稱「小僊」的吳偉（1459-1508），即繪有〈東方朔偷桃圖〉（圖二十二）。該圖捕捉了東方朔從西王母處偷得仙桃正要離開瑤池瓊閣的那一幕：只見他左捧仙桃，右持書冊，跌宕頓挫的衣服皺摺以及飄揚輕逸的帽帶，意味著巧手得桃後跨步快走的速度與姿態，回首張望則凸顯了「偷」字之幽微情緒，同時又流露出從容得意的老頑童心情，寬大的額頭上布滿皺紋，則指陳了高壽而仙風道骨的特質。全幅圖繪多率意折筆而墨韻淋漓，呈現出吳偉白描豪放縱逸的寫意畫風；除此之外，名列「吳中四子」的唐寅（1470-1524），也曾經畫了幅〈東方朔偷桃圖〉（圖二十三），上有題詩寫道：「王母東鄰劣小兒，偷桃三度到瑤池。群仙無處追踪跡，卻自持來薦壽厄」，其本事亦由小說軼聞中來；再者，明萬曆三十五年流傳的《三才圖會》，當中所收入之〈東方朔圖〉（圖二十四），則與廣成子、安期生等仙人並列，旁左文字欓括東方曼倩自薦於漢武帝以及隱於朝等事，所示人物圖像則為懷抱仙桃，旁有仙鹿，整體而言，乃綰合了文學史傳與小說

---

44 又《西遊記》中東方朔為東華帝君身旁小童，在孫悟空請求東華帝君協助救人參果樹時出現：「只見翠屏後轉出一個童兒。他怎生打扮：『身穿道服飄霞爍，腰束絲絛光錯落。頭戴綸巾佈斗星，足登芒履遊仙岳。鍊元真，脫本殼，功行成時遂意樂。識破源流精氣神，主人認得無虛錯。逃名今喜壽無疆，甲子周天管不著。轉迴廊，登寶閣，天上蟠桃三度摸。縹緲香雲出翠屏，小仙乃是東方朔。』行者見了，笑道：『這個小賊在這裡哩！帝君處沒有桃子你偷吃！』東方朔朝上進禮，答道：『老賊，你來這裡怎的？我師父沒有仙丹你偷吃。』帝君叫道：『曼倩休亂言，看茶來也。』曼倩原是東方朔的道名，他急入裡取茶二杯。」見〔明〕吳承恩原著；徐少知校；周中明、朱彤注：第二十六回〈孫悟空三島求方，觀世音甘泉活樹〉，《西遊記》（臺北：里仁書局，1996年），頁502。

軼聞二者之「混合體」。明清以降至近代，壽桃之吉祥形象更為凸顯，即如民初齊白石（1864-1957），亦有同題之圖。由上揭諸例可知，尤侗〈夢遊三山圖〉中東方朔的人物特徵，乃重其高壽、仙風道骨之特徵也；如此一來，又與「求仙問道」的主軸適相契合，遙相呼應。

再者，就構圖與「觀看」視角而言。〈夢遊三山圖〉並非採取虛實並置的構圖，而是全頁整版皆為夢境，意即夢占了該圖的百分之百。此中衍生多重觀看視角，至少有「尤侗之真實我」、「繪圖者」、「閱讀者（你我）」及「尤侗之夢中我」等四個層次。「夢中我」主人翁尤侗置身其中，就在此圖最上方，與觀看此圖者相對而為最遙遠處，「繪圖者」視角亦同；然而，我們從尤侗詩文所敘述之五賢座次來看，當與「繪圖者」之角度相同，這是否意味著：尤侗在夢中，「看到」自己神遊太虛，而與五賢並列天界仙境？如此一來，遂形成極有意思的多重觀看，分別為「閱眾（後世之你我）觀看夢中尤侗及其圖」→「尤侗真實我觀看夢境」→「夢境中的尤侗（夢中我）觀看三山五賢」。至於此夢之五賢，再加上尤侗自己，實橫跨了周、漢、晉、唐、宋、清六代，這縱貫數千年的時間跨度，卻在夢境中得以同時現身於天上仙界，人間世之空間與時間維度似乎產生了曲折層疊，甚或扭轉交錯，彷彿進入了古典意境的時空蟲洞？在咀嚼此圖此文之興味尤深時，益發感受明清士人之看重夢事，竟能發展成如此耐人尋味的夢文化。

尤侗看重夢的經驗，也發展出個人的夢論述。尤氏另有一篇〈夢覺偈〉，係回應一名為「城南老人」的居士，全文扣緊夢覺二大議題發微闡論：

> 或問居士夢覺義，以何因緣而有夢？又何因緣而得覺？當夢之時覺不知。及覺之時夢安在？夢是何人覺是誰？此意須問圓夢

者，居士答云善哉問。

人生形體本塊然，魂魄從之無不之。故其夢也為魂交，而其覺也為形開。白晝形存則魂居，清夜形伏則魂游。精氣為物魂為變，鬼神因之與人戰。高者聞樂升《鈞天》，下者被髮入地獄。明者吞吐為日星，幽者恍惚為雲雨。榮者飄揚為旌旗，枯者束縛為芻狗。大者為龍復為羆，細者為蝗復為蝶。乍陰乍陽無定相，倏來倏逝杳難測。昔人解夢想與因，想以目見因類感。因羊想馬及車蓋，而未乘車入鼠穴。不見公孫夢豎牛，曹人亦夢公孫疆。牛尚未至疆未生，此時因想從何起？吾謂一切惟心造，心之所至夢至焉。熱多夢火寒夢水，虛多夢飛實夢墜。饑夢肉食渴夢漿，樂夢歌舞哀夢哭。正噩思寐喜懼分，六境皆從心所欲。故將治夢先治心，治心之道莫如覺。且有大覺知大夢，夢覺之後心始安。

或為居士進一解，夢固大謬覺亦非。我聞覺乃賊之魁，豈可認賊反作子？若向夢中尋覺路，秦關漢水各西東。居士大笑無是處，聖人先覺覺後覺。祖師亦有一宿覺，眾僧聲聞二乘覺。不如佛覺菩薩覺，覺有五等總悟門，十二因緣圓覺是。辟如人行昏夜中，接引需用光明燭。若更舍覺別尋夢，無異驅入黑山窟。要從覺後竿頭轉，無如夢覺兩俱空。有覺無空成人見，有空無覺成我見。果能人空我亦空，即得夢覺大三昧。至人無夢乃為空，愚人無夢終是昧。借問先生有夢無？但請主人惺惺著。居士答竟默無言，鼾鼾已入三摩地。[45]

全文長達六〇二字，透過居士與自己的對話，探究夢的成因、夢與覺

---

[45] 〔明〕尤侗：《艮齋倦稿文集》，卷11，收入〔明〕尤侗著；楊旭輝點校：《尤侗集》，頁1332。

的關係，以及功夫的層次。其中尤為精彩的是尤侗的個人體悟，係由
「治心」來談治夢，強調「心」之自我修養，從而能通達「夢覺大三
昧」的境界。文末以自問而居士入夢之鼾聲作結，亦頗有不落文字之
悟道義。

　　究竟為何明清文人如此看重夢境的體驗？尤其是和聖哲夢遇的經
驗，必當記之、圖之甚且邀人唱和、書之成冊。筆者以為，殆與時代
氛圍有關。蓋明清士人多半參禪，而明清禪學於論夢又多所著力，如
徹庸周理（1590-1647）言「夢即佛法」，[46]因夢係攸關修行法門，故
其言「學者工夫，得力不得力，須從夢中查考。我初時作夢，如黑屋
入黑屋；後來作夢，如月下燈影中；而今做夢，如太虛空飛片浮
雲」，即有功夫層次之別。[47]此外，又綰合儒釋而成一說法，以夢乃繫
乎晝夜之道，故而透過參夢了悟，即是通透晝夜之道，明清之際高僧
釋德清（1546-1623）於此，亦有發微。自敘年譜中記載，曾有一
次，講陽明之學的周鼎公（？-？），率領數十門生過訪：

　　　　周公舉「通乎晝夜之道而知」發問頭，比眾中有一稱老道長者
　　　　答云：「人人知覺，日間應事時是如此知，夜間作夢時亦是此
　　　　知，故曰：『通乎晝夜之道而知。』」周公曰：「大家都是這等
　　　　說，我心中未必然。」乃問予曰：「老禪師請見教。」予曰：
　　　　「此語出何典？」公曰：「《易》之〈繫辭〉。」連念數句，予

46 〔明〕徹庸周理：《雲山夢語摘要》，收入《明版嘉興大藏經》（臺北：新文豐出版公
　　司，1987年），第25冊，頁281。相關研究如徐聖心：〈夢即佛法——徹庸周理《雲
　　山夢語摘要》研究〉，《臺大佛學研究》第18期（2009年12月），頁33-74；廖肇亨：
　　〈僧人說夢：晚林叢林夢論試析〉，收入廖肇亨：《中邊‧詩禪‧夢戲——明末清初
　　佛教文化論述的呈現與開展》（臺北：允晨文化實業公司，2008年9月），頁435-
　　466。
47 〔明〕徹庸周理：《雲山夢語摘要》，收入《明版嘉興大藏經》，第25冊，頁276。

　　曰：「此聖人指示要人悟不屬眾生的一著。」周公擊節曰：「直
　　是老禪師指示得親切。」眾皆罔然，再問，周公曰：「眾生
　　者，晝夜之道也。通晝夜則不屬晝夜耳。」一座歎服。[48]

周公不認同眾生所論，老禪師釋德清則扼要回應，「通晝夜則不屬晝
夜」，能夠超出晝夜之侷限，即通曉醒寤與夢寐不二，則是了悟「夢
覺如一」之道。再舉清初學者謝明學（1616-1682）為佐證，其年譜
稱謝氏「日錄書夢甚詳，清警則加勉，昏散則自責，真所謂通乎晝夜
者也」，[49]此乃於日常生活中實踐之例證也。

　　綜觀上述諸例，所謂「異人」遭遇，無論醒寤時遭逢，抑或是夢
寐中得遇，皆與主角體悟契機有著深度關聯。異人留下預告式的言
語，常使當事人銘刻在心，所遭逢之生存困境與內在疑惑，因而有了
內在而深沉的變化，在日後更具體由此轉捩點而開展出新生局面。學
者楊儒賓以榮格心理學派的「智慧老人」原型解釋之，實啟發後學良
多，然本文認為「異人」遭遇之所以被寫入個人年譜，是因為明清時
期士人極為重視生命體悟、如何修成圓通智慧、或追求論學問道之身
體力行，此一觀察或可填補前人研究之空白，亦可提供學界，另一種
理解異人書寫的積極解釋。

---

48 〔明〕釋德清編；〔清〕釋福善傳錄：《憨山老人年譜自敘實錄》，收入《北京圖書
　　館珍本年譜叢刊》，第53冊，頁2-3。

49 〔清〕謝鳴謙編：《程山謝明學先生年譜》收入《清初名儒年譜》第6冊，頁352。
　　又收入《北京圖書館珍本叢刊》，第73冊。又詳見〔清〕謝文洊：《謝程山集》，收
　　入《四庫全書存目叢書》（臺南：莊嚴文化事業公司，1997年），集部別集類第209
　　冊。又謝文洊：《謝程山先生集》十八卷，收入國家清史編纂委員會編：《清代詩文
　　集彙編》（上海：上海古籍出版社，2010年，據清乾隆十二年刻本影印），第55冊。
　　相關研究又見呂妙芬一書，以及黎雅真：《謝文洊及其思想研究》（新北市：花木蘭
　　文化事業公司，2014年9月）。

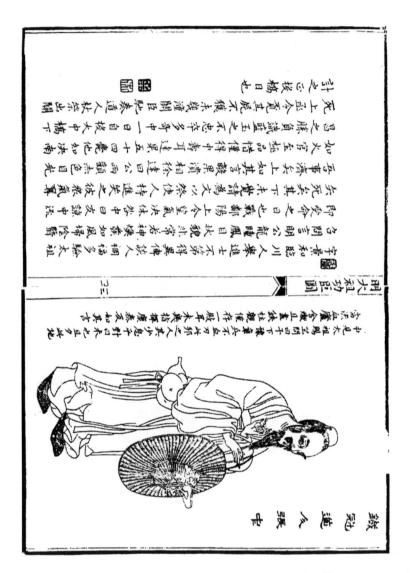

圖十九:《明太祖功臣圖》〈鐵冠道人張中〉[50]

50 〔清〕上官周繪:〈鐵冠道人張中〉,《晚笑堂畫傳》之《明太祖功臣圖》,收入郭磬、廖東編:《中國歷代人物像傳》(濟南:齊魯書社,2003年1月),第1冊,頁627-628。圖後小傳曰:「進士不得第,得異傳,談人禍福多驗。太祖召問,言明公龍瞳鳳目,狀貌非常,若神煥發,如風埽陰翳,即受命之日也」,知其聲動上聽。

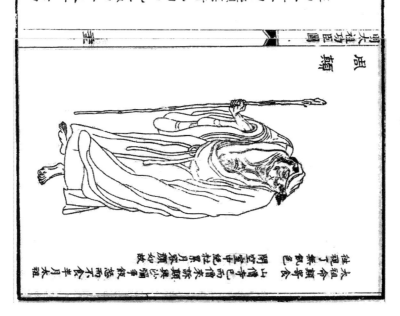

圖二十：《明太祖功臣圖》〈周顛〉[51]

---

51 〔清〕上官周繪：〈周顛〉，《晚笑堂畫傳》之《明太祖功臣圖》，收入郭磬、廖東編：《中國歷代人物像傳》，第1冊，頁649-650。圖後小傳載周顛曾被皇上誤解而遭積薪焚化，非但無事，火還熄滅；預言征軍行舟風必來，果驗；還開藥治癒皇上熱症等神異事蹟。

圖二十一：〔明〕尤侗〈夢遊三山圖〉[52]

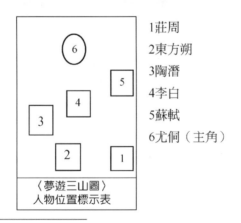

1莊周
2東方朔
3陶潛
4李白
5蘇軾
6尤侗（主角）

〈夢遊三山圖〉
人物位置標示表

---

52 〔明〕尤侗：〈夢遊三山圖〉，收入《北京圖書館珍本年譜叢刊》，第73冊，頁649。
唯該圖十分漫漶不清，故另經臺灣中央研究院傅斯年圖書館授權，採用其館藏版本
影像。

圖二十二：〔明〕吳偉〈東方朔偷桃圖〉[53]

---

53 見「中國藝術品投資」，網址：https://baike.baidu.com/item/%E4%B8%9C%E6%96%
　　B9%E6%9C%94%E5%81%B7%E6%A1%83/2245433，擷取日期：2019年11月24日。

圖二十三：〔明〕唐寅〈東方朔偷桃圖〉[54]

---

54 〔明〕唐寅：〈東方朔偷桃圖〉，立軸，紙本墨筆，縱144.2釐米，橫50.4釐米，現藏
上海圖書館。圖版採用「個人圖書館」的網友「百了無恨」的發文，網址：http://
www.360doc.com/content/17/0316/20/19519242_637454374.shtml，擷取日期：2020年
3月1日。

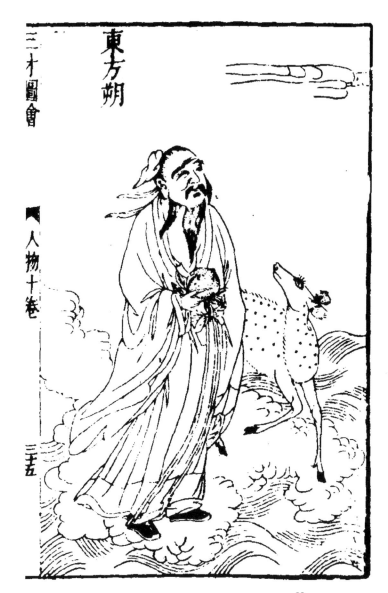

圖二十四：〔明〕《三才圖會》〈東方朔圖〉[55]

---

55 有〔明〕王圻纂輯；王思義編集：〈人物・東方朔〉，《三才圖會》（上海：上海古籍
出版社，1988年6月），卷10，頁787。同卷〈西王母〉一則，亦載入東方朔偷桃
事，見頁779。

主題 II

宣教善書中的夢兆書寫

——舉業及儒醫二類的個案探討

第五章
狀元夢之圖文再現與文化建構：
晚明以降舉業類善書之探討

一　引論

（一）問題提出與論述進程：生員滿天下，狀元獨一人？

　　眾所皆知的，明代中葉係舉業文化極度發展的巔峰時期，供需失衡造成許多士子身居「生員」，沉淪下僚多達三、四十年，只有少數人能夠自鄉試、會試到殿試，一路過關斬將、脫穎而出，即世所稱「狀元」者。[1]三年一選之「狀元」，為一夕天下知、獨占鰲頭的「人中之龍」，[2]誠為難能可貴，明代前後三四百年，不過出了九十一位狀元，即可知其不易。因實屬不易，文化場域中遂相應流傳了以「狀元」為主的系列書籍，其中一類即如本章所言之《歷科狀元錄》、《明狀元圖考》、《明鼎甲徵信錄》等等，專供應考士子之需。[3]這一系列

1　即便是狀元曾彥（1425-1501）也曾「屢躓場屋」、「先後幾三十年矣」，在成化十四年（1478）狀元及第時已是半百之身。詳見寧波市天一閣博物館：《天一閣藏明代科舉錄選刊・登科錄》（寧波：寧波出版社，2006年11月），第2冊，《成化十四年戊戌科殿試金榜》，版7a；〔明〕顧鼎臣、顧祖訓彙編：〈狀元曾彥〉，《明狀元圖考》，卷2，收入《宋明狀元圖考錄集》（北京：全國圖書館文獻縮微複製中心，2006年），第3冊，頁131。

2　根據龔篤清之研究：「明代共開科九十次，取進士二萬四千餘人，其中狀元九十一人」，除了少數如韓應龍、唐汝楫（依恃嚴嵩）、韓敬（作弊）、周延儒（揣摩崇禎上意）等四、五人係人品不佳者，大多數狀元皆為一時之選。龔篤清：《明代科舉圖鑑》（長沙：嶽麓書社，2007年10月），頁488-495。

3　根據沈俊平的研究，舉業用書在明成化以前經歷長時間的沉寂，於嘉靖漸趨熱絡，

書籍，出現於明代前期，延續到晚明，更下至清代，輾轉於書坊編輯、刊刻、增補再版，繼而加入圖繪版刻，從而「售之考棚中者，以博吉兆」，[4] 召攬更多的閱眾。這種現象，除了反映天下士子對舉業的關注，同時也揭示了某種深層的社會文化心態，耐人細細尋味。多數閱眾於乍看之際，泰半以為這些書籍係搭科考之便而行世，理應對「功名利祿」做足搧風點火之效，實則不然。

　　誠如書首所言「觀是編能無羨慕之志乎？知所慕則知所勸」，[5] 在欣慕功名、祈求吉兆之外，這些「狀元」系列書籍的編纂者，於行文間暗中穿插了一種「勸善」的文化脈絡──即企圖詮釋歷代考中「狀元」者，之所以能有不世出之成就，乃累世修為、福報感應所致，故於冥冥中顯其定數；這個定數，並非常人所易知，大多是透過諸多生活情境的微小徵兆揭示出來，最常見的，就是「夢兆」。具眼之閱讀者，當由此體悟，從熱中功名的美夢中幡然覺醒。職是之故，本章即立意於此，援用「狀元夢」為題，既指涉「狀元夢兆」，亦隱含警醒世人塵夢之深意。

　　這個觀察極為有趣──依於科考行世的書籍，最後卻是期待應考士子不妄求分外的功名利祿，自此醒悟。姑不論這點詮釋，或多或少慰藉了人世間無數失意聊落的士子；筆者尤感興味之處，乃在於此中隱含了文化消費之供需機制──蓋大量閱眾積極促成出版事業，此類

至萬曆到達顛峰。文中並將舉業用書分成「四書類」、「五經類」、「八股文選本」、「古文選本」、「二、三場試墨與範文彙編」、「翰林館課」、「通史類」、「類書」、「諸子彙編」共九大類，惜其未及本題所言之《狀元圖考》類及《鼎甲徵信錄》二類舉業類善書。詳參沈俊平：〈明中晚期坊刻制舉用書的出版及朝野人士的反應〉，《漢學研究》第27卷第1期（2009年3月），頁141-176。

4　經莉：〈《宋明狀元圖考錄集》影印前言〉，收入《宋明狀元圖考錄集》，第1冊，頁2。

5　〔明〕朱希召輯：〈《宋歷科狀元錄》序〉，《宋歷科狀元錄》，收入《宋明狀元圖考錄集》，第1冊，頁6。

書籍印行時所設準的閱讀者，顯然為周滿天下之籍籍生員，而非獨占
鰲頭的一人狀元。

　　於此現象，學界向來關注，對於科舉文獻之抉發爬梳、彙整深究
可謂不遺餘力；[6]然而，對於「狀元」文化中所謂「功名前定說」、
「因果報應論」，大多視之為「迷信」文化而鄙薄之，即便撰文論
辯，亦不過略舉一二，膚泛概述。令人好奇的是，倘若命中注定才可
獲得功名，那麼士子如何持有正面心態來積極應世？再者，若當其時
大部分閱眾深信「功名前定」與「因果報應」，而今日學者貶為迷信
遂棄之不顧，吾輩或將失去一條掌握當時科考氛圍的線索。筆者遂冒
「人棄我取」之潛在危險，選擇此為本章之論述線索，希冀藉此一窺
應考士子與此類書籍刊刻之文化心態。

　　全文擬由明中葉相關於舉業而隱含宣教之類善書，探討「功名前
定說」與「因果報應論」之文化建構，針對明代「狀元」系列圖書
（聚焦於《皇明歷科狀元錄》、《皇明狀元圖考》五卷本及六卷本，以
及《明鼎甲徵信錄》類善書），佐以當代出版文化、圖像學之相關研
究方法，嘗試爬梳此中之多重文化意涵──在「狀元」系列書籍行世
的背後，探討系列問題：狀元故事背後的說話者（speaker），歷時累
疊的幢幢魅影，究竟有誰？說話者在「編織」狀元故事時，運用了何
種「話語策略」（discourse strategy）？後來圖繪版刻之加入，反映了
何種文化氛圍？「圖文輝映」可造就何種閱讀的「再現」與「觀看」
效應？再者，若放置在晚明盛行的「夢覺如一」脈絡當中，這類《明

6　針對明代科舉文獻的研究成果如陳長文：《明代科舉文獻研究》（濟南：山東大學出
　　版社，2008年3月）、龔篤清（前揭書）。針對狀元部分做研究的有郭皓政：《明代狀
　　元與文學》（濟南：齊魯書社，2010年6月）、王鴻鵬編著：《明朝狀元詩榜眼詩探花
　　詩》（北京：昆侖出版社，2009年1月）、郭皓政、甘宏偉編著：《明代狀元史料匯
　　編》（武漢：武漢大學出版社，2009年9月）、朱焱煒：《明清蘇州狀元與文學》（北
　　京：中國言實出版社，2008年3月）。

狀元圖考》系列書籍的夢兆書寫,又具有何種文化建構的時代意義?
以下分別依次就「多重敘述的聲音──狀元故事的流衍傳鈔」、「『狀
元系列』書籍的詮釋模式──『功名前定說』與『因果報應論』」、
「圖文輝映的夢兆書寫」三大面向,開展相關議題之探究。

(二)前人研究回顧與重要參考書籍

關於本題之相關研究,既有之專題深論鮮少,然間接相關者有
之。先就核心研究文獻,略作前人研究之回顧。

首先,就第一大類《明狀元圖考》系列圖書而言。筆者寓目所
及,學界論及《狀》書,最早為二〇〇〇年〔美〕Benjamin Elman,
其後有二〇〇八年陳建守,到最近的是二〇〇九年〔日〕大木康。其
關注視角,多半舉為整體現象之附論,如論及明代科舉、刊刻現象或
夢文化等脈絡中,略舉此例泛述為證,至今尚未有深究之專論。

二〇〇〇年〔美〕艾爾曼(Benjamin Elman)在《帝制中國晚期
的科舉文化(*A Cultural History of Civil Examinations in Late Imperial
China*)》[7]一書中有專章論及明代科舉文化與民間宗教(關帝、文昌
帝君)關聯甚密,在列舉傳說、卜卦等辦法之後,才徵引《明狀元圖
考》來討論一般考生心態。此乃於科舉文化脈絡下附帶論及,唯已首
揭《明狀元圖考》之研究大纛。到了二〇〇八年臺大史學博士生陳建
守,則以〈《明狀元圖考》:明代科舉考生的夢文化〉[8]一文專論之。
該文先由夢文化脈絡切入,內容則考及成書之作者、二種版本等,大
部分乃細究個案文獻解釋,文末揭示圖像學之重要性,然整體而言,
概述介紹仍多於學術論述。翌年二〇〇九年日本東京大學東洋文化研

---

7 Berkeley: University of California Press , 2000.

8 陳建守:〈《明狀元圖考》:明代科舉考生的夢文化〉,《歷史教育》第13期(2008年
12月),頁143-161。

究所大木康教授，即就明代出版刊刻發表專論，撰寫了《中国明末の
メディア革命——庶民が本を読む（中國明末的媒體革命：庶民讀
書）》[9]一書。該書第三章「圖像の氾濫」，指出明末出版業出現的新興
現象，那就是大量圖像的加入。大木康由諸多層面來談圖像在刊刻中
的盛況，除了經典加圖重新刊行（如佛典、《毛詩舉要圖》等）之外，
個人作品集中亦有肖像圖，名勝風景區則有勝景圖（如《金陵圖詠》）
等等。就在該書頁八十五至九十二，專列《明狀元圖考》一節，介紹
其成書之編纂者顧鼎臣（1473-1540）以及刻工黃氏與徽派版刻之密
切關聯；同時也由〈凡例〉，談及時人認為「圖像」之重要性。

　　綜論上述三者：〔美〕艾爾曼（Benjamin Elman）係將《明狀元
圖考》納於科舉文化脈絡下附帶言及，用意在佐證士人應舉心態，而
非以《狀》書為研究主體；陳建守可謂專文討論，然版本部分，因尚
未能見到後出之《宋明狀元圖考錄集》所收清代文治堂版《歷科狀元
圖考全書》，故所論之根據遂有所侷限（因明文版有誤）；遺憾的是，
該文著重個案賞析遂難以兼顧學術深度；至於大木康教授之論，其關
注焦點在於圖像與刊刻出版現象，對於狀元個人傳記之文字敘述與圖
像之間的互文性，因非其關注焦點，故未及深究。

　　總結來說，上述三者雖各有所成，開啟了新興視域，然皆惜其未
盡闡義。職是之故，本章將奠基於上述既有成果，而在版本、圖文互
文性以及夢文化等方面接續耕耘，期能有些微創見與成果，以填補學
術空白。

　　在此之外，本題更進一步擴及善書，故採用核心文獻第二大類之
《明鼎甲徵信錄》等善書系列圖書。[10]過往學界對於此類《徵信錄》、

9　〔日〕大木康：《中国明末のメディア革命——庶民が本を読む（中國明末的媒體
　　革命：庶民讀書）》（東京：刀水書房，2009年2月）。
10　詳見核心研究文獻之介紹與評述。

《考信錄》、《義命彙編》等系列圖書，多納於善書研究中論之，而此中又以日人酒井忠夫、[11]鄭志明、[12]游子安三位為翹楚。酒井忠夫遠自一九六〇年即開始研究，其書中列舉諸多善書，如《功過格》、《陰騭文》、《太上感應篇》、《敬信錄》等等，所論甚為宏偉，於善書格式、內容及流傳等深具彙整歸納之功，唯《徵信錄》系列並未列入探究之列；鄭志明則由《太上感應篇》、《功過格》、《菜根譚》、《醉古堂劍掃》，下及近代臺灣一貫道、鸞書等系列探討，建構了善書發展之脈絡史；游子安則著重個案探討，較著稱的作品有《勸化金箴：清代善書研究》[13]、《善與人同：明清以來的慈善與教化》[14]等書，亦甚有可觀之處。

上述三者研究成果，呈顯善書主軸精神在於「勸善懲惡」、「因果報應」，與本題研究著實相應，其中《徵信錄》系列圖書，尚未能為學界充分關注，本題故欲由此著力深耕，考察「狀元夢」如何由《明狀元圖考》系列圖書，巧妙地嫁接為民間善書（《徵信錄》系列）的果報例證，通過階段性的研究，具體而微地開展此現象之文化建構歷程。

在此之外，本文因議題所涉，援引了重要參考文獻有三，其一為郭皓政、甘宏偉編著《明代狀元史料彙編》，[15]其二為陳文新、何坤翁、趙伯陶主撰《明代科舉與文學編年》（上）（下），[16]其三為寧波市

---

11 〔日〕酒井忠夫在一九六〇年出版了《中國善書の研究》（東京：弘文堂，1960）、二〇〇〇年出版了《增補中國善書の研究》（東京：國書刊行會，1999年11月）；到了二〇一〇年，劉岳兵、孫雪梅、何英鶯翻譯了《中國善書研究》（增補版）（南京：江蘇人民出版社，2010年8月）。此乃本章所見文獻。

12 鄭志明：《中國善書與宗教》（臺北：臺灣學生書局，1993年9月）。

13 游子安：《勸化金箴：清代善書研究》（天津：天津人民出版社，1999年4月）。

14 游子安：《善與人同：清以來的慈善與教化》（北京：中華書局，2005年6月）及游子安：《善書與中國宗教：游子安自選集》（臺北：博揚文化事業公司，2012年1月）。

15 郭皓政、甘宏偉編著：《明代狀元史料彙編》（武漢：武漢大學出版社，2009年9月）。

16 陳文新、何坤翁、趙伯陶主撰：《明代科舉與文學編年》（上）（下），收入《歷代科舉文獻整理與研究叢刊》（武漢：武漢大學出版社，2009年9月），第10-12冊。

天一閣博物館《天一閣藏明代科舉錄選刊‧登科錄》。[17]茲略述其要於下。

　　郭皓政、甘宏偉編著《明代狀元史料匯編》，收入《歷代科舉文獻整理與研究叢刊》之第十三至十四冊。此書搜羅甚廣，堪為近年來科舉文獻之一大彙成。體例係以編年為軸，如「成化二年（1466）丙戌科狀元羅倫」，其下又分「傳記」、「科第」、「仕宦」、「軼事」、「著作」、「評論」、「雜錄」等項目，載入各類相關資料，於研究者而言可謂一應俱全之資料彙編。然所收入之《明狀元圖考》等文獻之處理，則去圖而僅存文字，顯然主編者並不認為這類圖像有何重要意義，此乃筆者頗感遺憾之處。

　　陳文新、何坤翁、趙伯陶主撰《明代科舉與文學編年》（上）（下）二本，收入《歷代科舉文獻整理與研究叢刊》第十至十二冊。此書乃編年體例，年之下又按月將朝廷相關於科考的政策措施羅列出來，對於整個科舉施行之狀況，研究者可收快速掌握之效。

　　至於寧波市天一閣博物館編《天一閣藏明代科舉錄選刊‧登科錄》，係中型叢書，共四十七冊（共八函），為明朝原始刻本之書影，所收登科錄係自「洪武四年進士登科錄」到「崇禎十三年進士履歷便覽」，依時間順序而下。內容就狀元姓名、籍地、生年、列祖列宗、鄉試會試之名次等簡要羅列，書末收有前三名之應制對策全文，並無狀元個人傳記，亦無圖。如狀元羅倫乃列在「成化二年進士登科錄」一冊，對於研究者而言，此乃官方公告周知的文獻，作為本題研究而言，適可凸顯對照意義。

---

17 寧波市天一閣博物館：《天一閣藏明代科舉錄選刊‧登科錄》（寧波：寧波出版社，2006年11月）。

（三）研究方法：圖像、敘述、互文、觀看、再現

本章處理的主要議題是——「圖文輝映」的互文現象以及輾轉傳鈔中說話者編織故事的現象與敘述策略，所牽涉的當代文化理論有「圖像」、「敘述」、「互文」以及「觀看／再現」的理論。

中明以下文化場域中的出版刊刻實為繁盛，「視覺表述」隱然成為吸引閱眾的一項主要考量因素，《明狀元圖考》自晚明到清代多次重刊，間有不同的圖像抽換或加入，顯然考量了圖像對於閱眾的吸引與否。是以「圖像」學於本章而言，可視為研究方法之第一順位。

學界對「圖像」的研究，可由下列兩事管窺豹斑：二〇〇七年楊念群主編之《新史學》，[18]標舉了「圖像」與「敘事」為三大關懷之兩大面向；再者，學者黃克武所編《畫中有話——近代中國的視覺表述與文化構圖》，[19]載入耶魯大學藝術史系曾藍盈之文，[20]言及近代學界風潮已經到了「藝術史家正視圖像再現可能蘊含歷史敘述」。足見「圖像」作為「視覺史料」之文化意義，在當代已然到了重新被定義的重要時刻。古人所謂「左圖右史」的傳統，到晚近一九三一年羅家倫倡言「圖畫是一種有力的幫助，使讀者腦筋裡有一個深刻的影子」，[21]下沿至當代文史學者如黃克武、王正華、[22]劉紀蕙、[23]夏曉

---

18 楊念群主編：《新史學‧第一卷，感覺、圖像、敘事》（北京：中華書局，2007年4月）。

19 黃克武主編：《畫中有話——近代中國的視覺表述與文化構圖》（臺北：中央研究院近代史研究所，2004年2月）。

20 曾藍盈：〈圖像再與歷史書寫：趙望雲連載於《大公報》的農村寫生通信〉，收入黃克武主編：《畫中有話——近代中國的視覺表述與文化構圖》，頁64。

21 羅家倫：〈引論：研究中國近代史的意義與方法〉，收入郭廷以：《近代中國史》（臺北：臺灣商務印書館，1963年），頁15-23。

22 王正華：〈藝術史與文化史的交界：關於視覺文化研究〉，《近代中國史研究通訊》第32期（2001年9月），頁76-89。

23 劉紀蕙編：《他者之域：文化身分與再現策略》（臺北：麥田出版公司，2001年3

虹、陳平原[24]等，不斷對視覺文化投入新的關注與開創，而這些研究成果的確有助於本題深入探究之取徑。

其次，《明狀元圖考》、《明鼎甲徵信錄》等文獻中，「圖像」與「文字」敘述之間，隱含了無聲的對話，或互為補足、說明，或離文而創發，如當代文化理論中所謂之（intertexuality），中譯為「互文性」。而所謂的「互文性」，[25]主要為法國朱麗葉・克莉絲蒂娃（Julia Kristeva）所提出，指稱文中有文的現象，其衍生而出的敘述策略有引用、暗示、參考、仿作、戲擬、剽竊等等；或為文本之間的交互指涉，學者胡曉真以為：「指的本是所有作品與其他既存作品之間必然存在的關聯，這種文本與文本之間的網絡，作者與讀者都絕無逃避的可能。」[26]這個切入點，對於本章論及圖／文之間的微妙對話，實為重要的研究方法。

至於圖像與敘述皆隱含了「觀看」與「再現」的兩重問題，學界

月）；劉紀蕙：《心的變異：現代性的精神形式（*Perverted heart : the psychic forms of modernity*）》（臺北：麥田出版公司，2004年9月）；劉紀蕙主編：《文化的視覺系統I：帝國—亞洲—主體性（*Visual culture and critical theory. I, empire, Asia and the question of the subject*）》、《文化的視覺系統II：日常生活與大眾文化（*Visual culture and critical theory. II, everyday life and popular culture*）》（臺北：麥田出版公司，2006年9月）。

24 陳平原、夏曉虹編注：《圖像晚清——點石齋畫報》（天津：百花文藝出版社，2001年8月）；夏曉虹：《晚清女性與近代中國》（北京：北京大學出版社，2004年8月）；陳平原、王德威、商偉編：《晚明與晚清：歷史傳承與文化創新（*The late Ming and the late Qing: historical dynamics and cultural innovations*）》（武漢：湖北教育出版社，2002年3月）；陳平原：《看圖說書：小說繡像閱讀札記》（北京：生活・讀書・新知三聯書店，2003年12月）等等。

25 可參見〔法〕蒂費納・薩莫瓦約（Tiphaine Samoyault）著；邵煒譯：《互文性研究》（天津：天津人民出版社，2003年1月）以及王瑾：《互文性》（桂林：廣西師範大學出版社，2005年9月）等書。

26 胡曉真：《才女徹夜未眠——近代中國女性敘事文學的興起》（臺北：麥田出版公司，2003年9月），頁79。

相關研究甚夥，茲列舉一二為例證，相應的研究方法，如西方觀看理論有英學者約翰‧伯格《觀看的方式》、[27]羅崗、顧錚主編《視覺文化讀本》[28]等等，皆可資借鑑。至於「再現」，前揭「圖像」學之研究幾乎都觸及此，故不贅述於此。

二 多重敘述的聲音：狀元故事的流衍傳鈔

研究之始，我們將追究這些狀元故事是如何形成的。此乃獲益於當今後現代史學的昭示，「總是現成的敘述建構了真實」，[29]我們一直都是「透過他人的閱讀而閱讀」，於是，在我們與過去事件的解讀之間，便七橫八豎地站了許多講解的人。[30]這種歷史的再思考，讓我們更敏銳地看出這些狀元敘述中，有著多重說話人的幢幢魅影。職是之故，我們在閱讀這些狀元故事之際，不但要指出說話者是誰？還要進一步分析：他（們）是從什麼立場、何種觀點發言？在當時，又有什麼社會機制促使他（們）談論這個話題？場域中，又是如何貯存、播散相關的言論？其中，又有誰對過去的聲明，得到公眾的承認與接受？那又是為了什麼？[31]

---

27 〔英〕約翰‧伯格（John Berger）著；吳莉君譯：《觀看的方式（*Ways of Seeing*）》（臺北：麥田出版公司，2010年8月）。

28 羅崗、顧錚主編：《視覺文化讀本》（桂林：廣西師範大學出版社，2003年12月）。

29 〔英〕凱斯‧詹京斯（Keith Jenkins）著；賈士蘅譯，《歷史的再思考（*Re-thinking History*）》（臺北：麥田出版公司，1999年3月），頁61。

30 同前註，頁66。這些講解者即是當時的觀察者，而「觀察者永遠是他或她所觀察到變化中的情景的關鍵部分」，同前註，頁19。本章中，一概以「說話者」或「說話人」（speaker）來指稱這些講解歷史的人。

31 詳見筆者博士論文專書：《中晚明文藝場域「狂士」身分之研究》，收入曾永義主編：《古典文學研究輯刊》（臺北縣永和市：花木蘭文化出版社，2010年9月），初編第8冊，頁15-16。

（一）第一類核心文獻：狀元系列圖書

首先，剋就本文所據之第一類核心文獻，即狀元系列圖書，進行來源分析。由此我們可以概覽此系列圖書的生成，先將狀元故事背後的說話者進行分類，再則嘗試勾勒故事衍異的基礎模式，並試由個案舉例以掌握最初階的故事本事，作為他類的對照。

這套由北京「全國圖書館文獻縮微複製中心」於二〇〇九年三月印製之《宋明狀元圖考錄集》（全四冊），分別為第一冊《宋歷科狀元錄》八卷、第二冊《皇明歷科狀元錄》四卷、第三冊《明狀元圖考》五卷、第四冊《歷科狀元圖考全書》六卷。此外，本題研究又參佐《明代傳記叢刊》版本，以見其異同。[32]另有收入《中國稀見史料》版本，係萬曆三十七年（1607）年五卷本，此本文字圖繪影像清晰精美，尤其是封面，為諸家中最為完整者（圖二十五），值得參校。[33]

茲將這四冊狀元系列圖書之基礎資料，[34]彙整如下：

表四　《宋明狀元圖考錄集》一覽表

	書名及作者	內容簡介（狀元人數，有圖與否）
第一冊	〔明〕朱希召輯：《宋歷科狀元錄》八卷（附：元朝歷科狀元姓名）	1.〔明〕朱希召（生卒年不詳）輯，明刻本。 2.是書「記載宋太祖建隆元年（960）庚辰科榜首楊礪至度宗咸淳十年（1274）甲戌科狀元王龍澤共一百一十八人。」

---

32 〔明〕顧祖訓編，〔明〕吳承恩訂補，〔清〕陳枚續補：《明狀元圖考》六卷，收入周駿富輯：《明代傳記叢刊》（臺北：明文書局，1991年10月），學林類第20冊。

33 〔明〕顧鼎臣、顧祖訓彙編：《明狀元圖考》五卷本，收入王春瑜編：《中國稀見史料》（廈門：廈門大學出版社，2007年9月），第1輯第4冊，據萬曆三十七年（1609）刻本影印。

34 經莉：〈宋明狀元圖考錄集影印前言〉，頁2。

	書名及作者	內容簡介（狀元人數，有圖與否）
第一冊		3.無圖。 4.嘉靖四十年（1561）朱景元刊行。
第二冊	〔明〕陳　鎏輯： 《皇明歷科狀元錄》四卷	1.〔明〕陳鎏（1506-1575）輯，明隆慶刻本。吳縣人。 2.此書起自明洪武四年（1371）辛亥科狀元吳伯宗，迄於隆慶五年（1571）辛未科狀元張元汴，共六十四人，前有徐師曾序。 3.無圖。 4.明隆慶（1567-1572）刻本。
第三冊	〔明〕顧鼎臣、顧祖訓彙編： 《明狀元圖考》五卷	1.〔明〕顧鼎臣（1473-1540，江蘇人，弘治進士）、顧祖訓彙編，萬曆三十五年吳承恩、黃文德刻本。 2.此書收錄明洪武四年（1371）辛亥科狀元吳伯宗，至萬曆四十四年丙辰科狀元錢士升，共八十人。 3.前有沈一貫序，湯賓尹敘，陳枚識，後有吳立性跋。 4.每人繪有插圖，「內容上多有神怪附會之說」。 5.大約刊刻於萬曆三十七年（1609）。
第四冊	〔明〕顧鼎臣、顧祖訓彙編；〔清〕陳枚增訂： 《歷科狀元圖考全書》六卷，清康熙武林文治堂書坊重刻本	1.〔明〕顧鼎臣、顧祖訓彙編，〔清〕陳枚增訂。清文治堂增刻本。 2.是書為五卷本基礎上的增補本，其中明狀元增九人，清狀元十五人。 3.有圖。增加了數幅。 4.前有陳枚所識之文，「廣求稿件」文化場域之刊刻廣告。 5.明刻清印本。

首先，就刊刻背景而言。第一冊〔明〕朱希召《宋歷科狀元錄》，筆者據該書前序所言，推估此書係由朱希召編輯於明嘉靖元年（1521）左右，文獻徵引皆有所據，係「先之以本傳論其世也；此外，有所見則次之，如國家之褒寵，先世之培植，兆形於先，至言驗于如響；制科詩文之屬，亦間附之，皆採之典籍，非耳學也」。稿成後並未立即公諸於世，藏家近四十年，於嘉靖四十年（1561）始由其子朱景元（?-?）刊刻印行。前序亦言及編輯者的知識背景，蓋朱希召之父朱恩（1452-1536）為成化甲辰（1484）進士，兄長朱希周（1473-1557）為弘治九年（1496）狀元，皆參與舉業拔選而躋登士林、功成名就，其家學淵源如此，故而有此書之纂輯。[35]第二冊〔明〕陳鎏輯《皇明歷科狀元錄》，大約是明隆慶（1567-1572）年間刻本。編者陳鎏係江蘇蘇州人，嘉靖十七年（1538）進士，累官四川布政使。亦善書法，著有《己寬堂集》。[36]第三冊〔明〕顧鼎臣、顧祖訓彙編：《明狀元圖考》五卷，據范邦瑾考訂，顧鼎臣是弘治十八年（1505）狀元，其孫祖訓編輯此書，後吳承恩、程一禎根據顧本考校增益，再加上徽版老手黃應澄等繪圖雕版刊行於世；此外，我們也可由湯賓尹前序、吳承恩凡例得知，此書大約成於萬曆三十七年（1609）前後。[37]湯賓尹雖非狀元，但也名列會元榜眼探花，堪稱成就不凡，由此足見

---

35 此書前序缺失，無法確認撰序者何人。見〔明〕朱希召輯：《宋歷科狀元錄》，收入《宋明狀元圖考錄集》，第1冊，頁4-6。

36 〔明〕焦竑：〈陳先生鎏墓表〉，〔明〕焦竑輯：《國朝獻徵錄》，卷98，收入《四庫全書存目叢書》（臺南：莊嚴文化事業公司，1997年），史部傳記類第105冊，頁521。又〔明〕陳鎏：《己寬堂集》，收入《四庫全書存目叢書》，集部別集類第105冊，據北京大學圖書館藏明萬曆刻本影印。

37 范邦瑾指出：「湯賓尹序作於萬曆三十七年，而吳撰《凡例》，又有：『坊刻萬曆十一科之語』，因推知吳考蓋止於萬曆三十五年。」詳參范邦瑾：〈王重民《美國國會圖書館藏中國善本書錄》訂補（續）〉，《國家圖書館館刊》九十七年第二期（2008年12月），頁109-128。

《狀元圖考》編輯群之成員皆一時菁英。[38]第四冊〔明〕顧鼎臣、顧祖訓彙編；〔清〕陳枚增訂：《歷科狀元圖考全書》六卷，清康熙武林文治堂書坊重刻本，係杭州陳枚於康熙末年購得五卷本之版，增補為六卷本，現今美國國會圖書館及臺灣國家圖書館（即明文出版社影印本）皆此版本。

其次，就內容體例而言。第一冊〔明〕朱希召《宋歷科狀元錄》整理的主要是宋代狀元，後附有元代歷科狀元姓名，[39]與其他三冊內容，大不相干。然就性質而言，已開啟明代中葉建構狀元譜系的風潮；至於第二冊與第三冊的關係，日本學者大木康即已切中肯綮地指出：顧氏《明狀元圖考》「似乎從《皇明歷科狀元錄》等傳中抽出異常的預兆故事而輯成，內容接近志怪小說，所以《明狀元圖考》有類似小說的性質」。[40]這個研究明確指出了後者纂輯的基調，然尚未論及清朝陳枚增訂本《歷科狀元圖考全書》。經筆者比對三、四冊之內容，知後出之《歷科狀元圖考全書》即據顧氏《明狀元圖考》五卷為底本而增刪補定，故又稱《明狀元圖考》六卷本，除了後來接續的人物與附圖為新增者，其餘大多沿用顧氏本之文獻及附圖，僅有少數錯置訛誤，或原件缺失，而據「清康熙武林文治堂書坊崇刻本」增補。[41]陳

---

38 〔明〕顧鼎臣、顧祖訓彙編：《明三元及第會元考》，《明狀元圖考》，卷5，收入《宋明狀元圖考錄集》，第3冊，頁409。

39 過去對於《宋歷科狀元錄》的研究，多視此為宋代科舉文化之反照，如廖咸惠即是；筆者則由編輯出版的角度切入，主張該書係明中葉對前朝的整理與篩選，故更宜視為明中葉文化之反照。廖咸惠：〈祈求神啟——宋代科舉考生的崇拜行為與民間信仰〉，《新史學》15卷第4期（2004年12月），頁41-92。

40 〔日〕大木康：〈明末「畫本」的興盛與市場〉，《浙江大學學報（人文社會科學版）》第40卷第1期（2010年1月），頁46-53。

41 例如：〈狀元蕭時中〉之圖，即原件缺失，據「清康熙武林文治堂書坊崇刻本」增補；又〈狀元彭時〉之圖文，於臺灣明文本中闕漏錯置；而在《宋明狀元圖考錄集》第3冊之彭時圖，又與第4冊〈狀元劉理順〉之圖相同（卷4，頁296），甚有疑義。故筆者於彭時圖版採用第四冊六卷本，方與內文相符。

枚在此書前序中，直接公開徵稿，「年譜履歷未及徵應夢占，倘有先世隱德暨躬行善果，願載斯編者，幸詳錄郵寄武林文治堂書坊，授梓用成全璧」，足見晚清時期，廣大閱眾亦可反饋於出版者，甚或將新的狀元故事郵寄給編者，如此促成此類狀元圖書不斷增生流動的可能，這也意味著研究者或許可以藉由各地流通的不同版本進行對照、比較異同，進而察見此類圖書的特殊出版現象。然而，版本研究並非短期可成，亦非本題核心，故此處僅略述狀元系列圖書出版的複雜現象。本題為了研究之便，凡文中所徵引《明狀元圖考》，不管是五卷本或是六卷本，皆以《宋明狀元圖考錄集》版本為主。

　　為了解此一狀元系列圖書之間的關係，以下試舉一例具體說明。明永樂四年（1406）狀元為林環（1375-1415），顧氏《明狀元圖考》敘此，徵引了《夢徵錄》所載：

> 《夢徵錄》：「環將試春闈，夢友李文淵送犬肉一片，環彎一臂受之。蓋片犬乃『狀』字，彎一臂類『元』字，後官文淵閣學士，始悟李文淵乃先兆也。」[42]

經筆者考查比對，知此段文字並非顧氏首錄，而是輾轉傳鈔自〔明〕陳鎏《皇明歷科狀元錄》一書，[43]惟文字略異。值得留意的是，後出顧氏《明狀元圖考》本較之《皇明歷科狀元錄》，增加了全版附圖；而清代陳枚增補之六卷本，亦沿用顧氏五卷本之文與圖（圖二十六）。[44]

42　〔明〕顧鼎臣、顧祖訓彙編：〈狀元林環〉，《明狀元圖考》，卷1，收入《宋明狀元圖考錄集》，第3冊，頁60。

43　〔明〕陳鎏輯：〈永樂四年丙戌狀元林環〉，《皇明歷科狀元錄》，卷1，收入《宋明狀元圖考錄集》，第2冊，頁59。

44　〔明〕顧鼎臣、顧祖訓彙編，〔清〕陳枚增訂：〈狀元林環〉，《歷科狀元圖考全書》，卷1，收入《宋明狀元圖考錄集》，第4冊，頁63-64。

　　該圖係採虛實並置方式，實境與虛境（夢境）各佔一半。其中右上角為現實人生參加春闈的林環，正伏案好夢方酣；版圖下半部則描繪夢境，友人李文淵來訪，雙手捧著犬肉贈給林環，林環則彎起右臂準備接受。此夢預告了林環未來將會狀元及第，以及後來官派文淵閣學士（因友人名文淵之故）。透過此一個案的追索，我們可以觀察狀元系列圖書之間傳鈔的承繼關係，以及衍生附圖的變化。

　　再則，細就《明狀元圖考》採用書目[45]而言，書首明列登錄者大約有五十七種，今核以可見之版本，羅列如下：

表五　《明狀元圖考》採用書目

編號	書目	今所見之版本
1	俞氏登科考	〔明〕俞憲（生卒年不詳，字汝成，無錫人）撰：《皇明進士登科考》，臺北：臺灣學生書局，1969年。
2	田汝成記	〔明〕田汝成（1503-1557，字叔禾，錢塘人）撰：《西湖遊覽志》。
3	狀元紀事	今未見書。
4	狀元錄	〔明〕陳鎏輯（1506-1575）《皇明歷科狀元錄》四卷。
5	皇明通紀	〔明〕陳建輯，董其昌（1555-1636）訂。前編二十七卷，續編十八卷，收入《四庫禁毀書叢刊補編》，第12-13冊，北京：北京出版社，2005年。〔明〕崇禎十一年刻本，北京師範大學圖書館藏。
6	殿閣詞林記	余來明，潘金英校點：《歷代科舉文獻整理與研究叢刊》，第7冊，武漢：武漢大學出版社，2009年。

---

45 《宋明狀元圖考錄集》，第3冊，頁24-27；又見第4冊，頁26-29。

編號	書目	今所見之版本
7	革除錄	疑為〔明〕黃佐撰：《革除遺事》六卷，《四庫全書存目叢書》，史部雜史類第47冊，臺南：莊嚴出版社，1996年。
8	枝山野記	疑為〔明〕祝允明（1460-1526）：《九朝野記》或《前聞記》。
9	水東日記	〔明〕葉盛（1420-1474）撰；魏中平校點：《水東日記》四十卷，北京：中華書局，1980年。
10	天順日錄	〔明〕李賢（1408-1466）著：《天順日錄》一卷，臺北：臺灣商務印書館，1969年，《紀錄彙編》，第6冊，據上海涵芬樓明萬曆刻本影印。
11	西樵野記	〔明〕侯甸：《西樵野記》，《筆記小說大觀》38編第4冊。《五朝小說大觀》《明人小說》第15帙，臺北：新興書局，1985年。
12	餘冬錄	〔明〕何孟春（1474-1536）撰：《餘冬錄》六十一卷，收入《何文簡公全集》，〔清〕光緒二年（1876），北京坊刻本。
13	雙槐歲抄	〔明〕黃瑜《雙槐歲抄》，收入《續修四庫全書》，子部雜家類第1166冊，上海：上海古籍出版社，1995年。
14	菽園雜記	〔明〕陸容（1436-1494）：《菽園雜記》十五卷，臺北：新興書局，1988年。
15	懸笥瑣探	〔明〕劉昌：《懸笥瑣探》一卷，收入《國朝典故》卷84，北京：北京大學出版社，1993年。為〔明〕國朝典故野史之屬。
16	彭文憲筆記	〔明〕彭時（1416-1475）：《彭文憲公筆記》二卷，收入《叢書集成初編》，臺北：新興書局，1977年，第2796冊。又名《可齋雜記》，〔明〕李栻輯：《歷代小史》，卷九十一，收入《續修四庫全書》，子部雜家類第1166冊。

編號	書目	今所見之版本
17	皇甫錄聞略	疑即〔明〕皇甫錄（1470-1540）：《近峯聞略》。
18	七修類藁	〔明〕郎瑛：《七修類稿》五十一卷，《續修四庫全書》，子部雜家類第1123冊。
19	近峰聞略	〔明〕皇甫錄（1470-1540）撰：《近峯聞略》八卷，《筆記小說大觀》，第四十編第2冊，本書據國立中央圖書館藏明藍格鈔本影印。
20	治世餘聞	〔明〕陳洪謨（1474-1555）撰；盛冬鈴點校：《治世餘聞》，上編四卷，下編四卷，北京：中華書局，1985年，《元明史料筆記叢刊》。
21	百可漫志	〔明〕陳鼎撰：《百可漫志》一卷，《叢書集成新編》，文學類第89冊。
22	汪惇年譜	汪惇，字叔厚，浙江餘姚人。（疑為王陽明年譜）。
23	讕言編	〔明〕曹安撰：《讕言長語》，又名《讕言編》二卷，《百部叢書集成》18，《寶顏堂秘笈》第九函。
24	閒中今古	尚未查到任何資料。
25	震澤長語	〔明〕王鏊（1450-1524）撰：《震澤長語》二卷，《叢書集成新編》，總類第8冊。
26	客坐新聞	〔明〕沈周（1427-1509）撰：《客座新聞》一卷，《筆記小說大觀》，四十編第10冊。
27	義命編	〔明〕李仲僎輯：《義命彙編》，縮影資料十二卷，美國國會圖書館攝製北平圖書館善本書膠片，1961年。中央研究院圖書館藏。
28	瑣綴錄	〔明〕尹直撰：《瑣綴錄》一卷，《說郛續集》，卷八第14冊。
29	吏隱錄	沈津，字潤卿：《吏隱錄》。
30	石田雜纂	疑為〔明〕沈周（1427-1509）撰：《石田雜記》一卷。

編號	書目	今所見之版本
31	百夢集	尚未查到任何資料。
32	夢徵錄	尚未查到任何資料。
33	吳中往哲記	〔明〕楊循吉（1456-1544）撰：《吳中往哲記》，《筆記小說大觀》，38編第4冊，《五朝小說大觀》《明人小說》，第86帙。臺北：新興書局，1985年。
34	庚巳編	〔明〕陸粲（1494-1551）撰：《庚巳編》四卷，《筆記小說大觀》，16編第5冊。
35	郭璞遷城記	尚未查到任何資料。
36	山東志	版本不確定。
37	江西志	版本不確定。
38	吉安志	版本不確定。
39	進賢志	版本不確定。
40	溫州志	版本不確定。
41	崑山志	版本不確定。
42	八閩志	版本不確定。
43	襄陽志	版本不確定。
44	西湖志餘	疑為〔明〕田汝成輯撰《西湖遊覽志餘》二十六卷，上海：上海古籍出版社，1998年，收入《西湖文獻叢書》。
45	東里先生文集	〔明〕楊士奇（1365-1444）：《東里先生文集》，收入《文淵閣四庫全書補遺・集部・明代卷》，北京：北京圖書館出版社，2006年，第1冊。
46	金川玉屑集	〔明〕練子寧撰：《金川玉屑集》六卷，收入《北京圖書館古籍珍本叢刊》，集部明別集類第101冊。北京：書目文獻出版社，1988年。

編號	書目	今所見之版本
47	巢睫集	〔明〕曾棨撰:《巢睫集》五卷,收入《北京圖書館古籍珍本叢刊》,集部明別集類第105冊。
48	一峰集	〔明〕羅倫(1431-1478)撰:《一峯先生文集》十四卷,微卷,臺北:國立故宮博物院,1997年,據明嘉靖二十八年(1549)永豐知縣張言刊本攝製。
49	升菴詩集	〔明〕楊慎(1488-1559)。
50	龍峰集	〔明〕黎淳(1423-1492)撰:《黎文僖公集》,收入《續修四庫全書》,集部別集類第1330冊,據上海圖書館藏明嘉靖三十五年(1556)陳甘雨刻本影。
51	畏齋集	〔元〕程端禮(1271-1345)撰:《畏齋集》六卷,《四明叢書》,第一集第2冊,臺北:新文豐出版公司,1988年。
52	文憲摘考	〔明〕費宏(1468-1535)撰:《太僕費文憲公摘稿》,收入《續修四庫全書》,集部別集類第1331冊。
53	陸深文集	〔明〕陸深(1477-1544)作品。
54	汝南詩話	〔明〕強晟,收入陳廣宏、侯榮川編校:《稀見明人詩話十六種》,上海:上海古籍出版社,2014年。
55	明狀元考	尚未查到任何資料。
56	狀元奇異編	尚未查到任何資料。
57	狀元全考	尚未查到任何資料。

　　根據上述所列，筆者將之區分為五大類：

第一類　個人事蹟或作品集：

16 彭文憲筆記　　22 汪惇年譜　　45 東里先生文集　46 金川玉屑集

47 巢睫集　　　　48 一峰集　　　49 升菴詩集　　　50 龍峰集

51 畏齋集　　　　52 文憲摘考　　53 陸深文集　　　54 汝南詩話

第二類　方志類列傳：

36 山東志　　　　37 江西志　　　38 吉安志　　　　39 進賢志

40 溫州志　　　　41 崑山志　　　42 八閩志　　　　43 襄陽志

44 西湖志餘　　　33 吳中往哲記

第三類　筆記雜纂類：

　2 田汝成記　　　7 革除錄　　　　8 枝山野記　　　9 水東日記

10 天順日錄　　　11 西樵野記　　21 餘冬錄　　　　13 雙槐歲抄

14 菽園雜記　　　15 懸笥瑣探　　17 皇甫錄聞略　　18 七修類藁

19 近峰聞略　　　20 治世余聞　　21 百可漫志　　　23 讕言編

24 閒中今古　　　25 震澤長語　　26 客坐新聞　　　27 義命編

28 瑣綴錄　　　　29 吏隱錄　　　30 石田雜纂

第四類、感應錄之屬：

31 百夢集　　　　32 夢徵錄

第五類、舉業類文獻（狀元考）之屬：

1 俞氏登科考　　　3 狀元紀事　　4 狀元錄　　　　5 皇明通紀

6 殿閣詞林記　　55 明狀元考　　56 狀元奇異編　57 狀元全考

據上所分五大類，筆者推敲狀元故事之文化衍異的過程，大致如下列模式：這類「舉業夢兆」的載記，最初的說話者（speaker），或為狀元本身或為主考官或關係人，而形成解釋生命經驗的特殊紀錄（存載於個人作品或年譜，如《彭文憲公筆記》、《升菴詩集》、《一峰集》、《畏齋集》等第一類文獻）；而後，既得狀元而開始宦途，多因有功鄉里而名列方志之中（例如《崑山志》、《溫州志》、《襄陽志》等第二類文獻）；狀元聲名遍及天下，其動見觀瞻，為世所矚目，流傳之軼聞逸事，間為時人寫入讀書札記（如《水東日記》、《菽園雜記》等第三類文獻）；除此之外，熱中宣教之人士，包括中明以降儒者宗教式的自課風潮，詮釋狀元富貴之所由，係因祖上積德，或今世行善累福之因果報應，遂將狀元個案輯入《感應錄》之類善書（諸如《百夢集》、《夢徵錄》等第四類文獻）。這在明中葉被刻意彙集出版，形成舉業衍生的周邊流行刊物，提供給那些屢屢參加科考、還滯留生員層的大量士子閱讀（狀元系列圖書，而成第五類文獻）。經由此五大類，適足以觀察狀元故事在場域上文化傳衍的脈絡。

　　茲舉例說明，第一類文獻係狀元本身自述經歷，可作為其他類之對照基礎。例如正統十三年（1448）狀元彭時（1416-1475），嘗於《彭文憲公筆記》載入自己奪魁前的特殊夢兆：

　　　丁卯冬，湖廣永濟縣遣須知者在途，夢開黃榜，傳第一名彭某，國子監生。其人至京，言於永濟監生張本端，本端訪知予姓名，駭異，數與朋輩言之。時本端每問爾同鄉某文學何如？有人夢渠魁黃榜，且記看驗之。予友庶瞻見予，道其語，且顰蹙曰：「惜乎！太洩露了。」予曰：「夢中事，何足憑？」置之勿言。又一朋友，謂岳季方曰：「吾昨夢見賢兄魁多士，可賀。」季方曰：「若夢可信，則已有人夢彭某作魁矣，何必

我？」其人戲曰：「明年會試、廷試有兩魁，二人各占其一，可也。」已而果然。夫科舉固前定，然於人何預？而見於夢如此，其理不可曉。是時士夫中相傳有童謠云：「眾人知不知，今年狀元是彭時。」亦不知何自而起，至後果徵驗云。[46]

故事梗概敘及前一年某知縣夢見榜首為彭時，而彭時另一友人則夢見岳正（字季方，1420-1474）為榜首，還向岳正道賀，岳正反駁此夢，該人遂戲言明年會試、殿試二魁分屬二人，之後翌年揭榜，果真如此。彭時雖深信科名前定，但對於現諸夢兆，卻深感不解。此事為〔明〕陳鎏《皇明歷科狀元錄》引入，[47]後來又為顧氏《明狀元圖考》五卷本刪節使用並增加圖版；到了清代陳枚增補之六卷本，則沿用文字而更換圖版[48]。

上揭個案淺析，足見狀元故事之初始來源，至於後來如何傳鈔、增添附圖，以及衍生情節，甚至賦予宣教行善意義的複雜過程，且留待下文析解。

（二）第二類核心研究文獻——《徵信錄》系列善書

其次，即就本章所據之第二類核心研究文獻——《徵信錄》系列善書，簡介其要，以見其徵引成書之文獻來源。本題假此以觀察狀元故事在善書中的文化衍異。

---

46 〔明〕彭時：《彭文憲公筆記》，卷上，收入《叢書集成初編》（臺北：新興書局，1977年），第2796冊，頁5-6。

47 〔明〕陳鎏輯：〈正統十三年戊辰狀元彭時〉，《皇明歷科狀元錄》，卷2，收入《宋明狀元圖考錄集》，第2冊，頁132。

48 〔明〕顧鼎臣、顧祖訓彙編：〈狀元彭時〉，《明狀元圖考》，卷2，收入《宋明狀元圖考錄集》，第3冊，頁99-100；〔明〕顧鼎臣、顧祖訓彙編，〔清〕陳枚增訂：〈狀元彭時〉，《歷科狀元圖考全書》，卷2，收入《宋明狀元圖考錄集》，第4冊，頁103-104。

有關第二類《明鼎甲徵信錄》等《徵信錄》系列圖書，目前筆者所掌握《明鼎甲徵信錄》在臺灣可見二版本，分別為《明代傳記叢刊》版、[49]《明清史料彙編》版。[50]筆者又遠赴上海圖書館查詢相關版本，得有：〔清〕閻湘蕙輯，〔清〕張椿齡增訂《明鼎甲徵信錄》四卷、《國朝鼎甲徵信錄》四卷（清同治五年〔1865〕刻本）、《兩朝徵信錄》（清〔1644-1911〕抄本）、〔清〕黃崇蘭輯《歷科典試題名鼎甲錄》（清刻本）、〔清〕佚名輯《國朝歷科鼎甲題名錄》（清光緒〔1875-1908〕抄本），共計四種善本，亦可為本題研究之參佐。

此外，善書系列中如〔明〕李仲僎輯《義命彙編》、[51]〔明〕吳士奇撰《綠滋館考信編》二卷、《信編》五卷，[52]亦有相關於狀元故事的例證，頗值一探。

此類《徵信錄》圖書，誠如學者游子安之研究所述，[53]係隸屬民間善書。也因為成書目的置於「勸善懲惡」之道德大纛之下，狀元故事中的夢敘述以及道德困境中的抉擇過程（例如拒絕女色誘惑而專心讀書等），往往就會被大肆渲染、敷衍情節，而與前揭第一類圖書，形成有趣的對話。是以本研究將《明鼎甲徵信錄》等《徵信錄》系列圖書併入考察，將更能掌握狀元夢如何在場域中踵事增華的文化意義。

以下，剋就清代《明鼎甲徵信錄》舉一案例，觀察此書對於狀元

---

49 〔清〕閻湘蕙編輯；〔清〕張椿齡增訂：《明鼎甲徵信錄》，收入周駿富輯：《明代傳記叢刊》（臺北：明文書局，1991年10月），學林類第17-18冊。以下本章所引《明鼎甲徵信錄》，皆從此版本，而略編纂僅言書名。

50 〔清〕閻湘蕙編輯；〔清〕張椿齡增訂：《明鼎甲徵信錄》四卷，收入《明清史料彙編》（臺北：文海出版社，1973年），八集第14冊。

51 十二卷，臺北：國立故宮博物院，1997年。國立故宮博物院攝製北平圖書館善本書膠片，據明嘉靖三十二年（1553）桂林李氏原刊本攝製。

52 臺北：國立故宮博物院，1997年，國立故宮博物院攝製北平圖書館善本書膠片，據明萬曆間（1573-1619）新安吳氏原刊清康熙二十八年增刊序文本攝製。

53 參見游子安：《勸化金箴：清代善書研究》（天津：天津人民出版社，1999年4月）以及游子安：《善與人同：明清以來的慈善與教化》（北京：中華書局，2005年4月）。

故事的敷衍。首先，要說明的是，並非所有狀元皆列入，僅部分有載，如丁顯即闕；而又旁及三試有名者，如黃子澄為廷試第三而有傳。[54]再者，載入案例，多有以小說筆法，生動描述故事情境。例如前《狀》書之林環，到了《徵信錄》則憑空增加了許多情節：[55]

> 永樂四年，環會試北上，經吳江，泊舟高樓下。夜半樓中火起，一裸體少婦，從樓躍出，墜林船，林即解狐裘令自擁之，謂曰：「爾少婦，我孤客，舟中不便久留。」乃載往彼岸，送至僻處，揚帆竟去。是科成進士，偕一吳江同年謁房師，師詰林曰：「初閱子卷，見油汙太重，棄之。夢入至公堂，關聖大批曰：『裸形婦，狐裘裹，秉燭達旦爾與我。』晨起，見此卷已在案上矣。子必有大陰德。」林述前事，同年忽下拜曰：「墜樓人我妻也。是夜我他出，樓下一婢一嫗，俱為灰燼，度樓上人亦不免，平明蹤跡得之。見狐裘粲然，疑有所私，斥歸母家，不意年兄全其命又全其節也。」房師嘖嘖稱異。[56]

據該文末尾所記，此事係摘自《文帝全書》、《警惕錄》、《陰騭金鑑》等善書。[57]而編者閻湘蕙更加有按語，據此發論，闡義宣教：

---

54 〔清〕閻湘蕙編輯；〔清〕張椿齡增訂：〈黃子澄〉，《明鼎甲徵信錄》，卷1，頁531。

55 經考：狀元系列三書皆未見相關記載。詳參〔明〕陳鎏輯：〈永樂四年丙戌狀元林環〉，《皇明歷科狀元錄》，卷1，收入《宋明狀元圖考錄集》，第2冊，頁59；〔明〕顧鼎臣、顧祖訓彙編：〈狀元林環〉，《明狀元圖考》，卷1，收入《宋明狀元圖考錄集》，第3冊，頁60；〔明〕顧鼎臣、顧祖訓彙編，〔清〕陳枚增訂：〈狀元林環〉，《歷科狀元圖考全書》，卷1，收入《宋明狀元圖考錄集》，第4冊，頁64。

56 〔清〕閻湘蕙編輯；〔清〕張椿齡增訂：〈狀元林環〉，《明鼎甲徵信錄》，卷1，頁537-539。

57 〔清〕劉體恕彙輯；關槐校定；王世陛增鐫：《文帝全書》，刻於乾隆四十年（1775），善書圖書館，網址：http://www.taolibrary.com/category/category76/c76066.htm，查詢日期：2020年2月1日。至於《警惕錄》、《陰騭金鑑》二書出處未明。

> 林氏科名之盛，古今罕儷，而其積功，惟在施茶湯粉團一事，
> 獲報即如此之厚。……文昌帝君曰：『科名不在文章取，願取
> 凡根見聖心。』寔（案：係指莆田陳寔）策雖文采可觀，而環
> 先世有老母之善，本身完少婦之貞，感動神明，狀元已定。[58]

當中引入文昌帝君語，強調「科名不在文章取，願洗凡根見聖心」，
林環之中狀元，係因「先世有老母之善，本身完少婦之貞，感動神
明，狀元已定」，如此糅雜了關聖帝君（道教）、文昌帝君（儒教）等
思想，足見此書性質之複雜多元。狀元故事之流衍傳鈔，大抵可由此
一窺豹斑。其餘析論，詳見第五節。

三 「狀元系列」書籍的詮釋模式：
「功名前定說」與「因果報應論」

　　明代狀元系列的圖書，當以〔明〕朱希召所纂輯之《宋歷科狀元
錄》八卷明刻本，首揭序幕。是書記載宋太祖建隆元年（960年）庚
申科榜首楊礪，至度宗咸淳十年（1274）甲戌科狀元王龍澤，共一百
一十八人。[59]全書僅有文，並沒有附圖。朱希召之子朱景元在卷首開
宗明義地說明刊刻意圖：

> 夫積德由人，積學由己，錫福由天，豈偶然之故哉？固人之所

58 〔清〕閻湘蕙編輯；〔清〕張椿齡增訂：〈狀元林環〉，《明鼎甲徵信錄》，卷1，頁
540。

58 〔清〕閻湘蕙編輯；〔清〕張椿齡增訂：〈狀元林環〉，《明鼎甲徵信錄》，卷1，頁
537-541。

59 經莉：〈宋明狀元圖考錄集影印前言〉，收入《宋明狀元圖考錄集》，第1冊，頁2。
文中誤作「更辰」，經筆者考當作「庚申」。

當自力，抑亦非人力之所能為也。世觀是編，能無羨慕之志乎？知所慕則知所勸，是又先生成就人之大機也。書既成，藏之且四十年，今其子景元梓之以傳。先生為成化甲辰進士。[60]

由此可知，撰者強調：人人皆需自我努力、積德積學，然後上天自然會賜予福報。這本書輯於嘉靖元年（1521），刊於嘉靖四十年（1561）我們可將之視為明朝中期士人對於「科名前定」的福報觀，進行了一種公眾傳播的文化建構。編者朱氏透過宋朝狀元譜系的擬塑，後設性地向前運作了篩選與編織的敘述策略。書中有許多夢兆、異人敘述以及童謠讖語等示現先機的敘述，[61]這種「科名前定說」與「因果報應論」的基調，明顯延伸到後來陳鎏《皇明歷科狀元錄》，以及承此發展的顧氏《明狀元圖考》和更晚為清代陳枚所增訂之《歷科狀元圖考全書》。

陳鎏《皇明歷科狀元錄》整理了明代開國到隆慶五年（1571）的狀元人物，徐師曾（1517-1580）在書序中說明此書所紀人物：

諸公勳業載在國史，然金匱石室之藏，世未易見，此編採其梗槩，略具終始，亦士君子尚友之資乎？他若陰功先兆，往往具

---

60 〔明〕朱希召輯：〈宋狀元錄序〉，《宋歷科狀元錄》，收入《宋明狀元圖考錄集》，第1冊，頁5。

61 夢兆部分，如宋建隆元年進士榜首楊礪，夢入大殿（卷1，頁24）；景德二年狀元李迪有美髭髯，御試前一夕夢被人剃削（卷2，頁93），此外鄒應龍（卷7，頁347-348）、曾從龍（卷7，頁351-352）、蔣重珍（卷7，頁370）等等皆有夢兆；異人遭遇則如咸平二年狀元陳堯咨「嘗泊舟三山磯，有老叟」預告「他日當位宰相」（卷2，頁78）；又元豐五年狀元黃裳，嘗於「泉州柳道遇異人授以要旨，能預言來兆」（卷4，頁194）；顯神蹟者如祥符五年狀元徐奭之禱于劍門張惡子廟，祈夢而見岳瀆貴神（卷2，頁102-104）。

載，此天時人事之相應也。覽是編者亦足以勵其志矣！[62]

除了取正史梗槩之外，凡有個人積陰德以及及第前兆者，則詳加載錄，以表天人感應，從而惕勵志向並勸人行善。

例如，前揭《宋歷科狀元錄》之纂輯者朱希召，明直隸崑山人，其兄為弘治九年（1496）狀元朱希周，在《皇明歷科狀元錄》中，除了略載其仕宦經歷外，還有諸多軼聞。其中記有三則夢兆，其一，崑山張安甫先生在祈州夢得一狀元牌扁，隔天因公出過橋，果得一浮木，取而自作牌匾，書「明倫堂」，寄回家鄉學校以寓期祝之意。而後朱希周夢取此牌回家，果然應驗（頁272）；其二，某氏夢文天祥至家顛仆而死，而是年朱氏狀元及第，一夕下樓亦顛仆良久始甦。結語謂之「蓋天祥乃宋丙辰狀元也，故有是夢」，則暗指文天祥為其前身也（頁276）」；其三，元朱德潤（朱希周五世祖）大母施夫人，夜夢一衣冠偉丈夫告云：「勿奪吾宅，吾且為夫人孫」，後鑿地得墓碑。隨掩之安葬。施夫人復得夢偉衣冠者來謝：「感夫人盛德，真得為夫人孫矣！」此夢意指朱氏祖先嘗積陰德，故有後世子孫中狀元也。[63] 由朱希周之例，我們可以看出《皇明歷科狀元錄》，在文獻徵引時承繼了《宋歷科狀元錄》「科名前定說」與「因果報應論」的精神而發皇之。

至於顧氏《明狀元圖考》五卷本，書首有萬曆內閣首輔沈一貫（1531-1617）所作序，明言天地獨鍾人中之龍，科名之事，係屬前定，不由人力：

拔靈材者業熱，是以羶羴天下士，天下士盡奔走之，如矢集

---

62 〔明〕朱希召輯：《宋歷科狀元錄》八卷（附：元朝歷科狀元姓名），收入《宋明狀元圖考錄集》，第3冊，頁3。

63 〔明〕陳鎏輯：〈弘治九年丙辰狀元朱希周〉，《皇明歷科狀元錄》，卷2，頁263-278。

的，期期必中，終不餘力而讓名矣！然未有凡骨不換，宜錄不登，揖揖（案：用力貌）焉能妄發，而弋獲之者也。意者天有特鍾，運有特盛，山川有特勝，乃產此人中之龍乎！不佞適睹千佛名經而卒業焉，見有黃輿結孕者，見有宅兆毓靈者，見有命造殊尤者，見有夢寐預占、古讖徵應者，見有星躔（案：日月星辰運行之度次）示象而人合天符者，揔之事屬前定，不由人力也。古來制科，非一代占龍頭，非一人第表又赫赫者若而人矣！泯泯汶汶者亦若而人矣！將其名傳而所以名者不盡傳也。豈其人能傳其名而其名終不能傳其人耶！[64]

整個狀元系列圖書之中，有關狀元夢的背後詮釋模式也即是「功名前定」的觀點，相應的說法可見諸個案下所引入之各家文獻，如其引入《義命編》曰：

閩人劉世揚會試入京，夢神告之曰：「今年狀元名國裳。」世揚即以國裳易之。劉是科登進士，而狀元舒芬，其字則國裳也。事有定數，惟鬼神能知之。[65]

這個故事主要陳述正德十二年（1517）狀元舒芬（1484-1527）早在考試前，就有閩人得夢，顯現預兆。輯者李仲僎在末尾結論強調「事有定數，惟鬼神能知之」，則意指定數非常人所能知。

在此之外，諸多例證亦由「因果報應」來證成「功名前定」說，意即今世得狀元，多半因為祖上積德而庇蔭後代之故，而並非全然來

---

64 〔明〕沈一貫：〈《明狀元圖考》序〉，〔明〕顧鼎臣、顧祖訓彙編：《明狀元圖考》，收入《宋明狀元圖考錄集》，第3冊，頁4-7。

65 〔明〕顧鼎臣、顧祖訓彙編：〈狀元舒芬〉，《明狀元圖考》，卷2，頁171-172。

自一己後天努力。例如，言永樂二十一年（1423）狀元邢寬（？-
1454），「先世有仕者，每為囚求生，道曰：『與其殺不辜，寧失不
經』，人多感之，因得此報」；[66]又，嘉靖八年（1529）狀元羅洪先
（1504-1564），其父擔任循吏副使時，「見一寺有棺七口，命僧以俸
金瘞於寺側，及得一子即號曰念菴，言一念之善也。后魁天下，人以
為陰報」；[67]此外，天順四年（1460）庚辰科狀元王一夔（？-？），其
父王得仁擔任汀州推官時，遇亂討賊，「主帥欲濫殺脅從以為功」，王
氏「力辨其枉，遇繫累于道者，下車解其縛，焚其簿籍，所活千人，
汀民德之，為立生祠，今入祀典，名曰忠愛。及一夔狀元及第，官至
尚書，人謂陰德之報。」[68]至於此書編者之一顧鼎臣，亦得明弘治十
八年（1505）狀元：

> 按：顧鼎臣，字九和，初名仝，號未齋，崑山人。舉進士第
> 一，時年三十三，卒年六十八。父恂餘五十而生鼎臣，既壯，
> 每夜焚香表祈父壽，願以己壽益親。一夕，夢黃鶴從天飛來，
> 近視之，即所焚表也，後一大『院』字，末有硃批字數行，末
> 云：「自此以後，聞田單火牛，通行無滯。」蓋乙丑之兆也。
> 父年八十，及見其子登狀元。父嘗夢鼎臣為狀元，初欲以名其
> 孫潛，不果，乃命其少子，果然又夢入鄭文康家，移其桂歸植
> 之，已而鼎臣生。後諡文康，與鄭名仝，蓋七十年餘，夢始驗
> 也。[69]

---

66 〔明〕顧鼎臣、顧祖訓彙編：〈狀元邢寬〉，《明狀元圖考》，卷1，頁73。「與其殺不
　辜，寧失不經」句，係引《偽古文尚書·大禹謨》句，屈萬里著：《尚書集釋》，收
　入《屈萬里先生全集》（臺北：聯經出版事業公司，1983年2月），第2冊，頁308。
67 〔明〕顧鼎臣、顧祖訓彙編：〈狀元羅洪先〉，《明狀元圖考》，卷3，頁186。
68 〔明〕顧鼎臣、顧祖訓彙編：〈狀元王一夔〉，《明狀元圖考》，卷2，頁114。
69 〔明〕顧鼎臣、顧祖訓彙編：〈狀元顧鼎臣〉，《明狀元圖考》，卷3，頁158-159。此

顧鼎臣的父親一直到五十多歲才生下他。鼎臣平日事父至孝，每夜焚香表祈求父壽，「願以己壽益親」。一天晚上，夢見大黃鶴從天上飛來，鼎臣定睛一看，即是平日所焚香表。夢中情境還出現一個大大的「院」字，末有硃批數行所言，蓋「乙丑之兆」。其事果驗。文後附圖，即以此夢兆事為底本（圖二十七）。

　　由上述諸例可知：纂輯者透過篩選後的文獻，不斷強調狀元主角此世功名之得，係來自過去祖先或是自己平日之積德行善，而並非全然關注於舉業知識的訓練（如四書、五經、八股文等）。概觀其說性質大抵不出「積善之家必有餘慶」等說法之「儒教報應論」。[70]就《明狀元圖考》五卷本的插圖來看，總共有七十六幅，其中以夢、歌謠、星象、詩讖等先兆為內容的，就有五十八幅之多，足見此書偏重於此。[71]再從這個觀察延伸，即可理解，為何吳承恩在崇禎增修版時，會將《狀元命造評注》、《及第會元命造》等書附於《明狀元圖考》之後，[72]明顯即是為了強化功名前定與因果報應的觀點。

　　誠如湯賓尹（1568-?）於此書首序言中強調「然天地神鬼每呵護不祥，顯厥靈異，後果首唱彤庭。勳猷彪炳，質諸曩時夢兆，若符契然」，[73]因果報應透過「夢」來傳達預兆，最終又顯現於真實人生中的

事又輾轉引入〔清〕閻湘蕙編輯；〔清〕張椿齡增訂：〈顧鼎臣〉，《明鼎甲徵信錄》，卷2，頁606-608。

70　相關文獻可參李申選編、標點：《儒教報應論》（北京：國家圖書館出版社，2009年5月），第4輯。

71　汪維真：〈事有定數：明人對科舉功名的認識〉，《史學集刊》第2期（2006年），頁22-26。

72　崇禎增修版現藏於哈佛燕京社圖書館，共五卷，其署名吳承恩於凡例中說明，原顧氏舊刻僅到隆慶五年，此本而延續至崇禎四年，即在舊刻三卷的基礎上，加上四五兩卷。詳參劉雲飛：〈顯斯命之獨異──試探《明狀元圖考》的圖文記事原則〉，《現代傳記研究》第1期（2016年），頁204。

73　〔明〕湯賓尹：〈《明狀元圖考》敘〉，〔明〕顧鼎臣、顧祖訓編：《明狀元圖考》，頁9。

發展，在在昭示了此中存在了相驗不妄之規律法則。

倘析論思想之分殊，則不論是儒教，抑或是佛家、道教，皆存在了因果報應說以及科名前定論。這在三教盛行的明清時期，再加上編纂者係蒐羅各方文獻以成書，書中思想來源必然駁雜，不宜簡單歸納分類然整體來說，皆不脫宣揚行善積福，此乃本章為何將狀元圖書系列歸為宣教善書之故。

四　圖文輝映的夢兆書寫

（一）建構夢兆「圖像」的刊刻意識

我們可以《明狀元圖考》一書為主軸，管窺此一時代對於夢兆的圖像刊刻意識。海陽吳承恩（君錫，？-？）於〈凡例〉中明言其編修用意：

> 圖者像也，像也者象也，象其人亦象其行，余因夢徵，校益茲考，得良史黃兆聖氏，以像屬焉，即鼎元諸公，始終履歷，殆難盡摹，而人各繪一事，各揭其錚錚者，沈思細繪，令年神采，異世如見，蓋窺一斑可知全豹矣！且以備繪事之賞鑑。[74]

吳氏宣稱「余因夢徵，校益茲考」，而書末的〈狀元圖考跋〉則提供了更多細節：「君錫氏嘗夢人語之曰：『論文多暇日，盍貿狀元考資省覽乎？』且諄諄如是語者三，覺而占之，此夢胡為乎來哉！」[75]由此

74　〔明〕吳承恩：〈《明狀元圖考》凡例〉，〔明〕顧鼎臣、顧祖訓彙編：《明狀元圖考》，頁15-16。

75　〔明〕顧鼎臣、顧祖訓彙編；〔清〕陳枚增訂：《明狀元圖考》六卷本，又名《歷科狀元圖考全書》，收入《宋明狀元圖考錄集》，第4冊，頁509-510。

可知，吳氏之所以開始考校此書，其關鍵在於夢中人語再三督促；至
於編纂者顧鼎臣，亦有夢兆。除了前述在《明狀元圖考》中引入的三
則夢兆之外，顧氏亦嘗於作品集中自述夢兆，我們可視之為狀元夢的
第一手文獻，姑徵引於此，作為佐證：

> 弘治甲子，柳塘楊先生送道官楊時清，詩曰：「拜章先見明春
> 榜，還報崑山出狀元。」明年，余果忝竊，人皆曰詩讖也。傳
> 臚之日，同年常君在語余曰：「十年前嘗夢人持進士錄至，在
> 名在第三甲，第一甲第一人姓名字畫縱橫不可辨，貫則蘇之崑
> 山也。在曰：『前科毛狀元崑山人，今復爾耶？』忽朱衣從旁
> 裓手中錄曰：『子烏足以知之？崑山該有六個狀元。』已而朱
> 先生丙辰及第，則在尚未領薦。乃今果叨先生榜末，夢之靈驗
> 一至此。」合二事觀之，豈非定數耶？余之迂愚疏放，不諧于
> 時，知不能踵毛、珠二公芳躅，勗德名位以俟後來。[76]

夢兆發生在同年常氏，預言了顧氏狀元及第之事；顧氏回想讖語以及
夢兆，則有「豈非定數」之嘆。如此說來，書籍刊刻的主要負責人，
都接受夢的召喚，並深信夢兆之必然徵驗。至此，我們可以這麼推
論，此書之所以選擇用圖文輝映的方式再現夢兆，亦即本節所言之刊
刻意識，夢兆必驗是至關重要的決定因素。
　　至於為何在承繼《皇明歷刻狀元錄》四卷本的基礎之外，特別還
要加上繪圖及版刻？誠如湯賓尹〈《明狀元圖考》敘〉所言：

---

76 〔明〕顧鼎臣：〈兄子邦石孫夢圭會會試禮部有跋〉，《顧文康公文草》，卷5，收入
　　〔明〕顧鼎臣撰；蔡斌點校：《顧鼎臣集》（上海：上海古籍出版社，2013年7月），
　　頁236。

> 夫狀元有考矣，復圖之者何？圖其事之奇也，圖其兆之異也。
> 譬之神龍，然其初潛大海也，泥蟠淵屈，與眾鱗介無異，迨頭
> 角養成，將出騰蒼冥而作霖雨，先必天日蔽障，雲霧鬱蒸，人
> 莫窺其端倪，此神龍奇異也。矧狀頭大魁，固人龍也。獨無奇
> 異哉？如古先進，夢筆生花，洛陽救渡，夢產曾子，往往皆先
> 發奇兆也。[77]

與前引吳承恩凡例所言並觀，可知二者皆強調圖像對於閱眾之重要性。
前者認為圖像之具足，可讓人物當年神采流傳於後世，覽圖者可以管
窺豹斑地領略一二；後者則強調「圖」的加強作用，因為事情非常奇
特，而預兆又異於尋常，故舉凡狀元故事之奇特處，皆透過圖像而具
體展現，讓原本「莫窺其端倪」的閱讀者，可以有興發想像之線索。

書末又有吳立性（相甫，?-?）跋曰：「其中前列繪圖，即其生
平履歷不能盡摹而間有一事可以警動心目者，精覈詳搆悉出能品妙
手，潛思默運，細密縟麗，使當日丰神，異世如見，殆若少陵公所
謂：『毫髮無遺恨，波瀾獨老成』者非耶？」[78]作為圖像刊刻的題材，
必然是傳主生命歷程中最令人警動心目的，於是許多強調科名前定的
夢兆，就被選為唯一一張代表該狀元的繪像圖版。

夢兆之重要，乃至於以之作為重大事件之決定關鍵，亦有之。這
在諸多狀元夢兆故事中，丁顯（1358-1398）最為典例，頗值一談。
丁氏之所以拔擢為殿試第一，並非因為試卷最佳，關鍵在於明太祖朱
元璋所作的一場夢。過程頗為曲折離奇，茲以顧氏《明狀元圖考》所
載為論：

---

77 〔明〕湯賓尹：〈《明狀元圖考》敘〉，〔明〕顧鼎臣、顧祖訓彙編：《明狀元圖考》，
頁7-8。

78 〔明〕吳立性：〈《明狀元圖考》跋〉，〔明〕顧鼎臣、顧祖訓彙編：《明狀元圖考》，
頁451-452。

洪武十八年乙丑，會試中式士四百七十二人，黃子澄第一，練
子寧次之，皆監生也，第三名花綸，乃浙江新解首。及殿試，
讀卷官奏綸第一，子寧次之，子澄又次之。是年童謠云：「黃
練花，花練黃。」時人莫解。比會試，及讀卷所擬名數，正協
童謠。先一夕，上夢殿前一巨釘綴白絲數縷，悠揚日下，及拆
首卷，乃花綸。上以其年少抑之，已而得丁顯卷，姓名與夢
符，且「顯」字日下雙絲也，遂擢狀元。花之被選，一時無不
知者，故同榜皆呼為「花狀元」。[79]

文獻記載狀元預兆示現於二事，其一為該年民間童謠，忽然流傳「黃
練花，花練黃」，而眾人莫解其意。其二，則是皇上夢見「殿前一巨釘
綴白絲數縷，悠揚日下」（圖二十八）。事情的發展果真符應二兆：其
一，會試時，揭榜依序為黃子澄（1350-1402）、練子寧（1359-1402）、
花綸（？-？）。到了殿試時，則變為花綸、練子寧、黃子澄。三人姓
氏恰巧與童謠所傳，不謀而合。其二，上夢直接影響了殿試之拔擢，
因為花綸雖以筆試置首，但「上以其年少抑之」。[80]之後皇上再行審閱
他卷時，發現原排名一百多的丁顯，「姓名與夢符」，即「顯」字為日
下雙絲也，遂欣然拔擢丁顯為狀元。這下子不管是「黃練花」，還是
「花練黃」都沒了著落，全依聖上所作夢兆確定人選。這件事情，在
當時傳為天下周知，也因此花綸雖未實封狀元，然時人皆以「花狀
元」稱之。此事在明代狀元系列圖書的傳衍中，更早可上溯於〔明〕
陳鎏《皇明歷科狀元錄》一書，[81]書中條列諸事，並言及本事記錄於

---

79 〔明〕顧鼎臣、顧祖訓彙編：〈狀元丁顯〉，《明狀元圖考》，卷1，頁40-41。
80 這明顯只是個說辭罷了，因為丁顯之錄用，不也是十八歲年少，筆者認為主因在未
　　符上夢。
81 〔明〕陳鎏輯：〈狀元丁顯〉，《皇明歷科狀元錄》，卷1，頁25-28。

當事人之一練子寧的作品集有〈送花狀元詔許歸娶〉詩(《金川玉屑集》,前編號46),[82]亦見於葉盛《水東日記》、[83]黃瑜《雙槐歲抄》,[84]以及「黃佐《登科》考證」等等。[85]

狀元之拔擢,端看皇上夢兆如何,打破昔日卷面取士的成規,姑不論明太祖是否藉此立威(上夢決定權),但我們可以確定的是,此事頓時傳遍天下,也因此普遍傳載於明清時期的筆記中,或可參佐《明代狀元史料匯編》所考,在狀元丁顯條下,即列有〔明〕練子寧《練中丞集》〈中丞遺事附錄〉(《野史》載)、〔明〕黃溥(1411-1479)《閑中今古錄摘抄》卷一、〔明〕蔣一葵(?-?)《堯山堂外紀》卷七十九〈國朝〉、〔明〕焦竑(1540-1620)《玉堂叢語》卷六〈科目〉、〔明〕王世貞(1526-1590)《弇山堂別集》卷八十一〈科試第一〉、〔清〕姚之駰(?-?)《元明事類鈔》卷十二〈仕進門・釘綴絲〉等等。[86]由此可知,狀元夢兆故事之流傳廣泛,尤其是明清時期筆記雜纂多有互相傳鈔及敷衍現象,益發產生推波助瀾之效。

(二)「圖文輝映」的再現模式:

《明狀元圖考》中言及「夢兆」,或僅僅文字敘述而無圖,或圖文皆有,或文略而圖詳者,諸多圖文再現之模式,相應而生。有關夢境的再現,最常見的,係以◯方式勾勒夢境與現實的界限;至於在

---

82 〔明〕練子寧:〈送花狀元詔許歸娶〉,《金川玉屑集》,收入《北京圖書館古籍珍本叢刊》(北京:書目文獻出版社,1988年),集部明別集類第101冊,卷2,頁123。

83 〔明〕葉盛撰:《水東日記》,卷14,版7a,收入〔明〕沈節甫輯:《紀錄彙編》(臺北:藝文印書館,1966年),第12輯。

84 〔明〕黃瑜:〈國子試魁〉,《雙槐歲抄》,卷2,收入《續修四庫全書》(上海:上海古籍出版社,1995年),子部雜家類第1166冊,頁598。

85 仍待查核黃佐何本何卷。

86 郭皓政、甘宏偉編著:《明代狀元史料匯編》(武漢:武漢大學出版社,2009年9月),頁116-117。

構圖的虛實配置上，或以夢之虛境，作為繪圖布局主軸。

　　為了掌握書中整體夢兆文獻與圖版的呈現，筆者根據《明狀元圖考》六卷本之圖文資料，整理成下表，作為討論基礎：

表六　《明狀元圖考》六卷本夢兆圖像一覽

編號	姓名	卷次／頁碼	夢兆數量	圖像與否	圖像內容
1	丁　顯	卷一／頁43-45	1	V	圖像描寫夢兆：放榜前夕，上夢殿前一巨釘綴白絲數縷，悠揚日下。後得丁顯卷，姓名與夢符，遂擢狀元。
2	張　信	卷一／頁51-53	1	X	圖像描寫謠讖，而未以夢兆。夢兆有一：「舉鄉薦赴京，夢以竹片反押青犬頭置几上，解者曰：竹片反押青犬，乃狀字；置几上湊元字。」
3	林　環	卷一／頁63-64	1	V	圖像描寫夢兆：將試春闈夢友送犬肉一片，環彎一臂受之。蓋片犬乃「狀」字，彎一臂類「元」字，後官文淵閣學士，始悟李文淵乃先兆也。
4	馬　鐸	卷一／頁67-69	2	V	圖像描寫夢兆一： 夢兆一：傳臚之夕，（林誌）夢有馬奪其首，果馬鐸第一。 夢兆二：二人爭勝，馬以幼年夢中詩句勝出。蓋鐸幼時夢中有語之曰：「雨打無聲鼓子花。」
5	曾鶴齡	卷一／頁74-75	1	X	圖像描寫曾氏孝養母親，而未以夢兆。夢兆有一：「母夢星墜臥內乃生鶴齡」
6	商　輅	卷二／頁99-101	1	V	圖像描寫夢兆：夢有提人首三顆授之，後三元應之。

編號	姓　名	卷次／頁碼	夢兆數量	圖像與否	圖像內容
7	彭　時	卷二／頁102-105	2	V	圖像描寫夢兆二： 夢兆一：友人夢彭時作魁。 夢兆二：試前一月，上夢儒釋道三人來見。
8	柯　潛	卷二／頁106-107	1	V	圖像描寫夢兆：潛嘗禱夢九里廟，讌會坐首席，宰夫以一羊頭獻於前，果以辛未狀元羊頭之兆。
9	孫　賢	卷二／頁109-110	3	V	圖像描寫夢兆三： 夢兆一：赴考住宿民家前夕夢狀元來。 夢兆二：母夢「孫」字書於牆。 夢兆三：夢金甲神人持黃旗插門，上有狀元二字。
10	羅　倫	卷二／頁123-124	2	V	圖像描寫夢兆一： 夢兆一：赴試前，有一水手夢見有人說羅狀元會來搭船。 夢兆二：謁范文正公祠。當晚舟中夢文正遺詩。
11	張　昇	卷二／頁125-127	2	V	圖像描寫夢兆二： 夢兆一：於傳臚前夕夢登天，兩手挈二人頭云皆同姓者。 夢兆二：泊舟，父夢山上數女郎執絳紗擁仙姑而下。
12	吳　寬	卷二／頁128-130	1	V	圖像描寫夢兆：會試之前，夢過國學，適陰雲四合，大雷電，欲雨，龍下攫其巾，併其身而上，遂驚寤焉。
13	曾　彥	卷二／頁134-136	2	X	圖像不知描寫何景，而未以夢兆。夢兆有二：

編號	姓　名	卷次／頁碼	夢兆數量	圖像與否	圖像內容
					夢兆一：為諸生時，夢被人懸其髮於明倫堂大樑上。 夢兆二：夢袖中龍頭筆一枝。
14	王　華	卷二／頁137-139	1	X	圖像描寫四方爭延講禮經，而未以夢兆。夢兆有一：夢迎春郭外，眾异白牛鼓吹至家。
15	費　宏	卷二／頁143-	2	V	圖像描寫夢兆一： 夢兆一：三十年前夢神預告費宏為狀元。 夢兆二：考官閱卷夢總角童子謂此少年狀元也。
16	錢　福	卷二／頁147-149	2	V	圖像描寫夢兆二： 夢兆一：幼時病劇，父夢人語。 夢兆二：赴京寓民家，室中有神像夜託夢求他徙。
17	朱希周	卷二／頁152-154	1	V	圖像描寫夢兆：某氏夢文天祥來周主其家。
18	顧鼎臣	卷二／頁161-163	3	V	圖像描寫夢兆三： 夢兆一：一夕夢黃鶴從天飛來，即所焚表。 夢兆二：夢入鄭文康公家，移其桂歸植之。 夢兆三：夢一人紫袍象簡稱衛姓，攜狀元及第篆文圖書。
19	呂　柟	卷二／頁164-166	2	X	圖像描寫安貧苦讀，而未以夢兆。夢兆有二： 夢兆一：會試聞喪痛哭草履，步至家，是時夢有人報明科狀元。

編號	姓　名	卷次／頁碼	夢兆數量	圖像與否	圖像內容
					夢兆二：……貧不能僦館，宿新豐空舍，夜夢老人自驪山下，謂曰：爾勉學，後當魁天下。」
20	唐　皐	卷二／頁170-173	2	V	圖像描寫夢兆二： 夢兆一：彭司馬夜夢神語「明日相見秀才乃狀元」。 夢兆二：未第時每夢面前列瓜錘一對。
21	舒　芬	卷二／頁174-177	2	X	圖像描寫安貧苦讀，而未以夢兆。夢兆有二： 夢兆一：閩人劉氏入京會試夢神告之今年狀元名國裳。 夢兆二：未第時至九鯉湖祈夢，五夜無夢，而遇老人化示先機。
22	楊維聰	卷二／頁178-180	1	V	圖像描寫夢兆：在京夢崇文坊迎金字辛巳狀元。
23	龔用卿	卷三／頁187-188	1	V	圖像描寫夢兆：臨試時，嘗夢龍神寫狀字於頭上，果中狀頭。
24	沈　坤	卷三／頁201-204	1	V	圖像描寫夢兆：嘗夢仙以藥丸食之。
25	秦雷鳴	卷三／頁204-205	1	V	圖像描寫夢兆：常夢騎馬上天門。
26	唐汝楫	卷三／頁210-212	1	V	圖像描寫夢兆：夢一梅樹生於庭前。
27	陳　瑾	卷三／頁213-215	1	V	圖像描寫夢兆：夢蓮花二朵。
28	諸大綬	卷三／頁216-218	1	V	圖像描寫夢兆：夢見大墳裂出一硃紅棺。

編號	姓　名	卷次／頁碼	夢兆數量	圖像與否	圖像內容
29	丁士美	卷三／頁219-221	1	V	圖像描寫夢兆：未第時，夢已坐於堂，空中有仙女一群，乘鶴翩然而下。
30	徐時行	卷三／頁222-226	7	V	圖像描寫夢兆二： 夢兆一：將誕之夜，父夢神人與桂花一枝，醒猶聞香。 夢兆二：母夢紅日照入帷間，直射其體。 夢兆三：夢得明珠一顆。 夢兆四：夢龍起翔。 夢兆五：吳士夢報捷者。 夢兆六：除夕指揮劉世統夢新狀元徐時行。 夢兆七；夢登杜正榜。
31	范應期	卷三／頁227-229	2	V	圖像描寫夢兆二： 夢兆一：夢觀會士錄。 夢兆二：房吏昨夢狀元至家。
32	羅萬化	卷三／頁230-233	1	V	圖像描寫夢兆：會試夢一老人入其舟揭封條。
33	張元汴	卷三／頁235-237	1	V	圖像描寫夢兆一： 夢兆一：夢攜扁至家。 夢兆二：夢以羅衣移之
34	孫繼皋	卷三／頁238-240	1	V	圖像描寫夢兆：父夢前狀元唐皐至其家，故名繼皐。
35	沈懋學	卷三／頁241-242	1	V	圖像描寫夢兆：夢送一聯。
36	朱國祚	卷三／頁245-247	1	V	圖像描寫夢兆一： 夢兆一：夢雙頭人騎馬。 夢兆二：夢削髮為僧。

編號	姓　名	卷次／頁碼	夢兆數量	圖像與否	圖像內容
37	唐文獻	卷三／頁248-249	3	V	圖像描寫夢兆一： 夢兆一：夢月中金花燦爛。 夢兆二：夢龍浴於室。 夢兆三：友夢唐云余卷已入宮。
38	焦竑	卷三／頁250-251	1	V	圖像描寫夢兆：道士夢神告云廟中有大狀頭。
39	翁正春	卷三／頁252-254	2	V	圖像描寫夢兆一： 夢兆一：夢人贈彩帳。 夢兆二：夢清源山神與五虎山神戰，不勝。
40	朱之蕃	卷三／頁255-257	2	X	圖像描寫詩讖，而不以夢兆。夢兆有二： 夢兆一：夢東方朔贈一大桃。 夢兆二：主人夢朱養淳至其家。
41	張以誠	卷四／頁265-266	1	V	圖像描寫夢兆：夢身騎金牛。
42	楊守勤	卷四／頁267-269	2	V	圖像描寫夢兆二： 夢兆一：夢袁公招飲。 夢兆二：自夢同袍置酒為賀，盡醉而罷。及入場，醉甚，試日熟睡不醒，夢有人推曰：君可脫藁矣！
43	黃士俊	卷四／頁270-272	1	V	圖像描寫夢兆：夢入殿拜高皇帝。
44	韓敬	卷四／頁273-276	3	X	圖像描寫園中紅綠二蝶如團扇，而不以夢兆。夢兆有三： 夢兆一：夫人夢日入室而孕。 夢兆二：友人夢張陽和公至。 夢兆三：夢一羽衣捧若璽書。

編號	姓　名	卷次／頁碼	夢兆數量	圖像與否	圖像內容
45	周延儒	卷四／頁277-280	5	X	圖像描寫「邪祟，臥不安」，而不以夢兆。夢兆有四： 夢兆一：太康公夢家中開大池，池中有百鳥會集。門前有武魁二大金字。 夢兆二：父夢徐靖公語。 夢兆三：父夢臂生兩翼。 夢兆四：未第前常夢出遊前擺瓜錘金燈。 夢兆五：臨場夢關帝送賀禮。
46	錢士升	卷四／頁281-284	3	V	圖像描寫塚上有異光，而不以夢兆。夢兆有三： 夢兆一：夢宋狀元張九成至其家。 夢兆二：夢神帝以香鼎與之。 夢兆三：夢上以金牌特召之。
47	莊際昌	卷四／頁285-287	2	V	圖像描寫夢兆一： 夢兆一：母嘗夢神龍吐二珠。 夢兆二：夢身騎兩頭青羊。
48	文震孟	卷四／頁288-290	1	V	圖像描寫夢兆：夢與文山先生面語。
49	劉若宰	卷四／頁293-294	1	V	圖像描寫夢兆：夢天神下仙樂齊鳴。
50	劉同升	卷四／頁299-300	1	V	圖像描寫夢兆：夢神人語「汝當得貴子名」。
51	楊廷鑑	卷四／頁303-304	1	V	圖像描寫夢兆：夢子同多人赴宴。

筆者據表歸納後得知：六卷本中共一百零四位狀元，其中個傳含夢兆

敍述有五十一位，比例將近百分之五十；又全書採一人一圖的版面配
置，其圖像以夢兆敷衍情節而成者則有四十二位，意即圖文皆夢兆者
占百分之八十二強。換句話說，只要該狀元故事有夢兆的，只有百分
之十八不採用夢兆作為圖像繪製雕版的情節內容，這意味了《明狀元
圖考》中挑選夢兆作為「圖文輝映」的方式呈現的比例極高。其中五
卷本之主編者顧鼎臣，其狀元夢兆多達三起，而其圖文並置的方式頗
具示範之特殊意義；至於部分案例如徐中行，其夢兆多達七起，占了
全書版面五頁（而常見的版面是三頁）。筆者推測：或因此書公開徵
稿而狀元關係人投稿之故，亦極可能關係人付資，故而版面較他例顯
多，此種特殊案例，尤值深究。

　　整體來說，夢兆圖的構圖模式，大致有四：其一，九虛一實。夢
境占了圖畫比例十分之九，即如前揭圖十四所示。蓋整個畫面，在現
實人生中的狀元，只占畫面左下一小角落，比例上只有十分之一，而
夢境卻相對占去十分之九。例如狀元彭時揭榜前一月，皇上就做了場
奇夢：

> 《狀元錄》：「廷試前一月，上夢儒釋道三人來見，至揭曉狀元
> 彭時，由儒士榜眼，陳鑑幼寓神樂觀探花，岳正幼為慶壽寺書
> 記幼年出處，皆形夢兆，豈偶然哉！」[87]

經考此言《狀元錄》當為《皇明歷科狀元錄》，表示此事已經傳頌於
當時，被他人寫入筆記以及編輯進入主題專書當中。至於此則文獻之
特別，乃在於臺灣明文版缺漏此文，僅有圖，因排版者不查而又誤植
為他人（柯潛）之文。故本文於此處，特別根據清陳枚《明狀元圖

87　〔明〕顧鼎臣、顧祖訓彙編：〈狀元彭時〉，《明狀元圖考》，卷2，頁100-101。

考》六卷本之圖補正（圖二十九）。此圖之夢境，主要描述儒釋道三聖人前來拜訪聖上。就考生而言，這無疑是得到三教正統之肯定，就如同前揭徐顯卿之夢入孔殿，以及魏象樞之夢孔門四賢一般。[88]

　　再舉一例為證。景泰五年（1454）狀元孫賢（1423-1478）條下引入《水東日記》所載：「賢未登第之先，夢金甲神人持黃旗，插於其門，有『狀元』二字，至廷試果首擢。」[89]前有附圖（圖三十），現實人物僅僅占有最上邊緣一角，而全幅圖版超過十分之九，都在放大處理孫賢之夢境。除此之外，秦鳴雷（卷三，頁204）、丁士美（卷三，頁219）、諸大綬（卷三，頁216）、徐時行（卷三，頁222）、黃士俊（卷四，頁270）、張以誠（卷四，頁265）等狀元夢兆圖，皆以夢境為主，皆占畫面十分之九強。這個現象說明了夢兆在此書中的重要性。

　　其二，**虛實各半**。例如言景泰二年（1451）狀元柯潛（423-1473），引《夢徵錄》所載：「潛嘗禱夢九里廟，與賓友讌會，潛坐首席，須臾宰夫以一羊頭獻於前，果以辛未狀元羊頭之兆。」[90]文前有圖（圖三十一）即敷衍此事。案此事乃轉鈔自〔明〕陳鎏《皇明歷科狀元錄》，本文所採圖係補自清康熙文治堂刻本。康熙本之圖，左側為祈夢正臥床的柯潛，右半圖即於賓客歡宴中，有一屠夫以盤獻上羊頭。夢境畫面中央，當為柯潛也。蓋《明代傳記叢刊》本將彭時之圖誤植為柯潛，而整個闕漏了「狀元彭時」的載錄文獻；唯後來於二〇〇九年出版之《明代狀元史料匯編》，所收入之《明狀元圖考》版本才是正確版。此一編輯上的訛誤，特於本文勘正說明。

　　此類虛實各半的夢兆圖，最為普遍，然重點在於夢所傳達的訊息。例如：林環（卷一，頁59）、柯潛（卷二，頁102）、顧鼎臣（卷

---

88 詳參本書第二章、第四章。
89 〔明〕顧鼎臣、顧祖訓彙編：〈狀元孫賢〉，《明狀元圖考》，卷2，頁107。
90 〔明〕顧鼎臣、顧祖訓彙編：〈狀元柯潛〉，《明狀元圖考》，卷2，頁103。

二，頁157）、龔用卿（卷三，頁183）、沈坤（卷三，頁197）、秦雷鳴（卷三，頁200）、張元忭（卷三，頁231）、孫繼皐（卷三，頁234）、沈懋學（卷三，頁237）、朱國祚（卷三，頁241）、唐文獻（卷三，頁244）、焦竑（卷三，頁246）等等皆屬之。

其三，**實多虛少者**。如狀元商輅，其附圖（圖三十二）狀寫所引《夢徵錄》內容，當年與老師洪士直同宿學舍時：「輅夢有提人首三顆授之，覺而語洪，洪曰：『吉夢也。』後三元應之。」（卷二，頁95）。圖畫布局實景多於夢景，然實景就是學舍書桌與睡著的商輅，夢景則是有一人提握三個人頭。重點還是在呈現夢景的訊息。此外，還有張昇（卷二，頁125）、吳寬（卷二，頁128）、錢福（卷二，頁146）、楊守勤（卷四，頁267）等諸例，相對於虛多實少者，這類附圖所占比例更少。

值得留意的是，不管實多虛少或虛實各半，觀其實境所表達的，僅為主角作夢的場景，而重點仍在於夢境所呈現的訊息徵兆。故雖為虛、為少，但仍為主要，故筆者謂此為「虛主實賓」，或「重虛輕實」之構圖布局法。

其四，**虛實交融**。此乃略去虛實界線，雖現實人物而完全以夢之虛境為圖像之主體表現者，故可謂之既虛又實，如狀元唐皐圖（圖三十三）所示。蓋《狀》書中徵引《夢徵錄》所言：「未第時，每夢面前列瓜錘一對，及廷試後，有報其中探花者曰：『不止此也。』既而報為榜眼，亦曰：『不止此也。』及臚傳果第一！有詰其故，乃以夢告。蓋傳臚後，黃蓋瓜錘送歸第者，狀元也。故皐自信如此。」[91]由此可知，此圖全部畫面，都在再現夢境預兆如何展現於現實人物之時空背景，如此構圖布局，亦可謂以夢境之虛為圖繪之主體。

---

91 〔明〕顧鼎臣、顧祖訓彙編：〈狀元唐皐〉，《明狀元圖考》，卷2，頁169。

同樣的例子，亦可見隆慶二年（1569）狀元羅萬化（1536-1594），夢見神人到船上揭封條：

> 《狀元奇異編》：「會試夢一老人，入其舟，揭去會試封條，易以『第一甲第一名』數字，後果驗。」[92]

附圖即狀寫此夢（圖三十四），然而舟中人羅萬化與夢中神人並置同一時空，未以框線區隔，虛實交融，而以夢境之虛作為圖繪傳達訊息的主體。

本節處理了「圖文輝映」及其「互文性」的多重模式，大致由上述四類，略見端倪。或可由此推論，此系列狀元圖書特別考慮在雕版印刷時以「圖文輝映」的方式，強化夢兆之視覺效果，以促發閱讀之興味快然。

五　文化衍異之對照：《徵信錄》系列善書之淺探

本節將延伸到民間善書《徵信錄》系列，嘗試拓展子題領域。透過個案追索，探討《明狀元圖考》如何被此類善書援引改寫、刪減，或有如小說般地，增枝添葉式地衍異泛生。

（一）善書中的狀元故事之文化衍異

茲舉狀元羅倫故事為例，以說明兩系列圖書在文字敘述上得傳衍異動。蓋在《明狀元圖考》中，大抵載有三事：其一載羅倫「少勵志聖賢之學，嘗曰：『舉業非能壞人，人自壞之耳！』」意味羅倫超越功

92　〔明〕顧鼎臣、顧祖訓彙編：〈狀元羅萬化〉，《明狀元圖考》，卷3，頁228。

名,強調讀書人應有主體自覺。[93]其二談到羅倫渡江前一日,水手就先在夢中預見其事,並清楚交代,明日會有一位「羅狀元」來搭船,見《狀元記事》:「倫赴試時,有一水手夢中與語之,曰:『明日附舟,乃羅狀元。』明日果有秀士來附舟,詢其姓,則是,眾皆驚訝。」其三乃在舟中夢見范文正贈詩,見《石田雜纂》:「倫赴春闈,道蘇州,為文謁范文正公祠。是夕,舟中夢文正遺之詩,曰:『賜帶橫腰重,宮花壓帽斜;勸君少飲酒,不久臥煙霞。』」[94]

此三事之外,到了清人編纂的《明鼎甲徵信錄》中,竟敷衍出一段羅倫當年赴會試途中的夢事。故事大概是羅倫舟次姑蘇旅店,夜裡忽夢范仲淹前來賀喜,明白指陳羅倫當年曾拒奔女之事,著實不易,而此種功德無量,遂致福報而有狀元及第之喜:

> 羅倫,字彝正,江西永豐人,宋羅開禮之後也。……成化二年赴會試,舟次姑蘇,宿於向時所寓之樓,夜夢范文正公來賀曰:「今科狀元屬子矣!」倫謙不敢當,范公曰:「某年此樓之事,誠動太清,以此報子耳。」因憶昔年曾拒奔女於此樓,夢必不妄。又赴禮闈時,僕人於山東旅舍,拾一金釧,匿不以聞。行兩日,倫嘆資乏,僕以金釧告,倫怒欲親送還,僕曰:「往返恐誤試期。」倫曰:「此必婢嫗遺失,倘主人拷訊,因而致死,是誰之咎?吾情願不及試,無令人死於非命也!」復至其家,果係婦遺面盆,而婢潑水,誤投於地者。主笞婢,婢欲尋死,並疑妻私有所贈。妻欲投繯,倫出釧與之,全活二命,街鄰觀者,咸以狀元期之。(《明史》並《白沙子文集》、《理學備考》、《寄園寄所寄》、《人譜類記》)[95]

---

93 〔明〕顧鼎臣、顧祖訓彙編:〈狀元羅倫〉,《明狀元圖考》,卷2,頁119。

94 〔明〕顧鼎臣、顧祖訓彙編:〈狀元羅倫〉,《明狀元圖考》,卷2,頁120。

95 〔清〕閻湘蕙編輯;〔清〕張椿齡增訂:《明鼎甲徵信錄》,卷1,頁565-567。

夢中來賀者為范文正公，再加上回憶過程中，詳述與僕人的對話更增益了畫面的想像。重點就在，羅倫如何拒絕奔女之投懷送抱，以及投宿旅店時拾獲金釧而堅持送還，也因此而救了婢女及主人之妻。否則主人動刑盤問，差點鬧到兩個被冤枉的女子，都要自盡以明自身清白。因為不取不義之財，救人命、積陰德，故而能成為「狀元」。羅倫之例，可見狀元故事如何進入善書系統，並且被賦予因果報應之意義，增生之細微情節，則有若筆記小說，對話生動，情節精彩，足見其增枝添葉之文化衍異與建構歷程。[96]

（二）善書系列的的詮釋模式：「因果報應」、「勸善懲惡」說

　　狀元故事在善書中被賦予強烈的「宣揚福報」之教化性質，前以狀元林環為例，在清代《明鼎甲徵信錄》中詮釋中第之因，除了祖上積德外，更大幅敷衍情節，聚焦於「完少婦之貞」。極為類似的敘述手法，也出現在另外一位名叫曹鼐（1402-1449）的狀元身上：

> 公暇即延禮師儒，講明理性，邑令見其旦夕誦讀不輟，戲之曰：「欲中狀元耶？」鼐曰：「誠如尊諭。」生平嚴戒邪淫，撰防淫篇警世。嘗因捕盜，獲一女子於驛亭。至夜，女意欲就鼐，鼐奮然起，秉燭坐曰：「處子可犯乎？」取片紙書「曹鼐不可」四字火之，復書又火，終夜弗已，竟不及亂，比明，召其家領回。八年癸丑，督工匠至京，疏乞會試，中第二。殿試對策，欲犯及宦官，忽飄一紙墜几前，有「曹鼐不可」四字，遂默然止，轉而文思沛然，對稱旨，上親擢狀元，授修撰。後

入相，殉土木之難，諡文襄，改諡文忠。（《明一統志》並《通紀
直解》、《殿閣詞林》〈記日下舊聞〉、〈寄園寄所寄〉、〈遠色編〉。）[97]

經考：《明狀元圖考》中所敘之曹鼐，多著墨於考選仕宦過程，並無
嚴拒奔女之情節；[98]相較之下，《徵信錄》所載，在《明狀元圖考》的
梗概上，更鋪陳了細膩情節，增加生動的對話，更類近小說之著重人
物刻畫與氛圍鋪陳。蓋這位書生曹鼐，字萬鍾，直隸寧晉人。自幼承
家學而有遠志，「日誦數千言，居常篤行，事繼母備極孝養」。家貧力
學，中鄉試第二後，在宣德年間授州學正，平日還擔任私塾教官。有
一次，因為公務緝捕盜賊，經過荒郊野外的驛亭時，卻意外捕獲一位
離家遊蕩的女子。當天深夜，該位女子自動送上門來，想投懷送抱，
曹鼐卻堅守不犯。只見曹氏起身，秉燭而坐，寫下「曹鼐不可」四
字，放火燒了，就再寫，如是終夜不停，「竟不及亂」。待到天明，還
找到該女家人，將之「領回」安頓。這件突發事件，顯然積了陰德，
一直到了後來，竟成果報。就在他殿試對策作答時，正想振筆大加批
評時下宦官時，「忽飄一紙墜几前，有『曹鼐不可』四字，遂默然
止，轉而文思沛然」。放榜時，就因為對策所言甚得皇上龍心，故得
上親擢為狀元。《徵信錄》敘此之旨，在於強調曹鼐之所以能中狀
元，是因為當年能夠嚴戒邪淫，平日行事積福而遂有善報。

有趣的是，此則故事更早在明末即為儒家道德嚴格主義者劉宗周
（1578-1645）援引為日課事例：

曹文忠公鼐，以明經作泰和典史。因捕盜獲一女子于驛亭，色

---

97 〔清〕閻湘蕙編輯；〔清〕張椿齡增訂：〈狀元曹鼐〉，《明鼎甲徵信錄》，卷1，頁
547-549。
98 〔明〕顧鼎臣、顧祖訓彙編：〈狀元曹鼐〉，《明狀元圖考》，卷1，頁81-82。

殊艷，意欲就公，公奮然曰：「處子可犯乎？」取片紙書「曹鼐不可」四字火之，終夜不輟。天明，召其母領去，明年，會試狀元及第。[99]

由此得知儒者自律，尤以「戒淫」一事為要，故明文列入以自惕也。亦可見儒教援引善書作為自課例證之傳衍歷程。

此外，《徵信錄》中亦有透過夢兆，揭示前事之因而有後事之果者。例如狀元周旋（1395-1454），在《明狀元圖考》的陳述重點在於鄉試會試殿試之歷程，以及群蜂夾一巨蜂為主，作為來科狀元預兆；[100]到了《徵信錄》中，完全不取《明狀元圖考》所述，而通篇引入《慾海慈航感應篇集註》等善書內容：

> 周旋，字中規，浙江永嘉人。父大順，多子而貧。其鄰人貲甲一邑而無嗣，與大順交密，欲令妻求種，妻勉從夫言，為具召大順，酒半佯入睡，令妻出陪，因屏婢而告曰：「我夫以君多男，使賤妾冒恥求種，如他日得男，家貲皆君子之所有也！」大順愕然遽起而閉門不得出，遂以指書空云：「欲傳種子術，恐欺心上天。」並不流盼。鄰妻徬徨失意，叱婢啟門，與夫共悔恨之。子旋，為人性直尚義，宣德十年中鄉榜，太守夢迎新狀元，即旋也。而彩幡上寫「欲傳種子術」二語，莫測其故。正統元年，旋殿試第一，太守往賀，因詰所夢幡上語。大順曰：「此老夫二十年前，以手指書空者，竟不泄鄰事！」旋官

99　〔明〕劉宗周：《人譜類記》，卷下，版10b-11a，收入《四庫全書珍本》（臺北：臺灣商務印書館，1981年），第11集。

100　〔明〕顧鼎臣、顧祖訓彙編：〈狀元周旋〉，《明狀元圖考》，卷1，頁88-89。

至左庶子。(《古今萬姓統譜》並《慾海慈航感應篇集註》)[101]

這段借精求種的離奇故事，絲毫不遜於現代版的社會新聞。多金而無子的鄰人，「欲令妻求種」，先是設局邀好友周氏聊天喝酒，後佯裝不勝酒力而離席入睡，要妻子陪客。接著好戲上場，酒酣耳熱之際，鄰妻一番告白借精求種，事成後必重賞家產，未料色財相誘，絲毫動不了周旋，只見他「愕然遽起，而閉門不得出，遂以指書空云：『欲傳種子術，恐欺心上天』」，此事遂不了了之，鄰友及妻皆懊惱不已。然而，周氏卻因嚴守道德界限，遂已然積德，後果有福報，現於狀元事。傳聞早在鄉試時，太守即夢見迎接新狀元，正是周旋；而夢境中「彩幡上寫『欲傳種子術』二語」，太守始終莫明其意。到了後來，正統元年（1436）周旋殿試第一中狀元時，太守前往道賀，方才詰問此夢情境究竟何意，周旋遂娓娓道事情始末。此又是一樁不犯淫邪、積德福報的狀元夢兆例證。

諸如此類的「嚴拒奔女」的情節，屢見不鮮地出現在《徵信錄》的狀元故事中，又如王鏊（1450-1524）「未第時，夜有美女來奔，鏊書於壁曰：『美色人人愛，皇天不可欺』拒之。」（卷二，頁578-579）；[102] 王陽明的父親王華（1446-1522）「嘗館於某宦家，宦無子，姬妾盈前，一妾夜深私奔館，華嚴拒之」（卷二，頁586）；乃至於色誘情節有如恐怖片者，如羅洪先（1504-1564）參加鄉試，途經一惡地，「夜半戶開，月色中美女婷婷，來坐榻上，循意其私奔」，羅氏拒之，「遂熟寢」。未料，過一陣子，「從者作夢魘語」，羅氏連忙起身問話，而隨行從者「竟已為鬼物所侵」，差點被妖物給殺了。（卷三，頁

---

101 〔清〕閻湘蕙編輯；〔清〕張椿齡增訂：〈狀元周旋〉，《明鼎甲徵信錄》，卷1，頁549-550。

102 王鏊因為積德，之後七世孫王士琛中狀元。

632-633）這些色誘故事情節相仿，觀其旨趣，莫不是在諄諄告誡離鄉應考的士子們，此種飛來艷福，是禍不是福，而是一種人性的嚴格試煉。[103]

　　如是看來，一位書生，不管是進京趕考，還是夜宿荒野旅店，抑或是與好友鄰妻共飲醋醉，是否能夠抗拒自動送上門來的艷福與非份之財，似乎成為善書中不斷宣揚的核心價值──身為讀書人，能否通關掄魁、能否致達聖賢、成就大業的基本德行。這在善書系統中，成為屢見不顯的議題，於是乎被納進來的狀元故事，往往都會被敷衍出一段十分具有道德困境與色慾誘惑的故事來。有趣的是，就閱讀本身而言，《徵信錄》系列較之《狀元》系列，似乎更能滿足偷窺細節的愉悅；然而，個案所巧遇之女性與情慾的託付，卻一概成了一段段危險至極的沉淪與試煉。就性別意識而言，善書中被描繪的女性身影，往往窄化為「色」與「慾」的載體，僅僅就只是「誘惑物」，甚至被他者化為「鬼物」、「妖」；即便女性係出於「主動」而夜奔主角，但並不被肯認具有如紅拂女般能慧眼識英雄的主體意識，這顯然是因為，此種讀物所預設的閱眾並非女性，而是正在準備考試的芸芸眾生，其勸善宣教之旨，乃在諄諄告誡士子，更崇高的成聖目標，尚在遠方，切莫貪於近利而斷送前途。這也是本章認為此類舉業圖書系列，其道德勸說的意蘊遠大於鼓吹功名之最大原因。

六　小結

　　本章考察舉業善書之二大類，分別為狀元系列以及徵信錄系列，

---

103 對照《明狀元圖考》，王華及羅洪先皆無《徵信錄》之色誘情節。見〔明〕顧鼎臣、顧祖訓彙編：〈狀元王華〉，《明狀元圖考》，卷2，頁134-135；〈狀元羅洪先〉，《明狀元圖考》，卷3，頁186。

得出下列幾點結論：

一　狀元故事的來源甚為多元，倘由個案追索，可充分察見原始故事在不同傳鈔系統中，產生文化衍異的複雜現象。

二　有關夢兆故事之圖文並置的再現模式，以《明狀元圖考》為例，大致有四種模式：其一為「九虛一實」；其二為虛實各半；其三為實多虛少；其四虛實交融。如此開展之模式，或可為現今學界研究圖文並置現象之參佐。

三　《明狀元圖考》以及《徵信錄》二大類之間，出現徵引援用、改寫異動等增枝添葉現象。前揭明清時期針對參加舉業之儒生而出現的善書，其中明顯出現文昌帝君等信仰之宣教痕跡，亦可為前賢研究之佐證。

至於書生進京趕考，或野店豔遇等情節，又可與明清小說作一類比，本章所論適可為進階討論之基礎，聊供學界同好參佐。

　　就明清夢文化而言，這類舉業夢兆，係明清解夢書中的一大類項，如〔明〕張鳳翼《夢占類考》〈爵祿部〉即引入《明狀元圖考》多則文獻，〈彭岳二元〉即彭時事，〈狀元至我家〉即孫賢事，〈前列瓜錘〉即唐皋事；[104]至於類似的夢占觀點，亦見於陳士元《夢林玄解》，例如主試者有夢兆，即見〈主司見夢〉條：「凡士人榮達，多見夢於主司，其兆不可預擬，其占不可先定，其夢亦不見于其人；但天機畧露，使主文者，不得不收，不至埋沒其人耳。」[105]由此可知，此夢兆之關鍵乃在於，主考官應當審慎地接受夢境訊息，萬不可忽視，如此方不至於埋沒人才，誤了他人前途。故言「此關文士升沈，不係主司得失也。」又載王華事：「李旻與王華同鄉試，考官取華為解

104 〔明〕張鳳翼：《夢占類考》，卷7，收入《續修四庫全書》，子部術數類第1064冊，頁587、588、590。
105 〔明〕陳士元：〈主司見夢〉，《夢林玄解》，卷10，頁802。

首，監臨謝御史，嫌華白衣，乃更李。主文者，夢中得『一舉中雙元』之句，後王華辛丑狀元，李旻丙辰狀元，果符夢云。」蓋此事又可與《明狀元圖考》並觀，[106]蓋王華係明成化十七年狀元，浙江紹興府餘姚人。李旻則是成化二十年狀元，[107]所述與《夢林玄解》並無重疊。有趣的是，《明狀元圖考》也特別輯入夢兆事，其引《狀元奇異編》之說：

> 先夢迎春郭外，眾舁白牛，鼓吹至華家。解者曰：狀元，春元也。金色白，其神為辛，牛之屬丑，先生其辛丑狀元乎？後果然。

觀其所述夢中徵兆，諸如迎春為迎狀元，眾人抬著白牛即暗示辛丑狀元。足知此書係以此夢之應驗，來說明中狀元乃冥冥中早有定數，而現徵兆於夢。由是以觀，舉業類夢兆與善書之間的巧妙呼應，又當與明清時期解夢書中的之社會心理有極大關聯，就狀元個案形象而言，不也可視為一種各類文本間的互文補足，值得再探。

106　〔明〕顧鼎臣、顧祖訓彙編：〈狀元王華〉，《明狀元圖考》，卷2，頁133-135。
107　〔明〕顧鼎臣、顧祖訓彙編：〈狀元李旻〉，《明狀元圖考》，卷2，頁138。

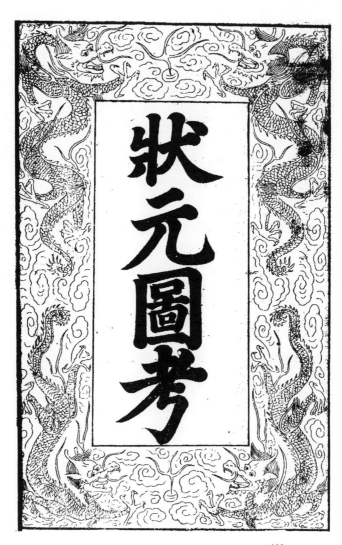

圖二十五：〔明〕《明狀元圖考》封面圖[108]

108 〔明〕顧鼎臣、顧祖訓彙編：《明狀元圖考》五卷本，收入王春瑜編：《中國稀見史料》（廈門：廈門大學出版社，2007年9月），第1輯第4冊，頁139。根據〈明狀元圖考序〉末尾刻印的時間是萬曆己酉年（1609），較之國家圖書館版本（即明文版）序文所載則為萬曆丁未年（1607）更晚。然而，筆者寓目所及，諸版中尚存封面且精美者，僅此本，特此徵引。

圖二十六：〔明〕《明狀元圖考》〈狀元林環〉圖[109]

109 原見《宋明狀元圖考錄集》，第3冊，頁59；又見第4冊，頁63。此處採用第4冊圖版。以下諸圖皆視其清楚度而斟酌採用。

圖二十七：〔明〕《明狀元圖考》〈狀元顧鼎臣〉圖[110]

---

110 原見《宋明狀元圖考錄集》，第3冊，頁157。又見第4冊，頁157。此處採用第4冊圖版。

圖二十八：〔明〕《明狀元圖考》〈狀元丁顯〉圖[111]

---

111 原見《宋明狀元圖考錄集》，第3冊，頁39。又見第4冊，頁43。此處採用第4冊圖
　　版。

圖二十九：〔明〕《明狀元圖考》〈狀元彭時〉圖[112]

---

112 《宋明狀元圖考錄集》，第4冊，頁99。此處不採五卷本之圖版，是因為該圖不知
　　何所指，然而六卷本之圖版明確係根據夢兆而繪製。

圖三十：〔明〕《明狀元圖考》〈狀元孫賢〉圖[113]

---

113 原見《宋明狀元圖考錄集》，第3冊，頁104。又見第4冊，頁108。此處採用第4冊
圖版。

圖三十一：〔明〕《明狀元圖考》〈狀元柯潛〉圖[114]

---

114 原見《宋明狀元圖考錄集》，第3冊，頁102。又見第4冊，頁106。此處採用第4冊
　　圖版。

圖三十二：〔明〕《明狀元圖考》〈狀元商輅〉圖[115]

圖三十三：〔明〕《明狀元圖考》〈狀元唐皐〉圖[116]

116 原見《宋明狀元圖考錄集》，第3冊，頁170。又見第4冊，頁106。此處採用第4冊
  圖版。

圖三十四：〔明〕《明狀元圖考》〈狀元羅萬化〉圖[117]

117 原見《宋明狀元圖考錄集》，第3冊，頁226。又見第4冊，頁230。此處採用第4冊
　　圖版。

第六章
文化傳衍下的「病巫夢癒」書寫：

清中葉儒醫善書《汪氏病夢回生記》之探究

一　引言

　　宋人黃山谷（1123-1202）詩有「病人多夢醫」句，[1]其意頗以夢具有療疾之奇效；而疾病或為悟道之資，歷來文人及修行者多有此體會，佛經中以疾病示現肉體之有限性，從而度化眾生，尤以維摩詰示病為眾所周知的典例。[2]倘綜此二類，人生中歷經大病瀕死而後夢癒悟道者，則不可不謂之遭遇奇特。唯此類人物當中，又特有「不見棺材不掉淚」之冥頑不靈者，似乎逼著老天爺非得安排絕境不可，先是置主人翁於病危瀕死之地，而後又於悠悠忽忽之際夢中離魂、進入陰曹地府，甚且遭冥司臚列諸罪使之百口莫辯，繼之以嚴懲酷刑、百般羞辱而後迫之俯首認錯，如此方能使此等頑劣分子徹底懺悔、豁然開

1　〔南宋〕洪邁論黃山谷詩善於鎔裁他作，如其化用白居易〈寄行簡〉詩而成「病人多夢醫，囚人多夢赦」等句，更為勝出，殊為美談。見〔南宋〕洪邁：〈黃魯直詩〉，《容齋隨筆》（上海：上海古籍出版社，1978年7月），卷1，版4-5；原詩見〔宋〕黃庭堅著；劉琳、李勇先等註：〈謫居黔南〉之十，《黃庭堅全集》（成都：四川大學出版社，2001年5月），版187。

2　如唐朝盧照鄰自言大病後徹然領悟，至於佛教維摩詰則為度眾生而示現病體。見何騏竹：〈盧照鄰病後之自我身心治療過程〉，《淡江中文學報》第31期（2014年12月），頁91-137；劉佳昌：〈《維摩詰經》的圓頓法門——從無住本立一切法〉，《漢學研究》第27卷第3期（2009年9月），頁85、71-98。

悟，而後僥倖還陽、病癒，再造新生。前此，本書第二章所揭葉紹袁（1589-1648）、曹錫寶（1719-1792）、潘奕雋（1740-1830）及曹錫齡（1741-1820）者，皆有「病瘂夢癒」的類近經歷，然觀其悟道懺罪之內容，多在於執著與多情，係屬儒生文人之惡，實罪不及殺；反觀清中葉以降的社會當中，究竟有何類儒生，仗著專業知識，不行仁心卻作惡多端、貪淫害人，理當罪及論死？更當視其頑劣程度而繼之以「病瘂夢癒」、入冥受審的重重考驗，方才有徹底悔改之可能？

筆者適得見上海圖書館收藏之善本《汪氏病夢回生記》（圖三十五），恰恰符合上揭提問。蓋案主汪雲鵬（？-？）者，自幼習儒，而後棄儒為醫，然非但未能濟世救人，反倒以庸術殺人、謀財害命，故以「惡貫滿盈」罪責之；然而，世間律令卻無從嚴懲，汪氏多年來招搖撞騙、逍遙法外，自無愧悔之意；有意思的是，據書中汪氏自言，係突發病危，而有奇夢入冥之地府遭遇，其中加上諸多因果報應敘述，更是充滿了警世勸善的宗教關懷。合理推論，這顯然已非單純的個人經驗，實已經過濃厚的宗教信仰之文化加工，透過將「病瘂夢癒」與「離體入冥」綰合為一的敘述模式，並於行文中融入因果報應等勸善戒惡思維，以作為「善書」的常見基模。

合理推論，這種論述應當與當時的社會現象，有極大關連。蓋清中葉以降，下至晚清，醫者形象更趨複雜化，對醫者敗德的批評，亦時見於筆記小說。[3]蓋兼具醫德醫術的良醫，可說是少之又少，多的卻是唯利是圖的庸醫，不但誤人，甚且殺人。如潘奕雋，嘗自述於乾隆三十六年在京任職，偶患咳嗽，醫家卻誤投燥熱升提之劑，導致咳

3　胡勇舉梁啟超、鄧觀應、王韜等人對於庸醫現象的反思時，亦旁及晚清筆記文集所言。詳參胡勇：〈民國時期醫生之甄訓與評核〉，收入余新忠主編：《清以來的疾病、醫療和衛生——以社會文化史為視角的探索》（北京：生活‧讀書‧新知三聯書店，2009年）。

血，差點喪命。[4]其身受其害尤烈，故特書之年譜以戒後人。

是以倡言醫者當具有儒者之能力與德性，遂成為一種社會期許，如「未有不通儒術而能通醫術者」，「自庸醫雜出，而醫之道晦，醫之名輕」等論調，即是極具代表性的說法。[5]唯針對庸醫的批評以及儒醫的期許，在善書類的《汪氏病夢回生記》中，適足以收一窺豹斑、以小見大之效。

本章即以此書為本，並在初步概觀之上，進一步深入探究：善書編輯者如何由個人的私我記憶（年、文集），擷取重要情節、嫁接首尾、植入宗教思維而後形成「善書」？如何透過宗教信仰的加持與儀式行為，傳播於特定閱眾，從而進入社會文化的集體記憶？我們亦可以宏觀地見微知著，除了微觀清中葉棄儒從醫之末流所產生諸多怪現狀外，亦可一葉知秋地了解世道人心，以及掌握宗教文化如何透過刊刻「善書」以植入因果報應等思維的傳播模式。

此書係由芹陽懺悔諸生（不具姓名）於晚清光緒二十二年（1896）年重刊，據其書首之〈跋〉言，汪氏原書「全集共有四帙，俱備列報應，足見眼前地獄。內附斯記，實相表裏」，然「惜其原板燬於兵燹，意欲續刻，工程浩大」，故廣邀各方募款以重印斯記。舉凡「披閱一過，令人毛髮森然」，震撼非常。細就其複刻動機而言，當在宣教中重申世道秩序以及儒醫仁心之必要。在此大纛之下，我們可以進一步揭示幾重問題：其一、清中葉以降「**儒醫**」形象之反省與**道德秩序的重建**：文中所列舉之諸罪狀，反映了當其時「醫／病」之間，存在了道德秩序淪喪與約束力量缺乏的雙重問題，究竟形成了什

4　〔清〕潘奕雋編：《三松自定年譜》，收入《北京圖書館珍本年譜叢刊》，第110冊，頁380。

5　〔清〕邵之棠輯：〈格物部五・醫學〉〈醫通儒術論〉，《皇朝經世文統編》（臺北：文海出版公司，1980年，光緒二十七年上海寶善齋石印本），卷99，版3a-3b。

麼集體的惡與罪？此書除了反思儒醫怪現狀，同時也藉此重申儒醫道德的自求之法與日課，其具體內容又為何？其二、**醫者敗德敘述與宗教目地**：在醫者敗德敘述下，又如何假此寄寓因果輪迴、善報惡業的思維？從而達到勸人為善的宗教目地。其三、**糅雜民間信仰與儒家思想的功過觀**：本文宣揚了「萬物皆空、唯存功過」的價值觀，而個人功過的紀載如何存取？其與宗教文化如何結合？常人對於俗世生活的富貴利祿又當如何應對以求？又如何透過懺悔而得救贖？[6]其四、**文末安排了「夢驗／夢兆」模式**：此種敘述模式，是否形成善書套路？以上諸點，莫不宜標舉綱領、進行論述，以彰示其義。

《汪氏病夢回生記》一書，僅見於上海圖書館古籍線裝書，臺灣各大圖書館並不得見，亦無撰者汪雲鵬之相關作品與研究。僅有一同名者，係為晚明時期文人，著稱的是明萬曆二十八年（1600）刊行《有象列仙全傳》，經查，與此書所言發病時間（道光十三年，1833）相隔二百多年，顯非同一人。如此罕見版本，又乏人研析，今舉之為論，期能一補學術空白，更欲假此一窺儒醫善書之文化意義。除此之外，有關「儒醫」的研究，已有祝平一、邱仲麟、陳元朋、梁其姿等重量級學者的開墾，[7]於儒醫之流變發展、特質、執業與生計等皆有發微，唯獨於針對儒醫而撰寫的善書，尚乏關注；至於善書研究，鄭

---

6 有關罪的懺悔與救贖，可參見謝世維：〈流動的罪——中國中古時期的懺悔與救度〉，收入於李豐楙、廖肇亨主編：《沉淪、懺悔與救度：中國文化的懺悔書寫論集》（臺北：中央研究院中國文哲研究所，2013年5月），頁137-171。

7 關於士人「棄儒從醫」的研究，可參見陳元朋《兩宋的「尚醫士人」與「儒醫」——兼論其在金元的流變》（臺北：臺灣大學出版委員會，1997年）；祝平一：〈宋、明之際的醫史與「儒醫」〉，《中央研究院歷史語言研究所集刊》第77本第3分（2006年9月），頁401-449；邱仲麟：〈明代世醫與府州縣醫學〉，《漢學研究》第22卷第2期（2004年12月），頁327-359；以及梁其姿專書等。此外，大陸學界亦有王敏：〈清代醫生的收入與儒醫義利觀——以青浦何氏世醫為例〉，《史林》第3期（2012年），頁79-88；

志明、梁其姿以及日學者酒井忠夫著作甚夥，[8]對於宏觀的善書發展
氛圍多所啟發，唯個案研究部分尚且留有空間發揮，故本題研究欲假
此例，探究上揭諸題，繼力前賢之耕耘，就教大方。

二　清中葉儒醫形象之反省與道德秩序之重建：
　　故事梗概與全書旨趣

　　《汪氏病夢回生記》一書，係架構於文昌帝君之信仰下，透過一
位醫者病夢離魂的入冥故事，宣揚因果輪迴、善惡報應的觀念。全書
故事情節，環繞這位浙江地區的汪雲鵬醫生，因著染疫病危，於瀕死
之際作了一場奇夢而開展。這位行醫多年的汪大夫，在道光十三年
（1833）四月十四日那天，突然染患了致死的流行瘟疫，畏寒發熱至
藥石罔效，就在病危之際，昏沉入夢，遂有陰間冥府之遊歷。離魂入
冥期間，慘遭冥司審問、拷打，一一條列陽間罪狀，原本劣形惡狀、
企圖脫罪的汪氏，終因俯首認罪、懺悔痛悟而得以釋返陽間，並且答
應冥司，自此當廣宣審判諸事以勸戒世人為善，如此方得還陽而醒，
遂大病頓癒，故感而刻書、流播宣教。此書因汪氏業醫，再加上書末
加入「救急方」多則，故間為後世歸類於子部醫家醫案醫籍類；但多
數閱者從其內容判斷，則知其類近宗教靈驗記、靈感錄，又倡言因果
報應陰騭等，故亦得列入子部雜家類善書類（如上海圖書館之分
類）。

8　茲舉其犖犖者，如鄭志明：《中國善書與宗教》（臺北：臺灣學生書局，1993年9
　　月）；梁其姿：《施善與教化：明清的慈善組織》（臺北：聯經出版事業公司，1997
　　年6月）；游子安：《善書與中國宗教：游子安自選集》（臺北：博揚文化事業公司，
　　2012年1月）；吳震：《明末清初勸善運動思想研究》（臺北：國立臺灣大學出版中
　　心，2009年9月）以及〔日〕酒井忠夫著；劉岳兵、孫雪梅、何英鶯譯：《中國善書
　　研究（增補版）》（南京：江蘇人民出版社，2010年11月）等等。

　　事主汪雲鵬，字圖南，浙江衢開邑霞峯人。幼習儒業，二十三歲入縣學，原於道光乙酉有機會考中舉人，後失意未入仕，轉而以醫業自給。如此說來，也算是「棄儒為醫」，曾接受儒家經典的知識訓練，故而稱之「儒醫」，亦無不可。

　　說也奇怪，自己就是專職醫生，卻無端染上流行瘟疫。而且感染後，在非常短的時間內，就發病嚴重，陷入險境。其間足足有六日無法進食喝水，虛弱無比，汪氏就在這種彌留狀態的恍惚中，進入夢境。夢中，出現一位小吏，「頭戴棕纓頂帽、身穿綿衣，乘一小轎而來」，長揖汪氏，傳達「我家主爺請君速去，有話面晤」，正當汪氏還在遲疑不前時，小吏隨即正色告誡「君不速去，拘牌立至矣」，汪氏只得隨其乘轎而去。頃刻間，就到了一個州城，「街市舍宇衙門，與開邑迥異」，至儀門稍坐等候小吏入內稟報，汪氏甚躊躇莫決，但看庭下堦前「松柏森然、烏鴉亂噪，一種陰氣，逼人骨髓」，懷疑「此地並非陽世」。又四處張望，看到庭下堦前左右石獅上鎖著兩人，定睛一瞧，竟是同邑舊識友人朱璣璣，及店夥徽郡王樹滋。一番對話後，就移入堂內，叩見主爺。接著就是整個故事的重頭戲──陰司受審。主爺展閱黑簿，厲聲大罵，斥其種種罪狀，所言大抵有四項重點，依序為「因果報應說」、「萬物皆空，唯存功過」、「為善去惡與日課自求法」等等，容後詳述。

　　文中場景多在陰曹地府，其所鋪陳之「他界」氛圍，除了陰氣森森、迥異陽間外，更有地府、冥司、鬼差、酷吏等，操觚者簡省於兩小段中，騁力描繪鬼差面目之恐怖猙獰、刑求懲罰之暴力血腥：

　　　　只見無數鬼役，獐頭豹額，披甲赤身，盡從地起，各執叉棒，
　　　　無一善狀。視之，心驚肉顫，口噤身慄，心神若失。（版2b）
　　　　冥主大怒，命加掌責。忽有鬼役，即從身邊地下抓起，手持皮

掌，長約尺許，掌上有釘，側面打來右頰當受一掌，耳邊流血
滿衣，大牙打落二齒，遂伏地不敢狡辯。（版4b）

讀者閱此莫不駭然驚心，不禁讓人懷疑：清中葉社會中的儒醫，是否
已經道德淪喪、作惡多端到在善書中必需安排「下地獄、受審判、施
酷刑」的情節？蓋儒生轉以醫為業，在清中葉當甚為常見，根據祝平
一的研究指出，儒醫之名起於宋，隨著舉業制度發展，科考入仕日漸
不易，士人棄儒從醫者遂日益增加。[9]明中葉以降至易代入清以後，
行醫更是成為儒生的一種出路，相較於漫長而艱辛的科考之路，行醫
是經濟報酬更為快速、門檻較低的一種行業。可以想見，醫者除了專
業知識之外，更當具備醫德。行醫救世，急人之難，而不應唯利是
圖，甚至謀財害命。明代李梴（？-？）《醫學入門》強調醫者應「縱
守清素，藉此治生，亦不可過取重索，但當聽其所酬」；[10]又明代對於
醫界亦存有「明醫」與「庸醫」的區辨，明人龔信（？-？）所輯
《古今醫鑑》即有專條論述，所謂「明醫」，應符合下列標的：

> 今之明醫，心存仁義。博覽群書，精通道藝。洞曉陰陽，明知
> 運氣。藥辨溫涼，脈分表裏。治用補瀉，病審虛實。因病制
> 方，對証投劑。妙法在心，活變不滯。不衒虛名，惟期博濟。
> 不計其功，不謀其利。不論貧富，藥施一例。起死回生，恩同
> 天地。如此明醫，芳垂萬世。[11]

9　祝平一：〈宋、明之際的醫史與「儒醫」〉，《中央研究院歷史語言研究所集刊》，頁
　　401-449。

10　〔明〕李梴著；金嫣莉注：〈習醫規格〉，《醫學入門・外集》（北京：中國中醫藥出
　　版社，1995年），卷7，頁636。

11　〔明〕龔信纂輯；龔廷賢續編；王肯堂訂補：〈明醫箴〉，《古今醫鑑》（國立臺灣大
　　學藏日本明曆二歲〔1656〕天王寺屋新刊善本），卷16，版44a-44b。

又，所謂「庸醫」，其惡行惡狀大抵如下：

> 今之庸醫，衒奇立異。不學經書，不通字義。妄自矜誇，以欺
> 當世。爭趨人門，不速自至。時獻苞苴，問病為意。自逞明
> 能，百般貢諛。病家不審，模糊處治。不察病原，不分虛實。
> 不畏生死，孟浪一試。忽然病變，急自散去。誤人性命，希圖
> 微利。如此庸醫，可恥可忌。[12]

由此可知，一位仁心仁術具有醫德的明醫實在難求，而大部分的醫者
僅為庸醫，甚有不學無術、招搖撞騙、誤人性命、唯利是圖者，無怪
乎下延清中葉，乃至於晚清，會出現這本針對儒醫醫德的勸善書。

　　故事中，透過一位至高無上的冥司主爺，對於汪氏進行審判。這
位冥司主爺「面貌豐厚、白面長鬚、紅頂淺纓、紗袍扣帶」，據「黑
簿」審判，厲聲斥咄汪氏甚為可惜，前世係江南等地名醫程贊成，平
日施捨膏丸、存心濟世，也積了不少功德，故根據黑簿所載，汪氏此
世原本可得科名道光乙酉科，好好享受富貴榮華，結婚當生四子而多
有成就，歲至七十三，壽終正寢。無奈今世汪氏卻多行不義，簿中條
列其過，共計三千五百八十五款。令讀者好奇的是，究竟是什麼行
為，會在善書中被定義為「罪」？反之，醫者又應當如何作為，方可
以稱得上「良醫」？觀其列舉之內容，分別有：「毫無善行、倖博一
衿、恃才傲物、逞智欺人、不信因果、毀神詆佛、不敬字紙、東塗西
抹」等等；還藉行醫「遊食四方，蕩檢踰閑、索人財賄、貪心惡念，
不一而足」；更犯淫過七十二樁，又口過殊甚髮指，除了「賦性刻
薄、口才甚捷，每與朋黨高談闊論、說人長短、誇己才能、發人陰

私、談笑譏評、諧謔諷刺、口舌機鋒、利如刀刃」；又仗著文筆不
錯，「包攬詞訟、交結差房、說錢過付、魚肉鄉民、索賄千方」。以上
種種罪孽，真可謂多如牛毛，無疑是集諸惡大成之惡貫滿盈。（版
3b、4a）但觀黑簿內所詳載功過，可說是纖毫必記，連起心動念都納
入考核：「余展閱黑簿，所犯淫過逐條註明，勾姦某婦，何日起意，
何日遂欲。淫過若干，類記財過，或借或騙，或索或吞，共計錢銀或
米穀若干，一一註明分別」，（版4b）其中最最嚴重的是，身為醫生卻
「不以醫為仁術，存一片仁心」，（版5b）等同殺人取財，罪加一等，
故而臚列其殺有十：

> 汝習醫業，三十餘年，不肯濟人緩急，一殺也。緩人收功，二
> 殺也。醫分貧富，三殺也。延汝到門，危言驚嚇病家，預立自
> 己退步，活則居功，死則卸咎，四殺也。避寒畏暑，不以救人
> 為急，五殺也。病情不明，藥不見效，不肯辭其另請，耽悞病
> 家，六殺也。捐人夫轎，累人重費，七殺也。一到病家，誇張
> 大話，詆謗他醫，八殺也。方脈不明，以藥試病，九殺也。真
> 方假藥，索財代製，十殺也。（版5a-5b）

觀其內容，實為「庸醫」行徑之加強版，著實反映了清中葉社會醫者
敗德之諸種惡行惡狀；同時，也反襯了善書敘述者所認為亟需重建的
醫德內容。原本業儒擅長之文筆，未能揚善闡義，反而淪為汪氏的犯
罪工具，「又操刀筆，輒見財起意，不論曲直，捏成一紙虛詞，致覆
盆之下，含冤鬱死者，非汝殺之而何？」（版5b）這不就是專門撰寫
判狀誣告他人以求財的黑心律師古代版？書中對汪氏之嚴詞詰難，正
也揭露了清中葉習儒者與業醫者重利敗德之社會亂象，汪氏兼而有
之，更是罪孽深重，「千劫莫消」，甚且禍及子孫。

　　極有意思的是，在汪氏受審後，書中安排了汪氏與業師大相認的情節，無疑是借此對儒者身分的重新確認。蓋汪氏遭到主司一一揭發陽間所作諸惡，無所遁逃，既羞慚又愧赧，更遭斥咄拷打，只得懺悔發願，方得遣返陽世。待到叩謝而出，至墀下時，冥司又命令汪氏近前，要他仔細看看「我是誰」，此時冥司霎時間現出本來面目，「與坐堂時面貌迥異」，汪氏定睛一瞧，竟看出眼前人竟是當年習儒所從業師鄭琬西先生！汪氏後來因蹭蹬考場，遂棄儒從醫，自與業師無所交流。而鄭師當年考中庚子科副榜後從官，「三代良善，無一字入公門，一生守己，外無二色，謹言慎行，惟以舌耕為業。」又因「上帝嘉予謹厚」，遂命其「職掌浙省都司城隍其東嶽，查校合省士宦人民男女善惡」，分派「轉生人畜」、「領去投生」、「奉勾死魂押送本司」發送東西兩獄等冥間業務。（版9a-9b）後來才會在按簿考校時，赫然發現當年學生汪雲鵬，竟已名列亡魂分派之列，細察內容，發現汪氏三十餘年以來「不修寸善」，故特假其病危離魂之際，藉夢境將之召來，「特相誡勉」。（版9b）

　　上揭種種，不管是言醫者而嗜利敗德，抑或是舉儒者之仗才害人，矛頭最終指向的就是集惡大成的「庸醫」劣輩。觀其所言，莫不在於假此個案而諄諄告誡，所有醫者皆應當回返「儒者」身分，嚴謹修身，自課自律。這即是對於清中葉時期棄儒從醫現象所進行之異常嚴格的批判與反思，並且提出實質而具體的道德重建。這類善書所勸戒的對象，顯然並非尋常百姓，而是社會中具有知識權力的儒醫，雖然並非仕宦高位，但相較於遊走生員層的布衣山人，可算是中階的知識分子，複刻此版行世者意欲透過宗教傳播的感化力量，進行另一種教化，當為此書最終旨趣。

三　宣教意圖之文化加工

　　這種宗教意圖的文化加工，最明顯的就是，全書首尾呼應，嫁接宗教勸善內容。

　　誠如書跋所言，刻書大旨在於使人觸目警心，故全書起首，於跋後即引入《文昌帝君聖訓》《蕉窗十則》（附錄一），分別以「戒淫行、戒意惡、戒口過、戒曠功、戒廢字」為五戒，以「敦人倫、淨心地、立人品、慎交遊、廣教化」為五立，宣揚自律自警、身體力行也。

　　此十則傳世多略稱為《文昌帝君蕉窗聖訓》，全文僅約四百四十四字，通行於善書系列當中，今亦可見，文字略異。[13]學者梁其姿嘗由「惜字會」及「清潔堂」來談乾隆中期以來慈善機構的儒生化，指出「盛清時文昌成為儒生階層的職業神祇」，「在明代，依賴功過格、惜字等非純粹儒家行為尚為不少大儒作為修身積德之用；到了清中後期，這種宗教行為已進一步形式化、集體化及世俗化，成為儒生的職業性信仰」，[14]適與本文所及文昌帝君與「戒廢字」等律條，恰恰符應。

　　全書結尾，則屬以夢驗事有五，分別為夢友人二，後則難逃一死；親友亦患病而亡，等等。皆在在告訴讀者，現實人生，實與夢中所見，相互呼應、因果關聯；所言無不強調，夢中預言與後來人間世之發展，果然應驗相符，所以夢所昭告之訊息，作夢者萬萬不可忽視，更應當引以為訓。而這件夢兆的故事，重點在於主角在這場夢境的遭遇，讓他深深有所感悟與體會，故而醒後回陽，而有迥然不同的

13　《文昌孝經·附蕉窗十則》，收入王見川等主編：《明清以來善書叢編·初輯（*Chinese morality books since the Ming and Qing Dynasties. First collection*）》（臺北：新文豐出版公司，2019年1月），第9冊，頁572-575。另，網路之「善書圖書館」亦載入，網址：http://www.taolibrary.com/category/category86/c86012.htm，擷取日期：2020年2月5日。

14　詳參梁其姿：《施善與教化：明清的慈善組織》，第五章，頁192、202。

人生態度，採取了更積極的作為，改過遷善、刻印善書、廣傳善言等等。（版11b）

全書故事，又由夢入冥府、遇見冥司，進入主要情節。另一種植入式的宗教意圖文化加工，於焉展開。除了主要針對儒醫之敗德諸惡進行審判與反思外，此中糅雜之宗教思維，經筆者歸納大抵為「因果報應說」、「萬物皆空、只剩功過」以及「為善去惡」與日課之自求法四大項，茲詳論於下。

（一）「因果報應論」

全書故事無不致力於假各類情境來宣揚「因果報應」，如冥遊之始，汪氏看見那衙門，儀門上有聯句即為：

> 陽間作惡，人盡道沒有報應。我這裡，早定下遠報、近報、順報、逆報。
> 暗地虧心，你且喜密無知覺。那時節，難瞞了天知、地知、神知、鬼知。（版1b）

所有在陽間可以避人耳目、昧著良心，暗地裡為非作歹的，必遭報應；而到了陰曹地府，在審判者冥司主爺面前，將一一現形、無所隱遁。這種因果報應說，並非僅存於佛道宗教，其淵遠流長，早在《周易》、《尚書》等儒教經典中，都明確地指出善惡報應的必然性。如《周易・坤卦・文言傳》言「積善之家必有餘慶，積惡之家必有餘殃」；而明成祖（1360-1424），更親自編輯《為善陰騭》書，收集善有善報的歷史事實，再加上自己評論。上行下效，一時蔚為風潮。至於《太上感應篇》雖是道教書籍，然開篇「禍福無門，唯人所召」，

亦係出自《左傳》（襄公二十三年）。[15]故言「因果報應說」，普遍存在
於儒佛道三教與民間信仰之中，亦無不可。然相對於傳統儒家經典而
言，敘述比例上還是以宗教性質的書籍為多，尤其是大量的地獄神鬼
之說，故本文將此類敘述歸於「宗教意圖的文化加工」。

　　如書中經常以「陰律云」進行規勸，所謂「貪淫者，絕嗣報；子
孫淫佚報；貪財者，得窮乏報，得災禍報。」又言「陰府已將汝四子
一榜扣除冊簿，本待將爾衣巾削去，因念爾祖尚有餘德，姑留一巾，
仍將爾壽除去十年」（版3b），故冥司審判終了宣布汪氏「因汝齷齪齷
齪得來，冥冥中亦叫汝乾乾淨淨送去，兼之近年以來，妻亡子喪，東
敗西成，皆天降之殃，實自召之咎也」（版6b）。在此之外，書末夢驗
諸事，亦不離因果報應。茲略舉一二為論：其一，汪氏在同年八月走
訪故友朱璣璣之堂兄朱佩卿，說起夢兆事，朱佩卿大駭。遂將朱王二
人先是「虧空票項無償」，而後王樹滋自縊而死、朱受驚而死等事向
汪氏詳述始末，自此之後，「朱佩卿益信陰陽因果，愈加修德不倦」
（版12a）；其二，文末之夢驗三，說到冥府中遇劉翔雲託帶口信，囑
咐其次郎劉在邦「速退縣胥，回心向善」（版12b），在邦不信亦不
聽，果不其然，「八月邦在戶繕寫征冊，背後忽有人打伊一拳，回寓
即吐血數斗，百藥不效。至第二年正月十八日午刻，血湧而死。」此
乃平日未能行善又不聽勸，終致殺身之禍的又一例。（版12b-13a）至
於文中狀寫地府陰森諸狀，令閱者不免心生害怕而毛骨悚然，莫不在
懲罰來告誡世人，作惡者終將下地獄、受審判、遭酷刑。當然，就本
書最核心的旨趣而言，則是藉由因果報應說，來勸告醫者雖具有專業
言權，病人看似任其宰割、無法自我保護，然而，多行不義的醫者，
亦難逃報應，甚且禍及子孫。由此看來，包裹了勸善戒惡之宗教意圖

---

15 李申選編、標點：《儒教報應論》（北京：國家圖書館出版社，2009年5月）。

的故事,是希冀能假此激發閱者之害怕、恐懼,進而要求閱眾信徒當
善盡自我職責,如《文昌帝君蕉窗聖訓》所言。是以醫德之具有,在
清中葉時期,如何在訴諸法律途之強制力量以外,透過儒教與佛道宗
教與民間信仰糅雜的善書,進行道德勸戒,希望幡然悔悟者真心向
善,也唯有回歸到醫者本心之自我要求,以及生活之自我約束,社會
秩序與道德價值,才會真正被彰顯。

(二)「萬物皆空、唯存功過」

　　汪氏進到衙門前,抬頭看到門上有四字金匾「出入無時」,下掛
短聯「元宰公侯,於今安在?妻財子祿,到此皆空。」(版2b)只就
這短短數句,原本用意就是要對鎮日汲汲營營的俗世庸醫,來個當頭
棒喝,可惜汪氏看是看了,但還未得就此一語喚醒夢中人。駑鈍頑劣
異常者,總非得歷經後來冥司層層審判,繼以嚴厲掌面逼問,方才願
意懺悔,痛改前非。

　　此聯說俗世名利財富妻子皆空,意在彰顯物質界之有限性,終將
毀壞破滅,就為了能棒喝凡人,破除執著;但是,如果世間物質界,
都是一場空,那麼人活在陽世的意義,又該如何安頓?故事的敘述
者,提出了「功過」作為回應,意即善事與惡事,這些都會存載在個
人專屬的黑盒子,即如冥司主爺手中的「黑簿」,以一筆一筆、鉅細
靡遺的方式條列記錄。而功過之登錄,係每個人身上與生俱來的三尸
神所為:

> 乃人身三尸神所奏,此神人人身上皆有之,每月庚申上詣天
> 曹,南北二斗所司,查人善惡,註人生死,一本案存地府。東
> 西兩嶽所掌,考校善惡,分別治罪。一本案存余處,知人善惡
> 以便承辦。(版9b-10a)

按月申報，分別向天曹、地府與冥司三處。道教言「三尸神」，如
《太上感應篇》所載；[16]而功過記錄，在晚明儒者以及善書當中，即
已發展成熟。這趟人生之旅，凡走過必留下痕跡的「黑盒子」，讓人
人之善惡透明化，無所遁形。常人以為陽世所作所為可以欺人耳目，
實則不然；文中在在強調，那些為非作歹卻消遙法外之大惡人，終將
下地獄，接受審判與酷刑。讀來不禁大快人心，於此末世氛圍頗感絕
望之際，稍稍緩解煩悶。

（三）「為善去惡」與日課自求法

　　故事尾聲安排冥司現出本來面目為汪氏業師，審判定罪後的汪氏
更是百般求饒，竟妄想能請業師刪改黑簿內容，「庇護減除」。（版
9a）汪氏業師正色訓斥，強調黑簿上之罪款係三尸神所回報，登錄於
三處，並非冥司所能修改。然而汪氏死纏爛打、「哀求不已」，先生不
得已而「怒目面斥」，「汝苦求我，何不自求之為愈也？！」汪氏遂復
問自求之法。先生提點汪氏，要他回想當年習儒時的生活要求為何：

> 每日清晨，早起、盥手、端坐、正容，淨心虔誦《文昌陰騭
> 文》、《太上感應篇》等善書一遍，必時時檢點身心，皆如鬼神
> 在傍，不敢怠忽。且以敦倫勤學、守謙忍辱、謹言慎行、課授
> 生徒，無從匪彝，無即慆淫，自壯至老，始終如一。（版9b-
> 10a）

觀其言乃在強調重點在於心念之修正，唯有日日自我要求，方可自
救。所舉虔心誦讀之經典為《文昌陰騭》、《太上感應篇》二書，係晚

---

16 語出《太上感應篇》正文之十一：「又有三尸神，在人身中。每到庚申日，輒上詣
　天曹，言人罪過」，收入王見川等主編：《明清以來善書叢編・初輯》，第2-4冊。

明以降盛行民間的通俗善書，[17]修行方法猶如儒生日課，[18]天天照表操課，此種儒學與宗教互相浸潤的糅雜現象，實普遍存在，如許三禮（1625-1691）自述「乙巳年從家君纂刊文昌帝訓與感應立命等篇，始悟出凡事從天理動者造化在我，乃歎曰此聖學也」，即將善書與儒家聖學等同視之。[19]觀其內容，不離自警自惕，需善盡儒生授業生徒之職責，此種回歸內在自律的要求，無疑是針對原為無法無天的惡行醫者所專開之心藥，勸善去惡之用，亦不可不謂之深遠矣。

至於鼓勵萬惡之人立即向善，此書還宣揚只要有善心，即便善行未成，亦是累福；只要少數積善，加上懺悔，亦可將過去數千則罪狀抵消而有機會免去一死，返回陽世。例如冥司看其懺罪誠懇，欲免其死罪，遂命小吏詳查黑簿，在滿紙罪狀中幸能尋得有五件善行，分別是助貲完婚一次、勸阻佔財一次、買棺斂埋兩次、議立義塚一次。（版7a-7b）雖然末項之義塚並未完成，但「陰司定人善惡，在心術不在事跡」；而三千五百多條惡罪，並非事事皆為，僅惡念一起即記惡行一樁，由此可知，心念甚為重要，心念一轉，即可起死回生，開始個人的重生之旅。

（四）糅雜宗教以論儒醫的「義利之辯」

前揭十殺，即謂汪氏「不以醫為仁術，存一片仁心，徒以財為役耳」，蓋善書敘述者認為，重義行仁當為醫者行事之第一要義，至於

---

17 相關研究可參〔日〕酒井忠夫；劉岳兵、孫雪梅、何英鶯譯：《中國善書研究（增補版）》。

18 學者王汎森指出：明清時期有一類道德嚴格主義的儒門學者主張每日記錄〈功過格〉，此又與民間善書風氣相互呼應。見王汎森：〈日譜與明末清初思想家──以顏李學派為主的討論〉，收入王汎森：《權力的毛細管作用：清代的思想、學術與心態（修訂版）》（臺北：聯經出版事業公司，2014年7月），頁273-340。

19 〔清〕許三禮：〈丁巳問答〉，《天中許子政學合一集》，收入《四庫全書存目叢書》（臺南：莊嚴文化事業公司，1995年），子部雜家類第165冊，頁526。

「求利」不宜掛在心上，而唯以「良醫良相」之儒醫精神為依準。
（版5a）如此說來，頗符合傳統儒家「義利之辯」。唯此書不僅止於
儒家，更援引善書模式，勸人「為善去惡」，以應對追求人間富貴功
名之心。行醫並非不能享有人間富貴，但其重點應在於發心「為善」
「戒惡」：

> 財祿之有無，俱從人前生之善惡而定，汝存心於善不貪財，而
> 冥冥之中，自與以富厚。若存心於惡，天必奪其財祿使之窮
> 乏。汝不見世上貪財之徒，一錢如命，百計營求，損人利己，
> 無所不至。不知天道最恨慳刻，任家積蓄多余報以絕嗣，將一
> 生刻剝來的財產，一旦付與他人；或不絕其嗣，生出不肖子
> 孫，蕩掃一光；更或加之水火、人命、疾病、死喪等殃，以散
> 其財，使之老填溝壑；又有變畜償債者，皆貪殘之左驗也。
> （版5b）

倘能行善積陰德，財富自來；反之存心為利，則必遭致禍患、死傷、
蕩盡家產甚至死於意外、來世還會變為畜牲還債。皆不離因果輪迴說
也。在此之外，更鼓勵醫者「重施捨」：

> 不知佛家以施捨為根本，道家以清淨為真修，能施捨則視財一
> 空；能清淨，則見財不愛。人能於財字看得破，便可成仙成
> 佛。大則利世濟人，小則隨緣施捨。（版6a）
> 須知人生世上，蜉蝣一間耳。要將錢財看破，任你牀頭萬貫，
> 一死卻將不去，何不散些錢財利人利物，向冥冥中買些福澤
> 也。（版10a）

為利者，即便是親友，父子兄弟，也會因為「見利忘義」而反目成仇；然為義者，即便是陌路他人，也會因為「捨利求義」而成就美德。倘若醫者願意施捨，即是放下對錢財的執著，同時更運用己之財富來行善積德。如此善之循環而又可為未來積德培福，雖不求富貴而富貴自來。

書中強調行醫不是一種謀生工具而已，應當是等同「良相救國」之大業，故而義利分判，應當成為「儒醫」行事的唯一準則。

四　小結

《汪氏病夢回生記》係一部流傳於清中葉時期關乎儒醫道德的勸善書。「病巫夢癒」加上「離體入冥」的複合情節，構成全書梗概；繼而嫁接首尾呼應的善書套式，前有〈文昌帝君蕉窗聖訓〉，後有夢驗與急救藥方，行文中植入因果報應說，宣揚名利皆空、唯存功過，希冀破除執念，鼓勵為善去惡，推行日課之自求法。其中勸善部分，係在夢中由冥司主爺之審判道出。值得留意的是，文中強調個人心念之重要，只要動心向善，即便聊聊數則，亦可勝抵作惡萬千，懺悔者立得救贖，頗有「放下屠刀，立地成佛」，勸人幡然悔改、即刻力行之深意。

本文所得，適可管窺清中葉以降下至晚清棄儒從醫者之怪現狀，掌握以文昌帝君為主的宗教勸善語彙與敘述模式，而其中歸納「夢兆夢驗」模式，又足為詮解其他善書之參佐。

五 附錄：《文昌帝君聖訓・蕉窗十則》

一戒淫行

　　未見不可思，當見不可亂，既見不可憶，於處女寡婦尤宜慎。

二戒意惡

　　勿藏險心，勿動妄念，勿記讎不釋，勿見才而嫉，貌慈心狠者
尤宜慎。

三戒口過

　　勿談閨閫，勿許陰私，勿揚人短，勿設雌黃，勿造歌謠，勿毀
聖賢，於尊親亡者尤宜慎。

四戒曠功

　　勿早眠遲起，勿舍己芸人，勿為財奔馳，勿學為無益，勿見異
思遷，身在心馳者尤宜慎。

五戒廢字

　　勿以舊書裹物糊窗，勿以廢文燒茶拭桌，勿塗抹好書，勿濫寫
門壁，勿嚼草稿，勿擲文尾，於途間穢中尤宜慎。

六敦人倫

　　父子主恩，論之以義；君臣主敬，引之以道；兄弟相愛，勉之
以正；朋友有信，勸以有成；夫婦相和，敬而有別。

七淨心地

玩古訓以懲心，坐靜室以收心，寡酒食以清心，卻私慾以養心，尤當悟至理以明心。

八立人品

敏事慎言，志高身下，膽大心小，救今從古，棄邪歸正，思君子之九思，畏聖人之三畏，尤當不恤人言。

九慎交遊

始終不怠，內外如一，貴賤不二，死生不異，功過相規，化夷惠而師子，絕姦狂而交中正，尤當立身為萬世友。

十廣教化

遇上等人說性理，遇中等人說因果，多刻善書，多講善行，尤當攻邪崇正以衛吾道。

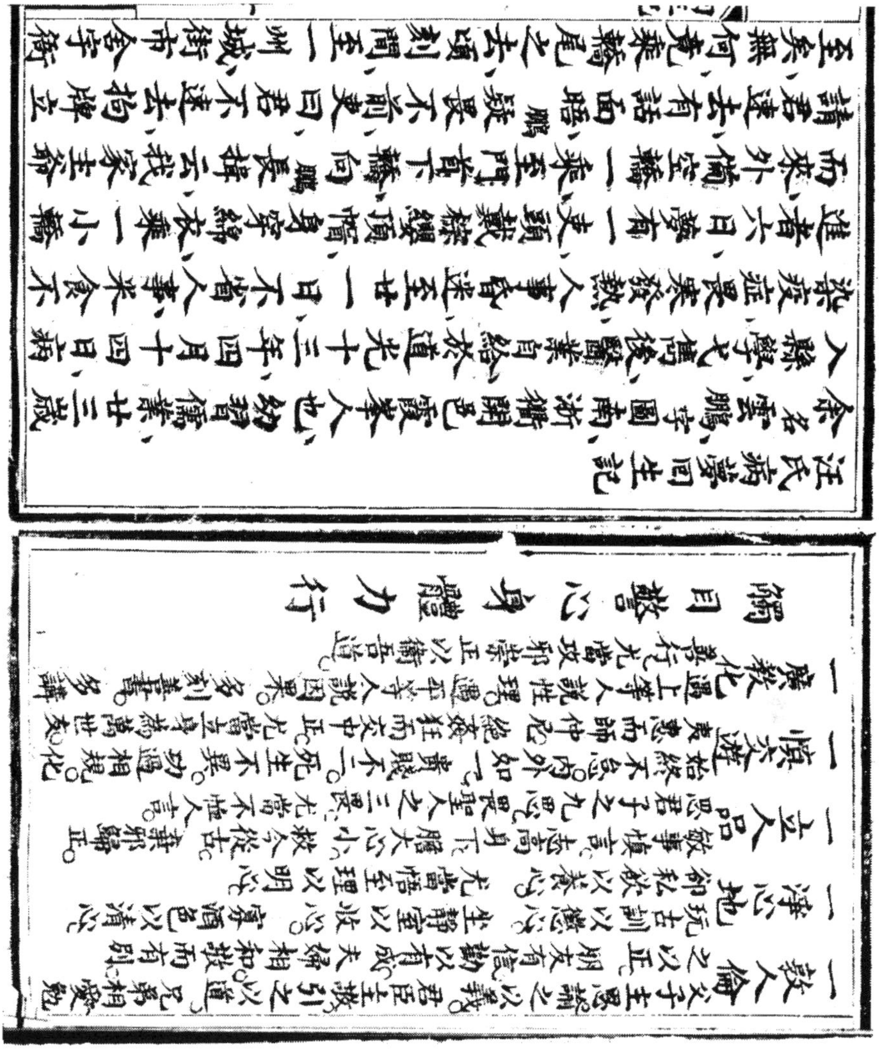

圖三十五：〔清〕《汪氏病夢回生記》首頁[20]

20 〔清〕汪雲鵬：《汪氏病夢回生記》，清光緒二十二年（1896）刊印，上海圖書館藏
　　線裝書，版1a。圖版所示，書首之前即《文昌帝君陰騭文》之十誡（後半部分）。

總結
回顧與展望

　　本書分屬二大子題，前者由自撰年譜來探討私我夢經驗，如何以多元方式再現；後者則偏重於原本為私人記憶的文本，如何歷經文人或坊刻的剪接、纂輯與嫁接善書首尾等文化加工的方式，產生質變的衍異，進而組構為主題知識。此外，再透過閱讀行為，形塑為公眾的集體記憶。納入多數個案進行細節探究，相關之兩重問題，茲分述於下：

一　主題 I 結論：夢開啟跨越視域之可能

　　本題係以自撰年譜為核心文獻，企圖開展的研究視域有二，其一，持以研究「年譜」的學術態度，應由傳統定位為「知人論世」的史學功能，再向外含括文學、藝術史、心理學等文化視域，是以年譜之豐富性當重新審視。誠如《桐溪達叟自編年譜》所言：「今編此譜亦猶此意，且吾子孫勿徒作年譜觀也。其中述祖德、紀親恩，並及分所當為，則可作家訓看；山川所歷，略述勝概，則可作遊記看；事實有關令甲者，間亦記其所知，則可作典故看；瑣事小言，綜筆及之，以供談助，則並可作小說看也」。[1]其二，有關「紀夢」的研究文獻，學界向來都偏重於文集、占夢書籍，應可更積極地拓展至「自撰年譜」文獻，因為明人十分看重攸關自我體悟的特殊夢兆，誠如鄭鄧在

---

[1]　〔清〕嚴辰編：《桐溪達叟自編年譜》，收入《北京圖書館珍本年譜叢刊》，第165冊，頁375-376。

年譜後的家訓中明列「古云畫徵諸妻子,夜卜諸夢寐」,足見其深信夢兆之昭昭可驗,故而書夢入譜,流傳後世。[2]

其次,有關「自撰年譜」所展現的多重文化意涵,論者觀察到:明清士人展現對自我夢境之高度關懷與深切凝視,話語策略上則著重於個人對此夢兆的種種體悟,與現實生活的回應(徵驗),此種前因後果結合一氣的書寫模式與基本態度,實與晚明以降叢林論夢之「夢覺如一」觀點不謀而合,[3]而且深具身體力行之實踐意義;所牽涉的不僅僅是心學,儒釋道亦兼有之,故已然擴展至前人論述未及處。至於異人研究,本論文接續楊儒賓先生之研究,而處理了更多明清時期自撰年譜,就文獻而言,自可略盡學術補白之效;就觀點而言,則嘗試在榮格心理學「智慧老人」原型觀點之外,回歸到中國傳統士人修行與論學氛圍中一探究竟。尤其是含括「寤寐羹牆」這類夢見前賢的論述,更加入「圖文並置」的論點,除了列舉儒學傳統例證之外,亦擴及文人文學模式,如尤侗之〈夢遊三山圖〉,豐富了明清以降的夢文化論述。

整體而言,明中葉以降的自撰年譜,代表著私人記憶、個人歷史之自我意識已然覺醒,透過此種書寫,建構個人生命史、編織小我之存在意義;而「夢兆經驗」與「異人遭遇」之所以被擇入年譜的現象,的確具有多重的文化意涵。本論文企圖解釋夢兆經驗對於說話人本身,可能具有紓解身心靈內在鬱積能量達到療癒疾病的奇効,並帶來天外飛來一筆式的靈感,讓主角在回應現實困境與焦慮時,找到安頓自我的途徑。除此之外,多則異人遭遇的記載,詳述了譜主內在體

---

2 〔明〕鄭鄤編:《天山自敘年譜》,收入《北京圖書館珍本年譜叢刊》,第61冊,頁259。

3 詳參廖肇亨:《中邊‧詩禪‧夢戲:明末清初佛教文化論述的呈現與開展》(臺北:允晨文化實業公司,2008年)。

悟與感受，則又與明清時代氛圍遙相應和。

　　明清之際僧人方顓愷於年譜中載記，晚年飽受疾病之苦，而在痛苦至極中，頓悟了「疾病痛苦皆真我也」的道理。蓋眼、耳、鼻、舌、身、意之苦，皆可使人有所頓悟，換言之，肉身感官之種種體驗，已無虛實之分，皆存有真我。如此說來，疾病之痛苦、判案之困境、夢兆示訊與異人指點，何嘗不也是個人在滾滾塵世中的覺悟之資？論者倘執此以觀自撰年譜中的「滿紙荒唐言」，著實無須斥之為無稽之談、或唾之為當刪之贅，在文字糟粕之外，吾人或可深刻感受，此中存有何其嚴肅的自我凝視與生命體悟。

二　主題Ⅱ結論：文化衍異與多元再現

　　第五章考察舉業善書中之狀元系列及徵信錄系列，得出下列結論：其一，狀元故事的來源甚為多元，倘由個案追索，可充分察見原始故事在不同傳鈔系統中，產生文化衍異的現象。其二，有關夢兆故事之圖文並置的再現模式，以《明狀元圖考》為例，大致有四種模式：一為「九虛一實」；二為虛實各半；三為實多虛少；四為虛實交融。如此開展之模式，或可為研究圖文現象之參佐。其三、《明狀元圖考》以及《徵信錄》二大類之間，出現徵引援用、改寫異動等增枝添葉或刪改現象，就明清時期針對參加舉業之儒生而出現的善書，其中明顯出現文昌帝君等信仰之宣教痕跡，亦可為前賢研究之佐證。

　　第六章透過《汪氏病夢回生錄》的個案探討，適可管窺清中葉棄儒從醫者之怪現狀，掌握善書中縉合儒教與民間信仰的敘述模式，即以文昌帝君為主的宗教勸善語彙與敘述模式；而其中歸納「夢兆夢驗」模式，又足為詮解其他善書之參佐。

三 未來展望

　　本書之呈現，聊堪作為個人對於明清夢文化的初階研究；猶有甚者，則希冀由此開啟未來可以拓展的學術新視域。就「文化衍異」而言，筆者以為，尚可由特殊個案的追索，考查其多元再現的複雜現象。茲舉晚明流傳的占夢書為例，如眾所周知的張鳳翼（1550-1636）《夢占類考》，即嘗援引並改寫明人徐顯卿（1537-1602）《宦迹圖》中〈聖祐已疾〉[4]的故事：

> 孔林登殿
>
> 大司成徐公顯卿病癩，療之腐而不潰，痛楚萬狀，肌肉消盡，幾於殆矣！一夕，夢至孔林登殿上，聞外間隱隱有前呵聲，頃之，人入報，啟聖公來視公。徐以病狀自謙再三，辭以不便，頃之，其人復入，云：不敢強面矣。而呵聲隱隱自殿東角而沒。頃有二婦捧二合入，云：啟聖饋食也。開視其一，合惟一瓦器，中惟一熟葫蘆，勸徐食，徐意難之，婦即持去其一，復進，開視，亦一瓦器，器中一熟茄，徐重違其意，即食之，味甚美，其婦曰緩之，中有鹿肉，徐盡食謝之而去。覺後口中津津有餘味也。早即潰，潰即無所痛楚，不踰月而愈。[5]

執此對照原始文獻，則可發現三處修改，試推敲其意：其一，登孔殿

4　〔明〕徐顯卿《宦迹圖》冊頁，共二十六開，原收藏於北京故宮博物院，為余士、吳鉞繪製以及徐顯卿自作詩序及《紀遇詩》。概述其十二歲至五十一歲，由童蒙啟迪、金榜題名、入仕為官的生命歷程，故而可視為編年體式圖文並茂的自傳年譜變體。詳見第二章。

5　〔明〕張鳳翼：〈孔林登殿〉，《夢占類考》，卷5，收入《續修四庫全書》，子部術數類第1064冊，頁543。

為啟聖公召見事。原文是衍聖公，係指孔門後學，故《逸旨》書文字略微異動爾。又「徐以病狀自謙再三，辭以不便」事，原文中則直述係乃「赤身入大殿」「不肖惶懼羞澀，恨不能縮地」「即令人辭之曰：『裸體不可接見』」，《逸旨》書中則更異為「以病狀自謙再三，辭以不便」，推測張鳳翼之用意，刻意以病狀代替裸體羞慚，其意似為之隱諱，將直白露骨的敘述代換為尋常為人接受的說詞。其二，原文詳述開盒食茄並鹿肉事。正當「滿口馨香，津液如注，遂醒。口中香味尚在」，而《逸旨》書節為「津津有餘味」。前者第一人稱之敘述，顯得傳神而栩栩如生；後者採第三人稱敘述，僅存情節交代，略述其要爾。此其刪略較多的地方，敘述節奏更顯輕快。最值得一提的是其三，**題目更動之隱喻**。蓋原徐氏標題為〈聖祐己疾〉，而《逸旨》更為〈孔林登殿〉，並將之列入「棟宇部」。筆者以為，二者強調之重點不同，前者主述聖人護佑，後者主述則在於強調夢中主角置身於神聖的「空間場域」，這又同時暗喻了所見對象之「身分」非凡；而「登」與「躋身於此」又有關聯，如前所述，乃意味徐氏所登為孔門儒學正統大殿，所見者乃孔門嫡傳之啟聖公，又賜予具有療疾作用之熟茄鹿肉，頗有「優入聖域」之重要寓意。[6]

　　由上述例證，我們可以了解，私人記憶，如何被他人徵引至夢書之類的主題書籍，或增枝添葉，或刪減更異，而成為分類下的當代例證；較具時代特性的是，在中明以降因雕版印刷而帶動私刻、坊刻盛行的風潮，夢兆主題透過圖繪雕版、刊刻傳播，形成閱眾之集體記憶與主題知識，更是常見。而這類文獻，由於明人好於書寫夢經驗，故而可以深究的子題，亦多不可限，未來當可繼力深耕。

6　有關孔廟的文化論述，可參黃進興：《優入聖域：權力、信仰與正當性》（修訂版）（北京：中華書局，2010年3月）。

這也意味著，雖走筆至結論，但仍為未盡之書。

　　夢，可以跨越他界，但又時與俗世欲望糾葛繚繞，可說是亦複雜亦單純。唯筆者對於夢的好奇，並非止於紙片上的知識分析，實更根柢於相信夢，是個人生命與浩瀚宇宙間訊息接軌的通道，甚或是渺小個我神遊太虛的奧妙體驗，故而可以是隱喻，也可以是真實的接觸。在諸多古籍的披閱中，最讓人快意與欣喜的，是發現異時異地之同道者並不尠少，而自己顯非踽踽獨行、不合時宜的尋夢者。猶如晚清寶琳（1792-1863）在耄耋之年刊行的《夢迹圖》所述，多年來，他始終記得十四歲那年仲夏午後的夢境，在茂密瓊林簇擁的一處隱密書屋，坦腹席地而臥的自己，竟在胸腹之間，長出一束莖葉皆俱的亭亭蓮花（圖三十六）。而多年後的他，終於領悟到這個夢境，其實是在預示他「夙根」所在，意即個體靈魂主體的過去根性，而這個「夙根」又實實在在地連接了此世，甚至來世的修行與體驗。寶琳在此夢後即自號夢蓮，終身以此行世；晚作即命為《夢迹圖》，邀請友人寫序並慎重其事地倩人繪圖刻版、印刷，傳世意味濃厚。我以為，世間學問也當是如此，你我如是終其一生孜孜矻矻地魚蠹筆耕，無非是想藉此探問生命的存在意義，實踐自我相應的生命型態，這也必然與夙根息息相應。越來越相信海奧華其實不遠，誠如〔法〕米歇・戴斯馬克特（Michel Desmarquet）所述：「在你睡覺的某些時候，高我能把星光體召喚到自己那裡，以傳達一些指示或想法，或者在某種意義上修復星光體，補充星光體的精神力量或為重要問題提供解決之道。」[7]我以為，此說又與明清時期夢覺如一，遙相輝映。夢中的體驗，實應更嚴肅地成為體悟之資；尤其是在此一物質世界極端發展的當代，我們

7　〔法〕米歇・戴斯馬克特（Michel Desmarquet）著；張嘉怡譯：《海奧華預言：第九級星球的九日旅程・奇幻不思議的真實見聞》（臺北：橡樹林文化，城邦文化事業公司，2020年1月），頁151、300。

更不該忘了如何讓靈性純粹、反璞歸真，在清明夢境中，回返高我能量之海。如此一來，個人對於夢文化的學術追尋，即更具有特殊的實踐意義。曲終，茲以此階段成果，就教大方，以邀同好，一同說夢解夢，在共同形構的學術大夢中，擁抱初衷。

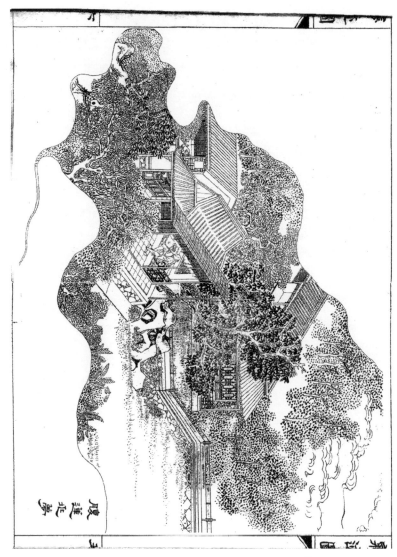

圖三十六：〔清〕寶琳〈腹蓮兆夢〉圖[8]

8　〔清〕寶琳輯：《夢迹圖》，上海圖書館藏線裝書。清光緒元年（1875）石印本。此
　　圖亦以框線分隔現實與夢境，唯做夢者之現實，在畫面中處於邊陲而呈現一片空
　　白；至於夢境，則是居處中間主要畫面，雕繪者以饒富裝飾意味的線條填充滿版，
　　務求歷歷在目。

參考文獻

凡例

一　古籍部分，先依時代，再依著者筆畫順序排列。收入叢書者，亦
　　標明出版資料。

二　近人論著，先列中文著者作品，再列各國著者作品，包含譯作。
　　皆依主要撰輯者筆畫順序排列。

一　傳統文獻

（一）一般類

〔西漢〕司馬遷：《史記》，北京：中華書局，2008年。

〔西漢〕劉　向：《列仙傳》，收入〔明〕周履靖校：《夷門廣牘》「招
　　　　　　　隱」第31，上海：商務印書館，1940年。據明萬曆金
　　　　　　　陵荊山書林刻本影印。

〔東漢〕班　固撰；〔唐〕顏師古注：《漢書》，臺北：樂天書局，
　　　　　　　1974年。

〔西晉〕張　華：《博物志》，臺北：藝文印書館，1958年。

〔南朝宋〕范　曄：《後漢書》，北京：中華書局，2005年5月。

〔南朝梁〕劉　勰著；林其錟、陳鳳金集校：《增訂文心雕龍集校合
　　　　　　　編》，上海：華東師範大學出版社，2011年8月。

〔唐〕李世民等著:《清聖祖御製全唐詩》,臺北:宏業書局,1977年
　　　6月。

〔宋〕朱　熹:《四書章句集注》,臺北:大安出版社,1994年11月。

〔宋〕李　綱著;王瑞明點校:《李綱全集》,長沙:嶽麓書社,2004
　　　年5月。

〔宋〕黃庭堅著;〔宋〕任淵、〔宋〕史容、〔宋〕史季溫注;劉尚榮校
　　　點:《黃庭堅詩集注》,北京:中華書局,2003年5月。

〔宋〕黃庭堅著;劉琳、李勇先等註:《黃庭堅全集》,成都:四川大
　　　學出版社,2001年5月。

〔宋〕蘇　軾;〔清〕馮應榴輯注;黃任軻、朱懷春校點:《蘇軾詩集
　　　合注》,上海:上海古籍出版社,2009年8月。

〔南宋〕洪　邁:《容齋隨筆》,上海:上海古籍出版社,1978年。

〔南宋〕洪　邁:《容齋四筆》,上海:上海古籍出版社,1978年。

〔明〕王　圻纂輯;〔明〕王思義編集:《三才圖會》,上海:上海古
　　　籍出版社,1988年6月。據上海圖書館藏明萬曆王思
　　　義校正本影印。

〔明〕王季重:《王季重十種》,杭州:浙江古籍出版社,2010年1月。

〔明〕尤　侗著;楊旭輝點校:《尤侗集》,上海:上海古籍出版社,
　　　2015年5月。

〔明〕申時行等修;〔明〕趙用賢等纂:《大明會典》,收入《續修四
　　　庫全書》,史部政書類第790冊,上海:上海古籍出版
　　　社,2002年。據明萬曆內府刻本影印。

〔明〕朱國禎:《湧幢小品》,收入《筆記小說大觀》第22編第7冊,
　　　臺北市:新興書局,1978年。

〔明〕吳承恩原著;徐少知校;周中明、朱彤注:《西遊記》,臺北:
　　　里仁書局,1996年。

〔明〕宋　濂：《鑾坡全集》，收入《宋濂全集》，杭州：浙江人民出版社，2014年6月。

〔明〕李　梴著；金嫣莉注：《醫學入門》，北京：中國中醫藥出版社，1995年。

〔明〕李景隆撰；黃彰健校勘：《明實錄附校勘記及附錄》，臺北：中央研究院歷史語言研究所，1984年5月。

〔明〕李夢陽：《空同集》，上海：上海古籍出版社，1991年，四庫明人文集叢刊。

〔明〕姜　垛：《敬亭集》，上海：華東師範大學出版社，2011年5月。

〔明〕張鳳翼編纂：《夢占類考》，收入《續修四庫全書》，子部術數類第1064冊，上海：上海古籍出版社，1997年。據萬曆十三年〔1585〕信陽王氏刻本影印。

〔明〕陳士元：《夢占逸旨》，收入《續修四庫全書》，子部術數類第1064冊，上海：上海古籍出版社，1997年。據華東師範大圖書館藏清嘉慶吳氏聽彝堂刻藝海塵本影印。

〔明〕陳士元增刪；〔明〕何棟如重輯：《夢林玄解》，收入《續修四庫全書》，子部術數類第1063冊，上海：上海古籍出版社，1995年。影印上海辭書出版社圖書館藏明崇禎刻本。

〔明〕陳有年：《陳恭介公文集》，網路電子資料庫，網址：http://archive.org/stream/02100668.cn#page/n85/mode/2up ，擷取日期：2020年1月15日。

〔明〕葉紹袁著；冀勤輯校：《午夢堂集》，北京：中華書局，1988年。

〔明〕徹庸周理：《雲山夢語摘要》，收入《明版嘉興大藏經》，第25冊，臺北：新文豐出版公司，2010年。

〔明〕鄧士龍輯；許大齡、王天有主點校：《國朝典故》，北京；北京
　　　大學出版社，1993年。

〔明〕顧鼎臣撰；蔡斌點校：《顧鼎臣集》，上海：上海古籍出版社，
　　　2013年7月。

〔明〕龔　信纂輯；龔廷賢續編；王肯堂訂補：《古今醫鑑》，國立臺
　　　灣大學藏日本明曆二歲〔1656〕天王寺屋新刊善本。

〔清〕孔繼堯繪；石蘊玉正書贊；譚松坡鑴；黃鎮偉撰文：《滄浪亭
　　　五百名賢贊》，蘇州：古吳軒出版社，2005年1月。

〔清〕汪雲鵬：《汪氏病夢回生記》，上海圖書館藏線裝書，清光緒二
　　　十二年〔1896〕刊印。

〔清〕邵之棠輯：《皇朝經世文統編》，臺北：文海出版公司，1980
　　　年，光緒二十七年〔1901〕上海寶善齋石印本。

〔清〕許三禮：《天中許子政學合一集》，收入《四庫全書存目叢
　　　書》，子部雜家類第165冊，臺南：莊嚴文化事業公
　　　司，1995年。據清康熙刻光緒二十三年〔1897〕重修
　　　本影印。

〔清〕張廷玉；鄭天挺點校：《明史》，北京：中華書局，2008年11月。

〔清〕葉衍蘭、葉恭綽編：《清代學者象傳合集》，上海：上海古籍出
　　　版社，1989年7月。

〔清〕潘奕雋：《三松堂集》，收入《續修四庫全書》，集部別集類第
　　　1460-1461冊，上海：上海古籍出版社，1995年。據
　　　天津圖書館藏清嘉慶刻本影印。

〔清〕謝文洊：《謝程山集》，收入《四庫全書存目叢書》，集部別集
　　　類第209冊，臺南：莊嚴文化事業公司，1997年。據
　　　中國人民大學圖書館藏清道光三十年〔1850〕刻謝程
　　　山先生全書影印。

〔清〕謝文洊：《謝程山先生集》十八卷，收入國家清史編纂委員會
　　　　編：《清代詩文集彙編》，第55冊，上海：上海古籍出
　　　　版社，2010年。據清乾隆十二年〔1747〕刻本影印。

〔清〕魏息園編輯：《繡像古今賢女傳》共四冊，北京：中國書店出
　　　　版社，1998年5月。據上海圖書館藏有清光緒三十四
　　　　年〔1908〕石印本影印。

〔清〕魏象樞撰；陳金陵點校：《寒松堂全集》，北京：中華書局，
　　　　1996年8月。

〔清〕寶琳輯：《夢迹圖》，上海圖書館藏線裝書。清光緒元年
　　　　（1875）石印本。

〔清〕顧　沅輯；陶澍、梁章鉅等敘；〔清〕孔繼垚繪圖：《吳郡五百
　　　　名賢圖傳贊》，臺北：廣文書局，1978年。據道光九
　　　　年〔1829〕刻本影印。

〔清〕顧炎武著；王蘧常輯注：《顧亭林詩集彙注》，上海：上海古籍
　　　　出版社，1983年。

王見川等主編：《明清以來善書叢編‧初輯（*Chinese morality books
　　　　since the Ming and Qing Dynasties. First collection*）》，
　　　　臺北：新文豐出版公司，2018年。

屈萬里著：《尚書集釋》，收入《屈萬里先生全集》，第2冊，臺北：聯
　　　　經出版事業公司，1983年2月。

郭　磬、廖東輯：《中國歷代人物像傳》，共四冊，濟南：齊魯書社，
　　　　2002年1月。

高楠順次郎、渡邊海旭都監：《大正新脩大藏經》，臺北：新文豐出版
　　　　公司社，1983年。

（二）年譜類（以下古籍皆出於《北京圖書館藏珍本年譜
　　叢刊》，茲略去出版年月，僅標著冊數，版本）

北京圖書館編：《北京圖書館藏珍本年譜叢刊》，北京：北京圖書館，
　　　　1999年。

〔明〕尤　侗編：《悔庵年譜》《年譜圖詩》《小影圖讚》，收入《北京
　　　　圖書館藏珍本年譜叢刊》，第73、73冊。據清康熙三
　　　　十三年〔1694〕刊本影印。

〔明〕方震孺編：《方孩未年譜》，收入《北京圖書館藏珍本年譜叢
　　　　刊》，第59冊。據清同治七年〔1868〕樹德堂刻《方
　　　　孩未先生集》本影印。

〔明〕王思任編；〔清〕王鼎起、〔清〕王霞起訂：《王季重先生自敍
　　　　年譜》，收入《北京圖書館藏珍本年譜叢刊》，第57
　　　　冊。據清初山陰王衰錫等刻本影印。

〔明〕朱　虤編：《茶史》，收入《北京圖書館藏珍本年譜叢刊》，第
　　　　52冊。據民國十七年〔1928〕鉛印本影印。

〔明〕周起元編；〔清〕王煥、〔清〕王如續編：《海澄周忠惠公自敍
　　　　年譜》，收入《北京圖書館藏珍本年譜叢刊》，第56
　　　　冊。據清同治十一年〔1872〕刻本影印。

〔明〕姜　埰編；〔清〕姜安節續編；〔清〕姜實節訂：《姜貞毅先生
　　　　自著年譜》一卷《續編》一卷，收入《北京圖書館藏
　　　　珍本年譜叢刊》，第63冊。據清光緒十五年〔1889〕
　　　　刻本影印。

〔明〕殷　邁編：《幻跡自警》，收入《北京圖書館藏珍本年譜叢
　　　　刊》，第49冊。據民國間烏絲欄抄本影印。

〔明〕秦　紘編：《秦襄毅公自訂年譜》，收入《北京圖書館藏珍本年

譜叢刊》，第40冊。據明嘉靖十七年〔1538〕刻本影
印。

〔明〕耿定向編：《觀生記》，收入《北京圖書館藏珍本年譜叢刊》，
第50冊。據民國十四年〔1925〕鉛印本影印。

〔明〕堵胤錫自記；〔清〕佚名編；〔清〕吳騫校：《堵忠肅公年譜》，
收入《北京圖書館藏珍本年譜叢刊》，第62冊。據清
嘉慶十年〔1805〕海寧吳騫抄本影印。

〔明〕堵胤錫自記；〔清〕佚名編：《堵文襄公年譜》，收入《北京圖
書館藏珍本年譜叢刊》，第62冊。據清光緒十一年
〔1885〕抄本影印。

〔明〕陳子龍編；〔清〕王澐續編；〔清〕王昶輯；〔清〕莊師洛等
訂：《陳忠裕公自著年譜》三卷，收入《北京圖書館
藏珍本年譜叢刊》，第63冊。據清嘉慶八年〔1803〕
青浦何氏幹山草堂刻《陳忠裕公全集》本影印。

〔明〕楊繼盛編：《椒山先生自著年譜》，收入《北京圖書館藏珍本年
譜叢刊》，第49冊。據民國九年〔1920〕上海宏大善
書總發行所石印《楊椒山公傳家寶書》本影印。

〔明〕葉紹袁編：《天寥自撰年譜》一卷《年譜續編》一卷《年譜別
記》一卷，收入《北京圖書館藏珍本年譜叢刊》，第
60冊。據民國間吳興劉氏嘉業堂刻《嘉業堂叢書》本
影印。

〔明〕鄭　鄤編：《天山自敘年譜》，收入《北京圖書館藏珍本年譜叢
刊》，第61冊。據清宣統二年〔1910〕武進盛氏刻本
影印。

〔明〕魏大中編：《魏廓園先生自譜》，收入《北京圖書館藏珍本年譜
叢刊》，第56冊。據明崇禎元年〔1628〕刻本影印。

〔明〕釋德清編；〔清〕釋福善記錄；釋福徵述疏：《憨山老人年譜自
　　　　　敘實錄》，收入《北京圖書館藏珍本年譜叢刊》，第
　　　　　52、53冊。據清順治間刻本影印。

〔清〕王祖肅編：《敬亭自記年譜》，收入《北京圖書館藏珍本年譜叢
　　　　　刊》，第99冊。據清乾隆間新城王氏刻本影印。

〔清〕王　植編：〈自紀〉，《崇雅堂稿》，卷10，收入《北京圖書館藏
　　　　　珍本年譜叢刊》，冊93。據清乾隆十一年〔1746〕刻
　　　　　本影印。

〔清〕方顗愷撰：《紀夢編年》一卷《續編》一卷，收入《北京圖書
　　　　　館藏珍本年譜叢刊》，第84冊。據清同治二年
　　　　　〔1863〕南海伍氏粵雅堂刻《嶺南遺書》本影印。

〔清〕吳　璥編：《吳菘圃府君自訂年譜》一卷，收入《北京圖書館
　　　　　藏珍本年譜叢刊》，第117冊。據清道光三年〔1823〕
　　　　　刻本影印。

〔清〕汪輝祖口授；〔清〕汪繼培、汪繼壕記錄；〔清〕汪繼坊等補
　　　　　編：《病榻夢痕錄》二卷《夢痕錄餘》一卷，收入
　　　　　《北京圖書館藏珍本年譜叢刊》，第107冊。據清光緒
　　　　　間江蘇書局刻《龍莊遺書》本影印。

〔清〕姜安節編；〔清〕姜實節訂：《府君貞毅先生年譜續編》，收入
　　　　　《北京圖書館藏珍本年譜叢刊》，第63冊。據清光緒
　　　　　十五年〔1889〕刻本影印。

〔清〕姜　晟編；〔清〕余肇鈞重訂：《姜杜薌先生自訂年譜》一卷，
　　　　　收入《北京圖書館藏珍本年譜叢刊》，第106冊。據清
　　　　　咸豐同治間長沙余氏明辨齋刻《明辨齋叢書》本影印。

〔清〕孫玉庭編：《寄圃老人自記年譜》，收入《北京圖書館藏珍本年
　　　　　譜叢刊》，第119冊。據清道光間刻本影印。

〔清〕康基田編;〔清〕康亮鈞補編:《茂園自撰年譜》,收入《北京
　　　圖書館藏珍本年譜叢刊》,第105冊。據清道光七年
　　　〔1827〕興縣康亮鈞刻本影印。

〔清〕陸元鋐編;〔清〕陸瀚續編:《彡石自記年譜》,收入《北京圖
　　　書館藏珍本年譜叢刊》,第118冊。據清道光間刻本影
　　　印。

〔清〕程庭鷺編:《夢盦居士自編年譜》一卷,收入《北京圖書館藏
　　　珍本年譜叢刊》,第148冊。據民國二十四年〔1935〕
　　　鉛印本影印影印。

〔清〕曹錫寶編:《曹劍亭先生自撰年譜》一卷,收入《北京圖書館
　　　藏珍本年譜叢刊》,第104冊。據清光緒二十三年
　　　〔1897〕印書公會鉛印本影印。

〔清〕曹錫齡編:《翠微山房自訂年譜》一卷,收入《北京圖書館藏珍
　　　本年譜叢刊》,第110冊。據清嘉慶間硃格稿本影印。

〔清〕黃炳垕編:《八旬自述百韻詩》,收入《北京圖書館藏珍本年譜
　　　叢刊》,第161冊。據清同治光緒間餘姚黃氏刻《留書
　　　種閣集》本影印;亦收入《晚清名儒年譜》第8冊,
　　　北京市:北京圖書館出版社,2006年12月。據清同治
　　　光緒間余姚黃氏刻《留書種閣集》本影印。

〔清〕楊　峴編;〔清〕劉繼增續編:《藐叟年譜》,收入《北京圖書
　　　館藏珍本年譜叢刊》,第163冊;亦收入《晚清名儒年
　　　譜》,第3冊,北京:北京圖書館出版社,2006年12
　　　月。據民國間刻本影印。

〔清〕萬廷蘭編;〔清〕萬承紹等補編:《紀年草》一卷,收入《北京
　　　圖書館藏珍本年譜叢刊》,第104冊。據清嘉慶十二年
　　　〔1807〕南昌萬氏刻本影印。

〔清〕潘士超編:《堵文忠公年譜》一卷,收入《北京圖書館藏珍本年譜叢刊》,第63冊。據清光緒間刻《堵文忠公集》本影印。

〔清〕潘奕雋編:《三松自訂年譜》一卷,收入《北京圖書館藏珍本年譜叢刊》,第110冊。據清道光十年〔1830〕吳縣潘氏刻本影印。

〔清〕蔣　彤編:《武進李先生年譜》,收入《北京圖書館藏珍本年譜叢刊》,第131冊。據民國間刻本影印。

〔清〕謝鳴謙編:《程山謝明學先生年譜》收入《北京圖書館珍本年譜叢刊》,第73冊。亦收入《清初名儒年譜》,第6冊。又見〔清〕謝文洊:《謝程山集》,收入《四庫全書存目叢書》,集部別集類第209冊,臺南:莊嚴文化事業公司,1997年。據中國人民大學圖書館藏清道光三十年〔1850〕謝程山先生全書本影印。

〔清〕魏象樞口述;〔清〕魏學誠等錄:《寒松老人年譜》,收入《北京圖書館藏珍本年譜叢刊》,第73冊。據清乾隆六年〔1741〕刻本影印。

〔清〕嚴　辰編:《桐溪達叟自編年譜》,收入《北京圖書館珍本年譜叢刊》,第165冊;亦收入《晚清名儒年譜》第8冊。據清光緒間刻本影印。

(三)科舉類(包含善書)

〔明〕朱希召輯:《宋歷科狀元錄八卷宋歷科狀元題名一卷元朝歷科狀元姓名一卷》,收入北京圖書館古籍出版編輯組輯:《北京圖書館古籍珍本叢刊》,史部傳記類第21冊,北京市:書目文獻社,1987年。據民刊本景印。

〔明〕吳士奇撰:《綠滋館稿、考信編、徵信編》,收入《四庫全書存

目叢書》，集部別集類第173冊。據北京圖書館藏明萬曆刻本影印。

〔明〕李仲僎輯：《義命彙編》，十二卷，美國國會圖書館攝製北平圖書館善本圖書膠片；Roll 141，華盛頓：美國國會圖書館，1961年。中央研究院圖書館藏。

〔明〕武之望撰；〔明〕陸鈖之輯：《新刻官板舉業卮言》五卷，收入《北京師範大學圖書館藏明刻孤本秘笈叢刊》，桂林市：廣西師範大學出版社，2010年，第20冊。據明萬曆二十七年〔1599〕繡谷周氏萬卷樓刊本影印

〔明〕陳　鎏輯：《皇明歷科狀元錄四卷》，收入《北京圖書館古籍珍本叢刊》，第21冊。據隆慶中刊本。

〔明〕焦　竑輯；〔清〕胡任興增輯：《歷科廷試狀元策》十卷《總考》一卷，收入四庫禁燬書叢刊編纂委員會編：《四庫禁燬書叢刊》，史部傳記類第19-20冊。據清雍正刻本影印。

〔明〕黃　瑜：《雙槐歲抄》，卷2，〈國子試魁〉，收入《續修四庫全書》，子部雜家類第1166冊。

〔明〕葉　盛撰；魏中平校點：《水東日記》，北京：中華書局，1980年。

〔明〕練子寧：《金川玉屑集》，收入《北京圖書館古籍珍本叢刊》，集部明別集類第101冊，北京：書目文獻出版社，1988年。據景明刊本。

〔明〕劉宗周：《人譜類記》，卷下，收入《四庫全書珍本》，第11集，臺北：臺灣商務印書館，1981年。

〔明〕顧鼎臣、顧祖訓彙編：《明狀元圖考》五卷本，收入《宋明狀元圖考錄集》，第3冊。據萬曆三十七年〔1609〕刻本影印。

〔明〕顧鼎臣、顧祖訓彙編：《明狀元圖考》五卷本，收入王春瑜編：
　　　　《中國稀見史料》，第1輯第4冊，廈門：廈門大學出版
　　　　社，2007年9月。據萬曆三十七年〔1609〕刻本影印。

〔明〕顧鼎臣、顧祖訓彙編；〔清〕陳枚增訂：《歷科狀元圖考全
　　　　書》，北京：全國圖書館文獻縮微複製中心，2009
　　　　年。據清康熙武林文治堂書坊重刻本影印。

〔明〕顧祖訓編；〔明〕吳承恩訂補；〔清〕陳枚續補：《明狀元圖
　　　　考》六卷，收入周駿富輯：《明代傳記叢刊》，臺北：
　　　　明文書局，1991年，學林類第20冊。據清康熙武林文
　　　　治堂書坊重刻本影印。

〔清〕劉體恕彙輯；關槐校定；王世陛增鐫：《文帝全書》，刻於乾隆
　　　　四十年〔1775〕，善書圖書館，網址：http://www.
　　　　taolibrary.com/category/category76/c76066.htm ，擷取
　　　　日期：2020年2月1日。

〔清〕閻湘蕙編輯；〔清〕張椿齡增訂：《明鼎甲徵信錄》，收入周駿
　　　　富輯：《明代傳記叢刊》，學林類第17-18冊，臺北：
　　　　明文書局，1991年。據清同治年間刻本影印。

〔清〕閻湘蕙編輯；〔清〕張椿齡增訂：《明鼎甲徵信錄》四卷，收入
　　　　《明清史料彙編》，八集第14冊，臺北：文海出版社
　　　　公司，1973年。

文清閣編：《歷代科舉文獻集成》，北京：北京燕山出版社，2006年。

余來明、潘金英校點：《歷代科舉文獻整理與研究叢刊》，武漢：武漢
　　　　大學出版社，2009年，共22冊。

陳文新、何坤翁、趙伯陶主撰：《明代科舉與文學編年》（上）（下），
　　　　收入《歷代科舉文獻整理與研究叢刊》，第10-12冊，
　　　　武漢：武漢大學出版社，2009年9月。

寧波市天一閣博物館：《天一閣藏明代科舉錄選刊・登科錄》，寧波：
　　　寧波出版社，2006年，47冊（8函）。

二　近人論著

（一）專書

1　中文部分

毛文芳：《圖成行樂：明清文人畫像題詠析論》，臺北：臺灣學生書
　　　局，2008年1月。

王汎森：《權力的毛細管作用：清代的思想、學術與心態（修訂
　　　版）》，臺北：聯經出版事業公司，2014年。

王育成：《明代彩繪全真宗祖圖研究》，北京：中國社會科學出版社，
　　　2003年12月。

王國良：《冥祥記研究》，臺北：文史哲出版社，2000年8月。

王凱旋：《明代科舉制度考論（*Study on the imperial examination system
　　　of Ming dynasty of China*）》，瀋陽：瀋陽出版社，2005年。

王德威：《後遺民寫作（*Post-loyalist Writing*）》，臺北：麥田出版公
　　　司，2007年11月。

王　瑾：《互文性》，桂林：廣西師範大學出版社，2005年9月。

王錦貴：《中國紀傳體文獻研究》，北京：北京大學出版社，1996年。

王鴻鵬編著：《明朝狀元詩榜眼詩探花詩》，北京：昆侖出版社，2009
　　　年。

朱保炯、謝沛霖：《明清進士題名碑錄索引》上、中、下三冊，上
　　　海：上海古籍出版社，1980年。

朱焱煒：《明清蘇州狀元與文學》，北京：中國言實出版社，2008年。

朱　荑：《明清文學群落：吳江葉氏午夢堂》，上海：上海人民出版社，2008年1月。

衣若芬：《觀看・敘述・審美》，臺北：中央研究院中國文哲研究所，2004年6月。

何奕愷：《清代學者象傳研究》，上海：上海古籍出版社，2010年。

余英時：《中國思想傳統的現代詮釋》，臺北：聯經出版事業公司，1987年。

余英時著；侯旭東等譯：《東漢生死觀（*Views of life and death in later Han China*）》，臺北：聯經出版事業公司，2008年6月。

吳宣德：《明代進士的地理分佈》，香港：香港中文大學出版社，2009年。

吳智和：《明代的儒學教官》，臺北：臺灣學生書局，1991年3月。

吳　震：《明末清初勸善運動思想研究》，臺北：國立臺灣大學出版中心，2009年。

杜聯喆輯：《明人自傳文鈔》，臺北：藝文印書館，1977年1月。

邱澎生、陳熙遠：《明清法律運作中的權力與文化》，臺北：聯經出版事業公司，2009年4月。

呂妙芬：《成聖與家庭人倫：宗教對話脈絡下的明清之際》，臺北：聯經出版事業公司，2017年11月。

妙　摩、慧度：《中國夢文化》，北京：中國文聯出版社，1996年1月。

蔡靜平：《明清之際汾湖葉氏文學世家研究》，長沙：嶽麓書社，2008年10月。

李申選編、標點：《儒教報應論》，北京：國家圖書館出版社，2009年5月。

李向平：《信仰、革命與權力秩序：中國宗教社會學研究》，上海：上海人民出版社，2006年。

李孝悌：《明清以降的宗教城市與啟蒙》，臺北：聯經出版事業公司，2019年11月。

李奭學、胡曉真主編：《圖書、知識建構與文化傳播》，臺北：漢學研究中心，2015年。

沈俊平：《舉業津梁：明中葉以後坊刻制舉用書的生產與流通》，臺北：學生書局，2009年。

來新夏、徐建華：《中國的年譜與家譜》，臺北：臺灣商務印書館，1994年。

屈萬里：《尚書集釋》，收入《屈萬里先生全集》，臺北：聯經出版事業公司，1983年2月，第2冊。

周月亮：《中國古代文化傳播史》，北京：北京廣播學院出版社，2000年，頁277

周西波：《道教靈驗記考探——經法驗證與宣揚》，臺北：文津出版社，2009年6月。

林志宏：《民國乃敵國也：政治文化轉型下的清遺民》，臺北：聯經出版事業公司，2009年3月。

林富士主編：《禮俗與宗教》，北京：中國大百科全書出版社，2005年。

林宜蓉：《中晚明文藝場域「狂士」身分之研究》，收入曾永義主編：《古典文學研究輯刊》，新北市：花木蘭文化出版社，2010年9月。

金耀基：《中國社會與文化》，香港：牛津大學出版社，1993年。

姚偉鈞：《神秘的占夢：夢文化散論》，南寧：廣西人民出版社，2004年。

胡曉真：《才女徹夜未眠——近代中國女性敘事文學的興起》，臺北：麥田出版公司，2003年9月。

祝尚書：《宋代科舉與文學考論》，鄭州：大象出版社，2006年。

夏曉虹：《晚清女性與當代中國》，北京：北京大學出版社，2004年。

徐　坤：《尤侗研究》，上海：上海文化出版社，2008年5月。

馬克思・韋伯著；洪天富譯：《儒教與道教（*Konfuzianismus und Taoism*）》，南京：江蘇人民出版社，1993年。

郭培貴：《明代科舉史事編年考證》，北京：科學出版社，2008年。

郭培貴：《明史選舉志考論》，北京：中華書局，2006年。

郭皓政、甘宏偉編著：《明代狀元史料匯編》，武漢：武漢大學出版社，2009年。

郭皓政：《明代狀元與文學》，濟南：齊魯書社，2010年。

陳元朋：《兩宋的「尚醫士人」與「儒醫」──兼論其在金元的流變》，臺北：臺灣大學出版委員會，1997年。

陳文新、余來明主編：《明代文學與科舉文化國際學術研討會論文集》，武漢：武漢大學，2008年。

陳平原：《看圖說書：小說繡像閱讀札記》，北京：生活・讀書・新知三聯書店，2003年。

陳平原、王德威、商偉編：《晚明與晚清：歷史傳承與文化創新（*The late Ming and the late Qing: historical dynamics and cultural innovations*）》，武漢：湖北教育出版社，2002年。

陳平原、夏曉虹編注：《圖像晚清──點石齋畫報》，天津：百花文藝出版社，2001年。

陳玉女：《明代的佛教與社會》，北京：北京大學出版社，2011年1月。

陳長文：《明代科舉文獻研究》，濟南：山東大學出版社，2008年。

陳飛龍：《王思任文論及其年譜》，臺北：文史哲出版社，1990年11月。

陳浩星主編：《像應神全：明清人物肖像畫特集（*Spirits alive: figures and portraits from the Ming and Qing dynasties*）》，澳門：澳門藝術博物館，2008年9月。

陳浩星策劃：《像應神全：明清人物肖像畫學術研討會論文集（*Spirits alive: theses on figures and portraits from the Ming and Qing dynasties*）》，澳門：民政總署轄下澳門藝術博物館，2011年。

陳寶良：《明代儒學生員與地方社會》，北京：中國社會科學出版社，2005年。

張永剛：《東林黨議與晚明文學活動》，北京：中國社會科學出版社，2009年8月。

梁其姿：《施善與教化：明清的慈善組織》，石家莊：河北教育出版社，2001年。

單國強：《中國美術圖典・肖像畫》，廣州：嶺南美術出版社，2000年1月。

游子安：《善書與中國宗教：游子安自選集》，臺北：博揚文化事業公司，2012年6月。

游子安：《善與人同：明清以來的慈善與教化》，北京：中華書局，2005年。

游子安：《勸化金箴：清代善書研究（*Admonishing the age for the maxim: a study of morality books in Qing China*）》，天津：天津人民出版社，1999年4月。

黃克武主編：《畫中有話——近代中國的視覺表述與文化構圖》，臺北：中央研究院近代史研究所，2003年。

黃明光：《明代科舉制度研究》，桂林：廣西師範大學，2000年。

黃進興：《聖賢與聖徒》，臺北：允晨文化實業公司，2001年7月。

黃進興：《優入聖域：權力、信仰與正當性》（修訂版），北京：中華書局，2010年3月。

楊宗紅：《民間信仰與明末清初話本小說之神異敘事》，北京：人民出版社，2017年11月。

楊念群主編：《新史學·第一卷，感覺、圖像、敘事》，北京：中華書局，2007年。

楊　新：《明清肖像畫》，香港：商務印書館，2008年4月。

楊聯陞：《中國文化中「報」「保」「包」之意義》，香港：香港中文大學出版社，2009年。

廖肇亨：《中邊·詩禪·夢戲：明末清初佛教文化論述的呈現與開展》，臺北：允晨文化實業公司，2008年9月。

廖肇亨：《忠義菩提：晚明清初空門遺民及其節義論述探析》，臺北：中央研究院中國文哲研究所，2013年12月。

趙世瑜：《狂歡與日常——明清以來的廟會與民間社會》，北京：生活·讀書·新知三聯書店，2002年。

趙　園：《想像與敘述》，北京：人民出版社，2009年。

黎雅真：《謝文洊及其思想研究》，新北市：花木蘭文化事業公司，2014年9月。

盧澤民：《夢書：中國古代夢學探源》，北京：工商聯合出版社，1994年1月。

姚偉鈞：《神秘的占夢：夢文化散論》，南寧：廣西人民出版社，2004年1月）。

楊啟樵：《明清皇室與方術》，上海：上海書店出版社，2010年7月）。

劉文英：《中國古代的夢書》，北京：中華書局，1990年10月。

劉紀蕙：《心的變異：現代性的精神形式（Perverted heart: the psychic forms of modernity）》，臺北：麥田出版公司，2004年。

劉紀蕙主編：《文化的視覺系統.I：帝國－亞洲－主體性（Visual culture and critical theory. I, empire, Asia and the question of the subject）》，臺北：麥田出版公司，2006年。

劉紀蕙主編：《文化的視覺系統.II：日常生活與大眾文化（Visual

culture and critical theory. II, everyday life and popular culture）》，臺北：麥田出版公司，2006年。

劉紀蕙編：《他者之域：文化身分與再現策略》，臺北：麥田出版公司，2001年。

蔡靜平：《明清之際汾湖葉氏文學世家研究》，長沙：嶽麓書社，2008年10月。

蔡鴻生：《清初嶺南佛門事略》，廣州：廣東高等教育出版社，1997年8月。

鄭志明：《中國善書與宗教》，臺北：臺灣學生書局，1988年。

鄭阿財：《鄭阿財敦煌佛教文獻與文學研究》，上海：上海古籍出版社，2011年10月。

鄭振鐸：《中國古代木刻畫史略》，上海：上海書店出版社，2010年7月。

繆詠禾：《明代出版史稿》，南京：江蘇人民出版社，2000年10月。

謝國楨：《明清之際黨社運動考》，瀋陽：遼寧教育出版社，1998年3月。

謝巍編撰：《中國歷代人物年譜考錄》，北京：北京中華書局，1992年11月。

羅　崗、顧錚主編：《視覺文化讀本》，桂林：廣西師範大學出版社，2003年12月。

龔篤清：《明代科舉圖鑑》，長沙：嶽麓書社，2007年。

2　外文部分（包含譯著）

〔日〕大木康：《中国明末のメディア革命——庶民が本を読む（中國明末的媒體革命：庶民讀書）》，東京：刀水書房，2009年2月。

〔日〕小川陽一：《中国の肖像画文学》，東京：研文出版（山本書店出版部），2005年3月。

〔日〕小野和子著；李慶、張榮湄譯：《明季黨社考（*The Dong-Lin movement and the restoration society in the late Ming*）》，上海：上海古籍出版社，2006年1月。

〔日〕川合康三著；蔡毅譯：《中國的自傳文學》，北京：中央編譯出版社，1999年4月。

〔日〕荒木見悟著；廖肇亨譯：《明末清初的思想與佛教》，臺北：聯經出版事業公司，2006年。

〔日〕酒井忠夫：《增補中國善書の研究》，東京都：國書刊行，1999-2000年。

〔日〕酒井忠夫著；劉岳兵、孫雪梅、何英鶯譯：《中國善書研究（增補版）》，南京：江蘇人民出版社，2010年11月。

〔日〕高津孝著；潘世聖等譯：《科舉與詩藝──宋代文學與士人社會》，上海：上海古籍出版社，2005年。

〔加〕卜正民（Timothy Brook）著；張華譯：《為權力祈禱──佛教與晚明中國士紳社會的形成（*Buddhism and the formation of gentry society in late-ming China*）》，南京：江蘇人民出版社，2005年11月。

〔法〕米歇·戴斯馬克特（Michel Desmarguquet）著；張嘉怡譯：《海奧華預言：第九級星球的九日旅程·奇幻不思議的真實見聞》，臺北：橡樹林文化，城邦文化出版，2020年1月。

〔法〕莫里斯·哈布瓦赫（Halbwachs, M.）著；華然、郭金華譯：《論集體記憶》，上海：上海人民出版社，2002年。

〔法〕傅　柯（Michle Foucault）著；劉北成、楊遠嬰譯：《規訓與懲罰：監獄的誕生》，臺北：桂冠圖書公司，1998年。

〔法〕蒂費納・薩莫瓦約（Tiphaine Samoyault）著；邵煒譯：《互文性研究》，天津：天津人民出版社，2003年1月。

〔美〕肯尼斯・林格（Kenneth Ring）著；李雅寧、李傳龍譯：《穿透生死迷思：瀕死經驗真實個案教你如何去愛、去看待生命（Lessons from the light：what we can learn from the near-death experience）》，臺北：遠流出版事業公司，2001年12月。

〔美〕孔飛力（Philip Alden Kuhn）著；陳兼、劉昶譯：《叫魂：1768年中國妖術大恐慌》，北京：生活・讀書・新知三聯書店，1999年。

〔美〕文以誠（Richard Vinograd）著；郭偉其譯：《自我的界限：1600-1900年的中國肖像畫（Boundaries of the self: Chinese portraits, 1600-1900）》，北京：北京大學出版社，2017年6月。

〔美〕本杰明・艾爾曼（Benjamin Elman）著；復旦大學文史研究院譯：《經學・科舉・文化史——艾爾曼自選集》，北京：中華書局，2010年。

〔美〕宇文所安（Stephen Owen）著；鄭學勤譯：《追憶：中國古典文學中的往事再現》，北京：生活・讀書・新知三聯書店，2004年。

〔美〕克利弗德・紀爾茲（Clifford Geertz）著；楊德睿譯：《地方知識》，臺北：麥田出版公司，2007年。

〔美〕林・亨特（Lynn Hunt）編；江政寬譯：《新文化史》，臺北：麥田出版公司，2002年。

〔美〕厄文・高夫曼（Goffman Erving）著；徐江敏、李姚軍譯，余伯泉校：《日常生活中的自我表演（The presentation of self in everyday life）》，臺北：桂冠圖書公司，1992年。

〔法〕讓-弗朗索瓦・利奧塔爾（Jean-Francois Lyotard）著；車槿山譯：《後現代狀態：關於知識的報告（*La condition postmoderne：rapport sur le savoir*）》，北京：生活・讀書・新知三聯書店，1997年12月。

〔美〕康儒博（Robert Ford Campany）著；顧漩譯：《修仙──古代中國的修行與社會記憶（*Making Transcendents: Ascetics and Social Memory in Early Medieval China*）》，南京：江蘇人民出版社，2019年3月。

〔美〕詹姆斯・麥高（James L. McGaugh）著；鄭文琦譯：《記憶與情緒（*Memory and emotion: the making of lasting memories*）》，臺北：財團法人靈鷲山般若文教基金會附設出版社，2005年8月。

〔美〕蘿　普（Rebecca Rupp）著；洪蘭譯：《記憶的秘密（*Committed to Memory: How We Remember and Why We Forget*）》，臺北：貓頭鷹出版社公司，2004年2月。

〔英〕約翰・伯格（John Berger）著；吳莉君譯：《觀看的方式（*Ways of Seeing*）》，臺北：麥田出版公司，2010年8月。

〔英〕彼得・伯克（Peter Burke）；楊豫譯：《圖像證史（*Eyewitnessing; the uses of images as historical evidence*）》，北京：北京大學出版社，2008年2月。

〔英〕柯律格（Craig Clunas）著；黃小峰譯：《大明：明代中國的視覺文化與物質文化（*Empire of Great Brightness: Visual and Material Cultures of Ming China, 1368-1644*）》，北京：生活・讀書・新知三聯書店，2019年6月。

〔英〕柯律格（Craig Clunas）著；黃曉鵑譯：《明代的圖像與視覺性（*Pictures and visuality in Early Modern China*）》，北京：北京大學出版社，2011年。

〔英〕凱斯・詹京斯（Keith Henkins）著；賈士蘅譯：《歷史的再思考（*Re-thinking History*）》，臺北：麥田出版公司，1993年3月。

〔瑞士〕榮格（Carl Gustav Jung）著；劉國彬，楊德友譯：《榮格自傳：回憶・夢・省思（*Memories, Dreams, Reflections*）》，臺北：張老師文化事業公司，1997年。

〔丹麥〕克斯汀・海斯翠（Hastrup Kirsten）編；賈士蘅譯：《他者的歷史：社會人類學與歷史製作》，臺北：麥田出版公司，1998年。

〔美〕歐文・潘諾夫斯基（Erwin Panofsky）著；戚印平、范景中譯：《圖像學研究：文藝復興時期藝術的人文主題（*Studies in Iconology: Humanistic Themes in the Art of the Renaissance*）》，上海：上海三聯書店，2011年5月。

〔美〕Lynn A.Struve (1944-), "The dreaming mind and the end of the Ming world", Honolulu: University of Hawai'i Press, 2019.

kenneth J.Hammond, "Pepper Mountain: The Life, Death and Posthumous Career of Yang Jisheng (1516-1555)", London, New York and Bahrain: Kegan Paul, 2007。

（四）期刊論文

1 中文部分

王正華：〈藝術史與文化史的交界：關於視覺文化研究〉,《近代中國
　　　　史研究通訊》第32期，2001年，頁76-89。

王汎森：〈明末清初的人譜與省過會〉,《中央研究院歷史語言研究所
　　　　集刊》第63本第3分，1993年，頁679-712。

王崇峻：〈棄儒業醫——中國近世醫者的社會地位之變遷〉,《孔孟學
　　　　報》第84期，2006年，頁237-264。

王振寧：〈知人論世——評《劉熙載年譜》〉,《社會科學輯刊》第3
　　　　期，2011年5月，頁227-228。

王璦玲：〈亂離與歸屬——清初文人劇作家之意識變遷與跨界想像〉,
　　　　《文與哲》第14期，2009年6月，頁159-226。

王　敏：〈清代醫生的收入與儒醫義利觀——以青浦何氏世醫為例〉,
　　　　《史林》,第3期，2012年，頁79-88。

王　薇：〈從自撰年譜看中國年譜在明代的大發展〉,《遼寧大學學報
　　　　（哲學社會科學版）》第39卷第3期，2011年5月，頁68-72。

王　薇：〈從明人文集看明代年譜的發展〉,《遼寧大學學報（哲學社
　　　　會科學版）》第37卷第6期，2009年11月，頁36-42。

朱　鴻：〈《徐顯卿宦迹圖》研究〉,《故宮博物院院刊》第二期，2011
　　　　年，頁47-80。

沈俊平：〈明中晚期坊刻制舉用書的出版及朝野人士的反應〉,《漢學
　　　　研究》第27卷第1期（2009年3月），頁141-176。

何騏竹：〈盧照鄰病後之自我身心治療過程〉,《淡江中文學報》第31
　　　　期，2014年，頁91-137。

李孝悌：〈儒生冒襄的宗教生活〉,《自由主義與人文傳統：林毓生先

生七秩壽慶論文集》,臺北:允晨文化實業公司,2005年6月,頁257-282。

吳曉蔓:〈任淵《山谷詩集注》與宋代年譜學〉,《社會科學論壇》第7期,2010年4月,頁149-155。

吳　航、張文:〈論明遺民姜垛及其《自著年譜》〉,《濟南大學學報(社會科學版)》第24期3卷,2014年3月,頁33-37。

周生杰:〈論梁啟超年譜學理論與實踐〉,《古典文獻研究》,2005年,頁431-442。

周　玫:〈明代書籍插圖與人物肖像畫關係研究〉,《東南文化》第1期,2009年,頁118-123。

周裕鍇:〈從法眼到詩眼——佛禪觀照方式與宋詩人審美眼光之關係〉,收入李豐楙,廖肇亨主編:《聖傳與詩禪:中國文學與宗教論集》,臺北:中央研究院中國文哲研究所,2007年9月,頁585-614。

周裕鍇:〈詩中有畫:六根互用與出位之思——略論《楞嚴經》對宋人審美觀念的影響〉,《四川大學學報(哲學社會科學版)》第4期,2005年,頁68-73。

林宜蓉:〈不入城之旅——明清之際遺民徐枋的身分認同與生命安頓〉,《明代研究》第20期,2013年6月,頁59-98。收入氏著:《舟舫、療疾與救國想像——明清易代文人文化新探》,臺北:股份有限公司,2014年10月,頁9-58。

邱仲麟:〈明代世醫與府州縣醫學〉,《漢學研究》第22卷第2期,2004年,頁327-359。

邱仲麟:〈明代以降的痘神廟與痘神信仰〉,《中央研究院歷史語言研究所集刊》第88本第4分,2017年12月,785-915。

南炳文:〈論明人年譜的價值和利用〉,《求是學刊》第31卷第6期,2004年11月,頁128-133。

柳慶齡：〈從《方氏像譜》看中國古代祖宗崇拜〉，《甘肅社會科學》
　　　　第5期，2013年9月，頁108-111。

徐聖心：〈夢即佛法──徹庸周理《雲山夢語摘要》研究〉，《臺大佛
　　　　學研究》，第18期，2009年12月，頁33-74。

祝平一：〈宋、明之際的醫史與「儒醫」〉，《中央研究院歷史語言研究
　　　　所集刊》第77本第3分，2006年，頁401-449。

胡　勇：〈民國時期醫生之甄訓與評核〉，收入余新忠主編：《清以來的
　　　　疾病、醫療和衛生──以社會文化史為視角的探索》，北京：
　　　　生活・讀書・新知三聯書店，2009年8月。

高朝英，張金棟：〈楊繼盛《自書年譜》卷考略（上）〉，《文物春秋》
　　　　第2期，2011年，頁61-72。

高朝英，張金棟：〈楊繼盛《自書年譜》卷考略（中）〉，《文物春秋》
　　　　第3期，2011年，頁65-74。

高朝英，張金棟：〈楊繼盛《自書年譜》卷考略（下）〉，《文物春秋》
　　　　第4期，2011年，頁47-58。

郭培貴：〈論明代教官地位的卑下及其影響〉，《明史研究》第4輯，
　　　　1994年，頁68-77。

陳建守：〈圖像的歷史重量：引介彼得・柏克著《目擊：當作歷史證
　　　　據的圖像作用》〉，《新史學》第18卷第1期，2007年，頁197-
　　　　203。

陳建守：〈《明狀元圖考》：明代科舉考生的夢文化〉，《歷史教育》第
　　　　13期，2008，頁143-161。

單國強：〈試論古代肖像畫性質〉，《故宮博物館院刊》第4期，1988年
　　　　12月，頁50-60、97-98。

黃明理：〈尋夢──觀察歸有光應舉生涯的一個角度〉，國立師範大學
　　　　國文學系：《中國學術年刊》第28期，2006年9月，頁127-
　　　　151。

楊儒賓：〈王學學者的「異人」經驗與智慧老人原型〉，《清華中文學報》第1期，2007年9月，頁171-210。

楊玉成：〈夢囈、嘔吐與醫療：晚明董說文學與心理傳記〉，收入李豐楙、廖肇亨主編：《沉淪、懺悔與救度——中國文化的懺悔書寫論集》，臺北：中央研究院中國文哲研究所，2013年，頁557-678。

楊麗麗：〈一位明代翰林官員的工作履歷——《徐顯卿宦迹圖》圖像簡析〉，《故宮博物院院刊》第4期，2005年，頁42-66。

廖肇亨：〈僧人說夢：晚明叢林夢論試析〉，《中邊‧詩禪‧夢戲：明末清初佛教文化論述的呈現與開展》，臺北：允晨文化實業公司，2008年9月，頁436-466。

劉佳昌：〈《維摩詰經》的圓頓法門——從無住本立一切法〉，《漢學研究》，第27卷第3期，2009年，頁71-98。

劉瓊云：〈帝王還魂——明代建文帝流亡敘事的衍異〉，《新史學》第23卷第4期，2012年12月，頁61-117。

劉瓊云：〈清初《千忠錄》裡的身體、聲情與忠臣記憶〉，《戲劇研究》第17期，2016年1月，頁1-39。

謝世維：〈流動的罪——中國中古時期的懺悔與救度〉，收入李豐楙、廖肇亨主編：《沉淪、懺悔與救度：中國文化的懺悔書寫論集》，臺北：中央研究院中國文哲研究所，2013年，頁137-171。

2　外文部分

〔日〕上野洋子：〈『夢占逸旨』にみる陳士元の夢の思想——「眞人不夢」をめぐって〉，《東方宗教》第105期，2005年，頁41-59。

〔日〕小川陽一：《中国の肖像画文学》，東京：研文出版，2005年。

〔日〕大木康：〈明末「畫本」的興盛市場〉，《浙江大學學報（人文社科版）》第40卷第1期，2010年1月，頁46-53。

〔日〕西林真紀子：〈類書に収録された夢〉，《大東アジア学論集》第2期，2002年，頁111-137。

〔日〕西林真紀子：〈古代中國人の夢：儒家と道家を中心に〉，《大東アジア学論集》第3期，2003年，頁30-38。

〔日〕西林真紀子：〈眞人は夢を見ない〉，《大東アジア学論集》第4期，2004年，頁53-66。

〔日〕西林真紀子：〈古代中國の夢占いについて〉，《大東アジア学論集》第5期，2005年，頁73-85。

〔日〕西林真紀子：〈古代中國人の悪夢観〉，《大東アジア学論集》第6期，2006年，頁65-80。

〔美〕Struve, Lynn A. The Dreaming Mind and the End of the Ming World. Honolulu: University of Hawai'i Press , 2019.

〔美〕Vance, Brigid E. "Exorcising Dreams and Nightmares in Late Ming China," in Psychiatry and Chinese History, ed. Howard Chiang (London: Pickering and Chatto Publishers, 2014), pp. 17-36.

〔美〕Vance, Brigid E. "Deciphering Dreams: How Glyphomancy Worked in Late Ming Dream Encyclopedic Divination," in The Chinese Historical Review 24, no.1(2017), pp. 5-20.

（三）網路資源

〔明〕徐顯卿：〈神占啟戶〉，《宦迹圖》，網址：https://upload.wikimedia.org/wikipedia/commons/7/73/Xu_Xianqing_Huanji_Tu_02.jpg，擷取日期：2020年1月25日。

〔明〕徐顯卿：〈鹿鳴徹歌〉，《宦迹圖》，網址：
　　　　https://upload.wikimedia.org/wikipedia/commons/9/98/X
　　　　u_Xianqing_Huanji_Tu_04.jpg，擷取日期：2020年1月
　　　　25日。

〔明〕徐顯卿：〈瓊林登第〉，《宦迹圖》，網址：
　　　　https://upload.wikimedia.org/wikipedia/commons/0/03/X
　　　　u_Xianqing_Huanji_Tu_05.jpg，擷取日期：2020年1月
　　　　25日。

〔明〕徐顯卿：〈聖祐已疾〉，《宦迹圖》，網址：
　　　　https://upload.wikimedia.org/wikipedia/commons/7/78/X
　　　　u_Xianqing_Huanji_Tu_15.jpg，擷取日期：2020年1月
　　　　26日。

〔明〕徐顯卿：〈旋魂再起〉，《宦迹圖》，網址：
　　　　https://upload.wikimedia.org/wikipedia/commons/3/3d/X
　　　　u_Xianqing_Huanji_Tu_22.jpg，擷取日期：2020年1月
　　　　26日。

文學研究叢書・古典文學叢刊 0803014

夢域想像與文化衍異——明清自撰年譜及儒業類善書之個案考察

作　　者　林宜蓉
責任編輯　林以邠
特約校對　林秋芬

發 行 人　林慶彰
總 經 理　梁錦興
總 編 輯　張晏瑞
編 輯 所　萬卷樓圖書股份有限公司
　　　　　臺北市羅斯福路二段 41 號 6 樓之 3
　　　　　電話 (02)23216565
　　　　　傳真 (02)23218698

發　　行　萬卷樓圖書股份有限公司
　　　　　臺北市羅斯福路二段 41 號 6 樓之 3
　　　　　電話 (02)23216565
　　　　　傳真 (02)23218698
　　　　　電郵 SERVICE@WANJUAN.COM.TW
香港經銷　香港聯合書刊物流有限公司
　　　　　電話 (852)21502100
　　　　　傳真 (852)23560735

ISBN 978-986-478-348-9

2020年3月初版一刷
定價：新臺幣400元

如何購買本書：

1. 劃撥購書，請透過以下郵政劃撥帳號：
　帳號：15624015
　戶名：萬卷樓圖書股份有限公司

2. 轉帳購書，請透過以下帳戶
　合作金庫銀行 古亭分行
　戶名：萬卷樓圖書股份有限公司
　帳號：0877717092596

3. 網路購書，請透過萬卷樓網站
　網址 WWW.WANJUAN.COM.TW

大量購書，請直接聯繫我們，將有專人為
您服務。客服：(02)23216565 分機 610

如有缺頁、破損或裝訂錯誤，請寄回更換
版權所有・翻印必究
Copyright©2020 by WanJuanLou Books CO., Ltd.
All Rights Reserved　　　　Printed in Taiwan

國家圖書館出版品預行編目資料

夢域想像與文化衍異——明清自撰年譜及儒業
類善書之個案考察/ 林宜蓉著. -- 初版. -- 臺
北市：萬卷樓, 2020.03
　面；　公分. -- (文學研究叢書 .古典文學叢
刊 ; 803014)
ISBN 978-986-478-348-9(平裝)
1.明清文學　2.文學評論　3.文化研究

820.906　　　　　　　　　　　109002161